GEHEIME KÜSSE MIT DEM SECURITY-SPECIALIST

A FRIENDS TO LOVERS ROMANCE

KATRIN EMILIA BUCK

ROSEN FEDER

PROLOG

Mit einundzwanzig in Los Angeles, Kalifornien

RUBY

»Schätzchen, du musst nicht deine ganzen Semesterferien mit deiner alten Mutter verbringen.«

»Mom, du bist erst vierundvierzig und somit ganz sicher nicht alt.«

»Ach papperlapapp.« Sie winkte ab.

Während ich mit meiner Mom telefonierte, beobachtete ich das Fernsehteam, das in einem abgesperrten Bereich auf dem Campus der UCLA filmte. Dank der Nähe zu Hollywood kam es öfter vor, dass hier gedreht wurde. Solange kein Superstar mitspielte, interessierte es aber kaum jemanden. Mich schon.

Das Pärchen in der TV-Produktion küsste sich gerade. Ob es sich um eine Rom Com oder ein Drama handelte, wusste ich leider nicht. Oder wie es sich anfühlte, sich zu küssen, wenn zehn Leute um einen herumstanden und einem dazu ein Mikrofon über den Kopf hielten. Der Kameramann ganz nah heranzoomte, während das Herz wie wild zu pochen begann und die Haut prickelte. Alles an Bedeutung verlor. Man sich nur auf die Lippen der Person konzentrierte, die man endlich spüren wollte, schmecken wollte, sich in den Gefühlen, die ein Kuss auslöste, verlieren wollte …

Moment! Was summte meine Mom da? *La Vie En Rose* von Édith Piaf?

»Sag mal, gibt es einen Grund, dass ich nicht kommen soll? Hast *du* Pläne, von denen ich noch nichts weiß?«, fragte ich mit einer Vorahnung.

»Nun ja, wenn du mich so direkt fragst … Ich habe jemanden kennengelernt. Es ist ganz frisch, deswegen wollte ich nichts sagen.«

»Wirklich? Mom, ich bin einundzwanzig«, erinnerte ich sie. »Du musst nicht mehr jeden deiner Freunde verstecken, damit ich kein Trauma davontrage, wenn es am Ende nicht funktioniert«, zitierte ich aus einem ihrer Selbsthilfebücher, die sie in meiner Kindheit gelesen hatte.

»Nein, natürlich nicht, das weiß ich doch.« Sie

seufzte, und ich war mir nicht sicher, ob es gut oder schlecht war. »Ich mag ihn, aber mehr kann ich dazu nicht sagen«, erklärte sie nach einer Weile und klang dabei verträumt.

Meine Mom war schon viel zu lange allein. Ich hoffte, dass sie jemanden finden würde, der ihr Herz noch einmal so im Sturm eroberte, wie mein Dad es getan hatte.

»Wie habt ihr euch denn kennengelernt? Ist er jeden Tag in deinen Blumenladen gekommen und hat den größten und schönsten Strauß gekauft, bis du zugestimmt hast, mit ihm essen zu gehen?« Am TV-Set überreichte der Mann der Frau gerade eine einzelne Rose. Rubinrot? Es war eine überaus romantische Geste. Woher er die Rose hatte, hatte ich verpasst.

»Du und deine Fantasie. Ich dachte, ich wäre die Romantikerin, aber du schlägst mich um Längen.«

»Wir teilen uns den ersten Platz, einverstanden?«

Ich trat näher an das Set, hätte gerne Mäuschen gespielt, als sich das Pärchen auf den Rasen setzte. Die Frau lehnte sich an den Mann, er schlang die Arme um sie. Sprachen sie über ihre Träume? Was sie sich vom Leben erhofften? Würden sie sich noch einmal küssen?

Es ist nur ein Film, komm mal runter, schalt ich mich. Da rief der Regisseur auch schon: »Cut!«

Eine Frau mit langen dunklen Haaren hetzte zu den beiden Schauspielern, die sofort auf Abstand gegangen waren, und puderte ihnen die Gesichter ab.

Heute war ein besonders warmer Tag. Mir rann schon seit dem Morgen der Schweiß über den Rücken. Meine langen Haare hatte ich hochgesteckt, aber es wehte kein Lüftchen, das meinen heißen Nacken kühlen könnte. Ich würde meinen Kopf zu gerne in einen Brunnen tauchen. Oder wahlweise an den Strand fahren. Warum nicht am Abend?

»Schätzchen, bist du noch dran?«

»Ja, entschuldige. Hier wird wieder gedreht. Aber ich bin offenbar die Einzige, die es interessiert, somit ist es wohl kein Blockbuster.«

»Geh doch hin und frag. Und wenn du schon dabei bist, warum bewirbst du dich nicht für einen Praktikumsplatz? Wäre Hollywood nicht viel passender für dich als eine Bank?« Ein paar unverständliche Töne drangen aus meinem Telefon.

»Mom, ziehst du etwa eine Grimasse? Ich kann dich nur hören, nicht sehen.«

»Tut mir leid. Es ist dein Leben. Und wenn du unbedingt in einer Bank arbeiten willst …«

»Schon gut, ich habe mich noch nicht entschieden. Wobei es mir gefallen würde, in deiner Nähe zu sein. Wir könnten am Wochenende ein paar Konzerte besuchen. Ich könnte auch deinen neuen Freund kennenlernen. Oder kenne ich ihn etwa schon?«, fischte ich nach weiteren Informationen über den Unbekannten.

»Nein, du kennst ihn nicht. Es ist … also es ist ganz anders, als du denkst.«

»Wie denn? Und wieso klingst du so ernst?« Ich wandte mich ab, schenkte meiner Mutter meine ungeteilte Aufmerksamkeit.

»Weil … also … wir haben uns online kennengelernt.«

»Online? Ja, aber das ist …« Ungewöhnlich. Oder zeitgemäß? Ich war nicht auf Tinder oder anderen Dating-Plattformen aktiv, dennoch wusste ich, dass sie für viele funktionierten. »Also wenn es für euch passt, ist das doch schön.« Ich unterstützte meine Mom und somit musste ich aufgeschlossen bleiben, auch wenn mir eine klassische Begegnung lieber gewesen wäre.

»Ja, es passt. Julio ist aus Florida. Er hat mich eingeladen, ihn zu besuchen. Die Fotos, die er mir geschickt hat, sind traumhaft«, schwärmte sie.

»Er wohnt in Florida? Und du willst da jetzt hin? Was macht Julio denn so?«

»Genau, das ist der Plan. Er ist in der Immobilienbranche.«

Aha. Und wie lauteten sein Nachname, seine Adresse und seine Sozialversicherungsnummer? Statt meine Mom mit diesen Fragen zu bombardieren, atmete ich tief durch.

»Eine kleine Auszeit in Florida ist genau das, was ich mir selbst verschrieben hätte«, fuhr sie fort, als ich nicht gleich antwortete. »Ablenkung, verstehst du?«

Ablenkung. »Das heißt, du bist an deinem Geburtstag in Florida?«

»Ja, ich bin in Florida. Wir sehen uns, wenn ich zurück bin. Und in der Zwischenzeit denk darüber nach, ob du den Sommer nicht lieber in L.A. verbringen willst.«

»Mal schauen.«

»Sei mutig, Ruby, und die Welt wird dir zu Füßen liegen.«

Diese Aussage war so bedeutungsschwer, dass ich schlucken musste.

»Ich versuche es. Hab dich lieb, Mom.«

»Ich dich auch, Ruby. Bis bald.«

»Bis bald.«

Nachdem wir aufgelegt hatten, gab ich mir einen Ruck und ging direkt zum Set.

»Hey, Ruby! Ruby!«, stoppte mich eine helle Stimme hinter mir. Ich drehte mich zu meiner Freundin Anna um, die so stark mit den Armen fuchtelte, dass ich dachte, sie würde gleich das Gleichgewicht verlieren. Atemlos kam sie wenige Sekunden später neben mir zum Stehen. Ihre blonden Haare klebten an ihrem Gesicht, die blauen Augen funkelten und ihr Grinsen hätte nicht breiter sein können.

»Lass mich raten. Du hast den Praktikumsplatz bekommen?« Ich hielt ihr meine Hand bereits zum High five hin.

»Ja!«, kreischte sie übersprudelnd vor Glück und sprang sogar in die Höhe. »Vier Wochen bei *Pierce Sports Agency*«, platzte es aus ihr heraus. »Wobei ich ohne deine Tipps den Platz bestimmt nicht bekommen hätte. Eigentlich hättest du dich bewerben sollen.«

»Ich will nicht in die PR-Branche, und die Sportstatistiken hättest du auch online nachlesen können.«

»Aber nicht jeden Spielzug der Philadelphia Pucks. Ich bin kein Eishockeyfan, der bist du.«

»Ja, und? Du wirst den Chef sicher kaum sehen. Somit spielt es keine Rolle, dass du kein eingefleischter Fan des Eishockeyteams bist, bei dem sein Bruder Enforcer war.«

Ich hatte ihn sogar live erlebt, da hatte mein Dad noch gelebt. Er hatte die Atmosphäre im Stadion genauso geliebt wie ich. Wenn die Fans in Sprechchören ihr Team anfeuerten, die Spieler über das Eis flogen mit dem einzigen Ziel, den Puck ins Tor zu schießen. Einen Moment lang dachte ich, ich könnte das Knirschen der Kufen hören und die kalte Stadionluft spüren. Ein Schauder erfasste mich.

»Erde an Ruby.« Anna stupste mich am Arm an. »Na, wo warst du wieder in Gedanken? In der Eishalle?«

»Ertappt. Vergiss nicht, dass es nur ein Praktikumsplatz ist, und außerdem betreuen sie ebenso Basketball- und Footballspieler.«

»Und Baseballspieler, stimmt.« Anna klang nicht sehr enthusiastisch, denn sie machte sich leider nicht viel aus Sport. Es war meine Idee gewesen, dass sie sich bei einer Sportagentur bewarb. Das Ziel war es, dass meine Freundin am Ende ihres Studiums möglichst viele verschiedene Agenturen kennengelernt hätte und sich dann mit gutem Gewissen für eine entscheiden konnte.

»Was ist mit dir? Kümmerst du dich auch mal um deine Karriere? Hast du dich schon entschieden, was du nach dem Abschluss machen willst? Eine eigene Produktionsfirma für französische Filme gründen? Du könntest sie glatt allein führen. Deswegen studierst du doch Wirtschaft, Französisch und Filmwesen, oder?«, zog sie mich auf und traf gleichzeitig ins Schwarze.

»Dazu fehlt mir das Geld«, antwortete ich.

»Auch zu diesem Thema wird dir etwas einfallen. Du bist wie dein Dad ein brillanter Geschäftsmann oder besser gesagt eine Geschäftsfrau. Klug und vorausschauend. Oder …« Und jetzt sah sie mir tief in die Augen. »… wir machen uns zusammen selbstständig. Unser Plan B oder eigentlich mein Plan A plus oder so.« Sie sah mich ernst an, ihre Augen glänzten und ihr Blick schweifte in die Ferne, als ob sie in die Zukunft sehen würde. »Ich mache die PR und du die Finanzberatung. Und als unsere Kunden suchen wir uns am besten Sportler oder Filmstars.«

»Keine Sau kennt uns, wir haben null Erfahrung, und vom nötigen Geld fange ich am besten gar nicht erst an. Ich bin keine Zauberin, wir brauchen Erfahrung und ein Netzwerk.«

»Ja, das stimmt schon, aber, Ruby, das ist Hollywood! Alles ist möglich.« Sie deutete mit dem Kopf auf die TV-Produktion vor uns, als ob wir damit irgendetwas gemein hätten.

»Das ist Fiktion. Oder was meinst du genau?«

Offenbar war der Dreh für heute beendet, denn der Kameramann packte seine Ausrüstung bereits zusammen, die Klappstühle wurden weggeräumt und die Schauspieler verabschiedeten sich.

»Los, mach schon«, drängte mich Anna. »Knüpf Kontakte. Wir brauchen Kunden.«

»Du hast Ideen.« Dennoch straffte ich meine Schultern und ging zum erstbesten Angestellten, einem jungen Mann, der die Mikrofone einpackte.

»Hey, kann ich dich etwas fragen?«

»Alle Infos sind online. Geh einfach zu den offenen Castings, es werden keine Vorkenntnisse vorausgesetzt und Komparsen werden immer gesucht.«

»Okay, danke. Ich wollte aber nicht vor der Kamera arbeiten.«

»Oh.« Er warf einen Blick auf Anna, die mit den blonden Haaren und den blauen Augen wie ein typisches California Girl aussah. Das Interessanteste an mir waren meine grünen Augen.

»Ich muss mich wohl daran gewöhnen, dass hier alle wie Models aussehen. L.A. ist auch in dieser Hinsicht surreal«, bemerkte er und grinste schief. Ein Charmeur.

»Danke. Woher kommst du denn?«

»Von der Ostküste, New Jersey.«

»Wirklich? Ich bin aus Philly und Anna ist aus Maine. Ich bin Ruby, sehr erfreut.«

»Cooper. Ebenfalls sehr erfreut.« Ich mochte seine braunen Augen und auch das Grübchen an seinem Kinn. Mit dem Stoffhut und den struppigen dunklen Haaren, die darunter hervorlugten, wirkte er in meinen Augen wie eine Mischung aus einem Nerd und einer coolen Socke.

»Also, Ruby, hinter der Kamera verdienst du schlecht. Außer, du schaffst es, die persönliche Assistentin eines Hollywoodstars zu werden. Aber dafür brauchst du starke Nerven. Und so, wie du aussiehst …« Er ließ seinen Blick bedeutsam über meinen Körper gleiten, bevor er mit den Achseln zuckte. Ich trug ein altes verwaschenes Shirt, eine kurze Jeanshose und Sandalen. Dennoch verstand ich, worauf er hinauswollte. *MeToo* war nicht an mir vorbeigegangen, natürlich nicht. Ich wäre ein leichtes Opfer, genauso wie ich mich wohl ohne Mühe die Karriereleiter hochschlafen könnte. Nichts davon hatte ich vor.

»Hey, ich bin Anna«, stellte sich meine Freundin vor.

»Cooper.« Er schüttelte ihre Hand. Dabei sah es so aus, als wollte er sie nicht mehr loslassen.

»Der Job ist brotlos. Außer ich werde Hollywoodstar«, erklärte ich Anna.

»Hollywoodstar? Das ist ja noch besser, als ein Praktikum zu machen. Dann kannst du unsere erste Kundin werden«, zog Anna mich auf. »Hast du nicht irgendwo ein Skript herumliegen? Du hast doch mal einen Kurs in kreativem Schreiben belegt, oder?«

»Du schreibst?«, fragte Cooper interessiert.

»Ich lese vor allem.«

»Und dann mäkelt sie am Spannungsbogen herum und dass sie den Schluss der Geschichte nicht mag oder die Hauptdarsteller unsympathisch sind«, erklärte Anna, als ob Cooper ein guter Kollege wäre, den sie schon ewig kannte.

»Die Protagonisten«, korrigierte ich sie.

»Du könntest Lektorin werden«, schlug Cooper vor.

»O nein, setz Ruby bloß nicht noch mehr Ideen in den Kopf. Sie kann sich ja jetzt schon nicht entscheiden, was sie später machen will.«

»Das stimmt nicht. Finanzen sind meine Leidenschaft.« Unter anderem. Doch Anna nickte sehr zufrieden. »Danke für den Tipp, Cooper. Bis dann.«

»Der war doch ganz süß«, raunte sie mir viel zu laut zu, als wir den Weg zur Cafeteria einschlugen.

Mein Kopf schwirrte. Ich versuchte, den einen Gedanken zu greifen, der mir immer wieder entschlüpfte. Ah! Ich rannte nochmals zurück. »Cooper? Und die Frauen? Wie sind die? Also als Chefin?«

Vielleicht war das meine Chance, etwas Hollywoodluft zu schnuppern.

»Bitches.«

»Alle?«, fragte ich enttäuscht nach.

»Nein, nicht alle. Aber es gibt kaum freie Stellen. Denn warum sollte jemand eine anständige Chefin verlassen?«

»Wer will schon sein ganzes Leben lang Assistentin bleiben?«, stellte ich eine Gegenfrage.

»Ich würde es wollen. Die Kohle ist gigantisch.«

»Gigantisch?«

Cooper nickte.

»Coop! Mach schon, wir müssen los!« Ein älterer Mann mit Hemd, Weste und sehr rotem Kopf winkte unseren neuen Bekannten zu sich.

»Tut mir leid. Ich muss weiter. Hat mich gefreut.« Sein Blick hing dabei an Anna, die nicht weit von uns entfernt stand. Interessant.

»Danke für deine Hilfe. Sag mal, kann ich dich anrufen, wenn ich weitere Fragen habe?« Ich hielt ihm bereits mein Handy entgegen.

»Klar.« Ohne zu zögern, tippte Cooper seine Nummer ein.

»Was willst du denn noch wissen?«, erkundigte sich Anna, als sich Cooper verabschiedet hatte. »Du hast diesen Blick. Was geht in deinem Kopf vor?«

»Coopers Nummer habe ich für dich besorgt. Er steht auf dich, und der Sommer ist ja noch lang. Außerdem haben wir im Eifer des Gefechts vergessen, dass ich sehr wohl Pläne für später habe.«

»Die Gärtnerei deiner Mom.« Anna klang nicht sehr enthusiastisch. Sie hatte nichts vergessen, sie fand jedoch die Tatsache, dass ich an einer Idee festhielt, die meine Mom vor zehn Jahren ausgesprochen hatte, dumm.

»Es war immer unser Traum. *Janis & Ruby Flowers*«, verteidigte ich mich.

»Wirklich?«

»Ja, wirklich. Und wir hatten diese Diskussion bereits.«

Anna glaubte, dass ich mich verrannte, während ich die UCLA als das sah, was sie war: eine Möglichkeit, mich vier Jahre lang auszutoben, bevor ich Verantwortung übernahm. Mit meiner Mom. Ich wollte ihr etwas zurückgeben, und die Gärtnerei war nun mal ihr Ein und Alles. Welchen besseren Weg gab es, als dort mit ihr zu arbeiten?

»Tut mir leid, ich finde einfach … das hier ist Hollywood.« Anna streckte die Arme gen Himmel, während sie sich einmal um sich selbst drehte. »Der Himmel ist das Limit. Träum groß, Ruby. Alles ist möglich. Keine Grenzen. Wenn du die Augen schließt, was siehst du? Was wünschst du dir für dein Leben? Was wünschst du dir am allermeisten?«

Ich tat Anna den Gefallen, obwohl es nicht das erste Mal war, dass sie mir diese Frage stellte. Nur erzählte ich ihr nie, was ich mir mehr als alles andere wünschte: dass ich die Zeit zurückdrehen könnte.

Zur selben Zeit in Boston, Massachusetts

LUKE

Auf dem Weg zum Studentenwohnheim wurde ich immer wieder aufgehalten.

»Solides Spiel, Johnson. Und nicht vergessen, heute Party bei Aaron. Seine Eltern sind in Miami.« Mein Kumpel Zane wackelte anzüglich mit den Augenbrauen. Manchmal hatte ich das Gefühl, noch auf der Highschool zu sein und nicht im vorletzten Collegejahr.

Aber verdammt, es gab auch etwas zu feiern. Wir hatten heute vier zu eins gegen die Brown gewonnen. Ich würde zwar nie ein so großer Center-Field-Spieler werden wie mein Vorbild Joe DiMaggio, aber ehrlich, wenn ich auf dem Baseballfeld stand, bildete ich mir ein, seinen Geist neben mir zu spüren. Wenn ich das meinen Kumpels erzählte, würden sie mich für verrückt erklären.

»Johnson, warte kurz.« Zane lief mir hinterher.

»Was ist? Ich habe keine Zeit. Wir sehen uns doch später.«

Ich wollte noch mit meinem Dad sprechen. Ungeduldig drückte ich auf meinem Handy auf seinen Namen.

»Der Teilnehmer ist vorübergehend nicht erreichbar …« Komisch, wieso hatte er denn sein Telefon ausgeschaltet?

Zane hielt mich am Ellbogen zurück und stellte sich so dicht vor mich, dass ich seinen Atem auf meiner Haut spürte.

»Ja, also … hast du weitere ›Tipps‹?« Er sah über seine Schultern, scannte die Gegend.

Ich trat lachend einen Schritt zurück. »Was machst du da? Hör auf! Du siehst aus, als ob du von mir Drogen kaufen wolltest«, zog ich ihn auf. »Oder willst du mit mir üben? Küssen? Tanzen oder …« Jetzt wackelte ich mit den Augenbrauen.

»Nein, lass mal, ich habe alles im Griff. Fast alles.« Er seufzte schwer. »Deine Texte sind so viel besser als meine.«

»Noch mal langsam zum Mitschreiben«, knickte ich bereits ein, obwohl ich wirklich keine Zeit hatte. »Du warst doch jetzt schon ein paarmal mit Lisa aus. Hast du ihr dabei zugehört?«

»Natürlich höre ich ihr zu. Ich meine …« Zane kratzte sich am Kinn.

»Sie mag die Natur, besonders die Küstenlinie«, zählte ich ungeduldig auf. »Ihre Lieblingsblumen sind Tulpen. Sie steht auf Horrorfilme, weil die sie zum Lachen bringen. Und hat sie nicht erzählt, dass sie davon träumt, nach New Orleans zu fahren und sich den Karneval anzusehen? Also mag sie den Süden, die lebensfrohe Art, bunt und laut.«

»Ja, stimmt. Das hat sie erzählt. Aber was mache

ich jetzt damit?« Zane trat wieder näher und legte mir kameradschaftlich eine Hand auf die Schulter. »Luke, ich kann keine Liebesbriefe oder solch einen Kram schreiben. Du kannst das. Die Frauen fahren total darauf ab.«

Dieses Mal seufzte ich tief. Ich mochte keine Lügen, und der Deal war ganz klar. Ich schrieb einen einzigen Liebesbrief, den ersten. Danach mussten meine Kumpels selbst ran.

Ich tippte auf seine Brust. »Du musst ihr nur sagen, wie du dich fühlst, wenn du mit ihr zusammen bist. Wie es dir bei dem Gedanken geht, ihr eine Freude zu bereiten. Was es in dir auslöst, wenn du dir vorstellst, Dinge, die ihr viel bedeuten, mit ihr zusammen zu machen. Verstehst du?«

Zane runzelte die Stirn. O Mann, das war doch nicht so schwer!

»Wärme durchströmt dich und dein Herzschlag beschleunigt sich?«, half ich ihm auf die Sprünge. »Es ist auf einmal so, als ob die ganze Welt neben Lisa verblassen würde, weil sie heller als alles um sie herum strahlt. Und wenn sie dich anlächelt, dann hast du das Gefühl, es trifft dich ganz tief im Herzen?«

»Genau! Kannst du das aufschreiben?«

»Nein, *du* machst das.«

»Ich versuche es, aber du musst den Brief zuerst

lesen und korrigieren, bevor ich ihn ihr gebe. Er muss perfekt werden.«

»Natürlich muss er das. Ich habe erst Montag nach der Klausur Zeit.«

»Danke, Mann. Und die Klausur sitzt du doch auf einer Pobacke ab, du Genie. Bis später! Wir lassen bei Aaron die Sau raus!«

»Was sonst?«

Wir klatschten ab.

Genie. Hatte der eine Ahnung. *Von nichts kommt nichts.* Zane war Quarterback, also wusste er das. Kopfschüttelnd ging ich weiter. Wenn meine Brüder mich jetzt sehen könnten. Zu Hause hatte keiner eine Ahnung, dass ich in meiner Freizeit Liebesbriefe schrieb. Es war zu absurd. Oder auch nicht, denn umgekehrt wusste keiner meiner Kumpels, dass meine Mom eine berühmte Schauspielerin war und ich sie als Kind häufig auf Film-Sets begleitet hatte. Es hatte eine Phase gegeben, in der sie eine Romanze nach der anderen gedreht hatte. Ich hatte unbedingt in ihre Fußstapfen treten wollen, hatte mit ihr die jugendfreien Szenen geübt und mir selbst Geschichten überlegt.

Meine Schwester Jacky nutzte ihr Talent, um Songs zu schreiben. Ich hatte meines bis jetzt immer versteckt. Wenn ich mehr Zeit hätte, würde ich mich vielleicht sogar mal an ein Drehbuch wagen. Aber was nicht war, konnte ja noch werden.

Mir stand nach dem College die ganze Welt offen. Ein berauschendes Gefühl. Ich drückte abermals auf die Nummer meines Dads. Leider war sein Handy noch immer ausgeschaltet. Sehr merkwürdig. Ich würde es später wieder versuchen.

Pfeifend schlenderte ich weiter. Es war ein toller Tag. Die Sonne lachte vom Himmel, *doch sie verblasste im Antlitz von Lisas Lächeln,* fiel mir spontan ein. Ich zückte mein Handy und schickte diese Textzeile Zane. Er bedankte sich mit drei Daumen-hoch-Emojis und einer Sprachnachricht.

»Danke, Mann. Überleg, ob du nicht ein Business daraus machen willst. Ich würde dich sofort buchen.«

Nein, danke.

Vor meinem Wohnheim entdeckte ich noch jemanden, der wartete. Er drehte mir den Rücken zu, vielleicht wollte er auch gar nicht zu mir.

»Hey, kann ich …« Der Mann drehte sich um. »Brad?! Was machst du denn hier?«

»Hey, Luke, ich habe schon gehört, dass ihr heute die Brown vom Platz gefegt habt.«

Mein Bruder umarmte mich im nächsten Moment, bevor er mir die Haare verwuschelte. Wir waren alle groß gewachsen, mit dunklen Haaren und blauen Augen. Wir sahen uns ähnlich, obwohl ich feinere

Gesichtszüge als Brad besaß, aber ich war auch acht Jahre jünger als er.

»Lass das. Ich bin kein Kleinkind mehr.«

»Du bist das Baby in der Familie, das wird sich nie ändern.«

Das war mein ewiges Los bei vier älteren Geschwistern. Ich verdrehte entsprechend kindisch die Augen.

»Können wir irgendwo ungestört reden?«

»Klar. In meinem Zimmer.« Ich ging vor, schloss die Tür auf und führte Brad in den ersten Stock des Wohnheims. »Warst du in der Gegend?« Wir trafen uns immer nur zu Hause in San Antonio, Texas. »Geschäftlich? Oh, und ich kann Dad schon den ganzen Nachmittag nicht erreichen. Ist er bei einem Kunden?«

Mein Dad hatte vor über zwanzig Jahren *Johnson Security* gegründet. Ein Sicherheitsunternehmen, in dem neben Brad auch meine Brüder Gavin und Caleb arbeiteten.

»Oder so ähnlich.« Brads Miene wirkte einen Moment lang sehr ernst, als ich ihn über meine rechte Schulter hinweg betrachtete. Komisch. Hoffentlich war alles in Ordnung. Natürlich war es das, es war ein toller Tag. Brad besuchte mich spontan und später würde ich bei Aaron feiern.

In meinem Zimmer angekommen, bot ich Brad

meinen Schreibtischstuhl an, während ich auf dem Bett Platz nahm. So wie alle meine Brüder war ich sehr ordentlich. Brads musterndem Blick hielt ich stand.

»Schieß los! Worüber willst du mit mir reden?«

»Ich würde dich gerne bei *Johnson Security* einstellen.«

»Was?!« Ich hatte mich bestimmt verhört. Doch Brad nickte. »Mich? Wieso?«

»Nun, du willst keine Profikarriere im Baseball einschlagen und auch nicht in Moms Fußstapfen in Hollywood treten. Obwohl du das Talent hättest und natürlich ihre Unterstützung. Oder hat sich daran etwas geändert?«

»Wieso ist das so wichtig?« Ich stand auf, wollte den Fesseln entfliehen, die ich bereits um meine Brust spürte. »Ich bin noch nicht mal mit dem College fertig. Ich habe noch Zeit, zu entscheiden, was ich machen will.« Ich stellte mich in die äußerste Ecke meines kleinen Zimmers und verschränkte die Arme vor der Brust. Leider stimmte Brad mir nicht zu, sondern musterte mich mit gerunzelter Stirn. Es gefiel mir nicht. Innerlich wappnete ich mich, alles, was er vorschlug, abzuwehren. Das College war meine Zeit, hier konnte ich sein, wer ich wollte. Einer unter vielen und nicht der Jüngste von …

»Ich habe Pläne für *Johnson Security*«, erklärte mir

Brad und lehnte sich vor. Als ob er sicherstellen wollte, dass ich ihm zuhörte. Das tat ich, auch wenn mich das Thema nicht sonderlich interessierte.

»Große Pläne«, fuhr er fort. »Vor allem im Cyber-Security-Bereich.«

»Caleb arbeitet bereits für dich, er ist das Computergenie der Familie. Also wirst du mit ihm deine Ziele erreichen«, unterstützte ich Brad verbal. »Dad ist bestimmt sehr stolz auf euch. Aber für mich ist das nichts«, winkte ich ab. »Was sollte ich dort überhaupt tun?« Lachhaft. Nein, ich sah mich irgendwo ganz anders. Keine Ahnung wo, nur musste ich das mit einundzwanzig wirklich schon wissen?

»Ich bin sicher, wir finden eine Stelle für dich. Du bist ein guter Schütze und auch im Nahkampf nicht zu unterschätzen«, ließ Brad nicht locker.

»Somit kann ich als Bodyguard anheuern. Die verdienen, glaube ich, ganz gut. Soll ich beim Präsidenten vorsprechen?«, witzelte ich. Ich würde nichts dergleichen tun. Nur weil ich nicht wusste, was ich nach dem College machen wollte, bedeutete das nicht, dass ich ebenfalls bei unserem Dad arbeiten sollte. Unsere Schwester machte auch ihr eigenes Ding. Na bitte.

»Nein, nicht beim Präsidenten. Sondern zu Hause. Ich möchte, dass du in den Semesterferien bei uns ein Praktikum machst. Gavin wird dir alles zeigen.«

»Nein, das habe ich doch schon gesagt.« Auch ich konnte stur sein. »Was soll das alles?«

Dieses Mal stand Brad auf. Er wirkte auf einmal gehetzt. Oder bildete ich mir ein, dass er plötzlich einem Raubtier in einem Käfig ähnelte. Er ballte seine Fäuste, lockerte sie wieder und schüttelte dabei den Kopf.

»Geht es dir gut? Möchtest du an die frische Luft?«

»Nein. Alles gut. Hör zu …« Sein Adamsapfel hüpfte, er räusperte sich.

»Ja?«, hakte ich nach, als er nicht weitersprach.

»Ich muss dir etwas sagen.«

Oh, oh, das klang nicht gut. »Worum geht es?«

»Ist gar nicht so leicht.« Er räusperte sich ein weiteres Mal. »Also du warst noch sehr jung, wahrscheinlich erinnerst du dich nicht mehr, was auch gut ist«, begann Brad und setzte sich wieder. Er lehnte sich zurück und gab mir mit einer Geste zu verstehen, ich solle ebenfalls Platz nehmen. Ich tat ihm den Gefallen, stützte mich auf meine Ellbogen und wartete.

»Dad ist öfter mal auf Geschäftsreise gegangen, aber einmal ist er zwei Wochen weggeblieben und ich konnte ihn nicht erreichen. Caleb hat ihn nicht gefunden.«

Mein Bruder, der IT-Crack, der sich auch im Darknet auskannte? Das klang nicht gut.

»Jedenfalls haben Caleb und ich in dem Sommer ein Praktikum bei Dad gemacht und er hat uns dabei erzählt … nun ja …« Brad schluckte.

»Nun sag schon endlich, was los ist!« Ich sprang bereits wieder auf.

»Dad war mal Soldat und danach hat er für die NSA gearbeitet! So, jetzt weißt du es!«

»Was? Das ist doch absoluter Blödsinn. Wo ist die versteckte Kamera?« Ich sah mich demonstrativ in meinem Zimmer um. Doch Brad schüttelte den Kopf.

»Nein, es ist wahr.«

»Das kann nicht sein. Unmöglich. Nein, da musst du etwas falsch verstanden haben.« Ich ließ mich auf das Bett plumpsen.

»Ich habe ganz sicher nichts falsch verstanden«, wehrte Brad ab. Er wirkte müde, richtiggehend erschlagen.

Aber es konnte nicht sein. Unser Dad hatte doch mit mir Bälle geworfen, mehrmals die Woche im nahe gelegenen Park. Und Jacky hatte immer für ihn gesungen. Im Garten. Er hatte auch kein einziges von Brads Highschool-Spielen verpasst. So etwas machten keine Agenten, die Verbrecher jagten …

»Wieso erzählst du mir das jetzt? Sind wir etwa in Gefahr? Oder ist jemand hinter Dad her? Kann ich ihn deshalb nicht erreichen?« Meine Fantasie begann mir Streiche zu spielen. Ich sah vor meinem inneren Auge wilde Verfolgungsfahrten, Männer in dunklen Anzügen, die bis an die Zähne bewaffnet waren. Granatwerfer, Panzer und Helikopter. Mir schwirrte der Kopf. Ich schüttelte mich, wollte die Bilder wieder loswerden. Aber es klappte nicht.

»Luke. Luke! Beruhige dich.«

Nein, ich konnte nicht. Auf einmal bekam ich keine Luft mehr.

»Hey, Luke. Ruhig atmen. Ein und aus. Es geht allen gut. Alle sind wohlauf. Beruhige dich.« Brads Hand lag schwer auf meinem Arm, doch es funktionierte, der Druck auf meiner Brust ließ nach.

»Geht's wieder?«

»Ja.«

Brad holte mir ein Glas Wasser, das ich gierig austrank. Erst nach einer Weile fuhr er fort.

»Dad hat *Johnson Security* gegründet, als er aus der NSA ausgestiegen ist. Ich arbeite seit dem College an einem Geschäftsplan, denn Caleb und ich möchten Dads Firma zur Nummer eins in Cyber-Security machen.«

»Was sagt Dad dazu? Oder will er nicht? Und jetzt soll ich mit einsteigen und dich und Caleb und natürlich Gavin unterstützen? Du denkst, dass wir Dad zu viert überzeugen können?«

Eine geschlossene Front, alle vier Brüder vereint.

»Es ist etwas anders. Ich habe Dad vor ein paar

Tagen meinen Geschäftsplan präsentiert. Als Antwort hat er mir die Schlüssel für die Firma überreicht und ist gegangen.«

»Wohin?«

»Wir können ihn nicht finden. Somit denke ich, er will auch dieses Mal nicht gefunden werden. Was uns zu dem Schluss kommen lässt, dass er zur NSA zurückgegangen ist. Vielleicht war seine eigene Firma auch immer nur eine Tarnung.«

Brads Hand lag wieder auf meinem Arm. Dennoch drifteten meine Gedanken in die Vergangenheit. In unsere Kindheit. Wir waren ganz normal aufgewachsen, weit weg von Hollywood in einem Vorort von San Antonio, Texas. Nie hatte sich ein Paparazzo zu uns verirrt. Sonntags hatten wir gegrillt, zu Weihnachten Plätzchen gebacken. Dads Freunde waren immer am Donnerstagabend zum Poker gekommen. Mom hatte sich mit ihrem Buchclub getroffen. Alles war ganz normal und stinklangweilig gewesen. Und jetzt auf einmal sollte alles ganz anders gewesen sein?

»Wie lange war er damals weg? Wie alt war ich da?«

»Du warst zehn. Es waren zwei Wochen.«

»Wieso denkst du, dass es dieses Mal anders ist?« Hoffnung keimte in mir auf, dass vielleicht alles nur ein Missverständnis war.

»Ein Gefühl.« Er räusperte sich. »Denk bitte über

das Praktikum nach. *Johnson Security* ist eine tolle Firma und ich … wir … wir können etwas Großartiges daraus machen. Wenn wir zusammenhalten.«

Wenn wir zusammenhalten. Darum ging es also. Brad hielt die Familie zusammen. Als neues Familienoberhaupt …

»Hat sich Mom wegen der NSA von Dad getrennt? Weiß sie, dass er weg ist?«

»Ich habe sie angerufen. Sie hat gefasst auf Dads Verschwinden reagiert. Sie kennt ihn am besten, wir wohl nicht ganz so gut.«

Nein, ich kannte meinen Dad gar nicht. Er war ein Lügner! Wütend stand ich auf. Am liebsten würde ich meine Sportschuhe anziehen und joggen gehen. Einfach davonrennen, ohne mich nochmals umzudrehen.

Stattdessen stellte ich mich mit vor der Brust verschränkten Armen ans Fenster. Der Himmel war so blau. Wie bestellt, standen Zane und Lisa unweit entfernt und wirkten sehr vertraut miteinander. Er brauchte mich nicht. Genauso wie meine Teamkameraden die Columbia nächste Woche auch ohne mich besiegen könnten. Würde es eine Rolle spielen, wenn ich den Test am Montag in den Sand setzte? Mein Notenschnitt interessierte ja doch keinen mehr … Alles war eine Lüge …

Auf einmal spürte ich Brad neben mir. Hatte er etwas gesagt? »Was?«

»Es tut mir leid. Wir sind alle geschockt. Wenn du reden willst, ruf mich an. Jederzeit.«

Ich nickte, was sollte ich sonst tun?

»Du kannst den Sommer natürlich auch bei Mom verbringen. Sie würde sich bestimmt freuen. Ebenso, wenn du doch mit ihr zusammenarbeiten willst. Du hast Talent. Oder du arbeitest hinter der Kamera. Vielleicht schreibst du mal ein Buch. Als Kind hast du immer diese Comics gezeichnet.« Brad hörte sich unsicher an, als ob er testete, wie es wäre, Dads Rolle zu übernehmen. Er würde es nicht schaffen, unseren Vater zu ersetzen, niemand konnte das.

»Und du kannst mit Finanzen umgehen, das Studium zahlt sich aus. Wenigstens muss ich mir deswegen keine Sorgen machen«, redete er weiter, als ich noch immer nichts sagte.

»Ich denke darüber nach.« Und damit meinte ich alles: die Semesterferien, meine Zukunft und meine Vergangenheit. Die Tatsache, dass ich bis heute nichts mitbekommen hatte und jetzt nicht wusste, wie ich meinem Dad jemals wieder etwas glauben sollte. Ich wusste nicht mal, was ich sagen sollte, wenn er zurückkäme. Nur eines war sicher: Ich wäre verdammt froh, wenn er wieder auftauchen würde und meine Welt wieder ganz normal wäre. Ich wünschte, ich könnte die Zeit zurückdrehen.

KAPITEL 1

Sieben Jahre später in Los Angeles, Kalifornien

RUBY

Dunkle Limousinen, roter Teppich, Blitzlichtgewitter. Auch heute trug ich ein Kleid einer namhaften Designerin. Es war dunkelgrün, ärmellos, aber mit einem Cape versehen. Der Gürtel besaß eine mit Perlen bestickte Schnalle und der Beinschlitz war so hoch, dass ich aufpassen musste, wenn ich mich setzte. Und eigentlich hätte ich auf Unterwäsche verzichten müssen, wenn ich nicht wollte, dass sie durch den fließenden Stoff »sichtbar« war. Doch das kam nicht infrage, dann war mein Erscheinungsbild eben nicht so makellos wie das der Berühmtheiten, die mich umgaben. Es war egal, denn hier interessierten sich nur zwei Menschen für mich: meine Chefin, der Hollywoodstar Celia Jacob, und ihr Sohn Luke, der uns heute wieder begleitete.

Wir hielten uns im Gegensatz zu seiner Mutter im Hintergrund und lächelten. Außerdem versuchte ich, mein wild pochendes Herz in den Griff zu bekommen, denn ich war gegen Lukes Charme nicht immun. Nicht gegen seine blauen Augen, in denen gerne der Schalk tanzte und mit denen er mich ab und an so intensiv musterte, dass ich dachte, Luke könnte in meinen Kopf blicken. Was er dort entdecken würde, war klar. Ich wollte ihn küssen, schon so unglaublich lange. In meiner Fantasie ging ich sogar noch weiter. Ich wollte ihm den Smoking ausziehen, in dem er verboten gut aussah. Damit ich endlich seinen trainierten Körper aus der Nähe betrachten konnte.

Ich wusste, dass einige der Reporterinnen und jungen Schauspielerinnen genau dasselbe dachten, denn sie hielten mit ihren eindeutigen Angeboten nicht hinter dem Berg. Doch Luke reagierte nicht auf sie, blieb stattdessen stoisch an meiner Seite, auch wenn ich nur die Assistentin seiner Mom war.

Heute bildete ich mir sogar ein, dass er noch näher bei mir stand als sonst. Vielleicht roch sein Aftershave auch nur besonders intensiv, denn es kitzelte mich in der Nase. Ich liebte den herben und gleichzeitig frischen Duft. Mir wurde bereits ganz warm davon.

»Celia, wird Ihr Sohn ebenfalls in Ihrer nächsten Filmproduktion mitspielen?«

»Dazu kann ich nichts sagen.«

»Von wem ist dieses atemberaubende Kleid?«

»Lewis Francis Brown, einer Nachwuchsdesignerin aus Austin, Texas. Meine Schwiegertochter hat es für mich entdeckt. Ihr gehört die App *Love Your Style*.«

»Werden wir in den Genuss eines Duetts mit dem Countrystar Jacky Johnson kommen, nachdem sie in Ihrer Serie mitgespielt hat?«

Anstelle eines Kommentars lachte Celia gutmütig. Jacky Johnson war Celias Tochter, was diese bis heute nicht an die große Glocke hängte. Sie wollte es ohne Vitamin B von Celia schaffen und dafür bewunderte ich sie. Seit drei Jahren waren wir befreundet, doch ich hatte Jacky kein einziges Mal mit ihrer Mutter singen gehört.

»Begleitet Ihr Sohn Sie jetzt öfter zu Veranstaltungen?«

»Luke, wann werden Sie Ihren ersten Film produzieren?«

Ich trat einen Schritt zurück, damit Luke näher an die Reporter herantreten konnte, doch er hielt mich sanft an meiner Hand zurück. Meine Haut prickelte, ich hätte ihn gerne länger berührt, aber natürlich war es besser, dass er mich sofort wieder losließ.

»Du bleibst«, raunte er mir zu.

»Um nicht zu verpassen, wenn wieder jemand fragt, seit wann wir ein Paar sind?«

»Wenn ich leide, leidest du mit mir, verstanden?« Lukes Mundwinkel zuckten, als er subtil eine Augenbraue hob.

»Wenigstens werde ich dafür bezahlt, hier zu sein«, antwortete ich gespielt hochnäsig.

Sein leises Lachen klang jedoch, als ob er sich sicher wäre, dass er am Ende als Gewinner vom Platz gehen würde. Dabei wussten wir beide, dass sich jeder von uns weit weg wünschte.

»Wünschst du dich gerade zurück nach San Antonio?«, fragte ich ihn geradeheraus.

»Nein, es ist toll hier.«

Aber sicher.

»Du siehst sehr hübsch aus, das Grün steht dir.«

»Vielen Dank.« Ich gab das Kompliment nicht zurück, er wusste bestimmt, wie attraktiv er war. Außerdem wollte ich nichts von ihm. Celia hatte im Frühsommer plötzlich die Idee gehabt, dass Luke und ich sie zu den zahlreichen Veranstaltungen begleiten sollten, an denen sie teilnahm.

Luke war Personalchef bei *Johnson Security*, einer Sicherheitsfirma, die sein Dad vor über dreißig Jahren in San Antonio, Texas gegründet hatte. Auch seine Brüder arbeiteten dort, der älteste, Brad, war mittlerweile der CEO. Genauso waren alle Geschwister an

Jacob Productions, der Firma ihrer Mutter mit Sitz in Santa Monica, beteiligt.

Früher war Brad häufig dabei gewesen, doch da er Vater wurde, war es nun Lukes Aufgabe, mit seiner Mutter auf den roten Teppichen zu erscheinen. Aber ich wusste, Celia verfolgte mit ihrer plötzlichen Eingebung ein höheres Ziel: Sie wollte Luke und mich verkuppeln. Ich wusste es, er wusste es. Celia würde natürlich nichts dergleichen zugeben. Sie war meine Chefin, aber gleichzeitig eine riesengroße Romantikerin. Und irgendwann mal hatte sie sich in den Kopf gesetzt, dass ihr Sohn und ich gut zusammenpassen würden.

Sie hatte absolut recht, ich bildete mir unsere Anziehung nicht ein. Aber das bedeutete nicht, dass ich mit dem Sohn meiner Chefin irgendetwas anfangen würde. Ich war doch nicht dämlich.

»Lasst uns etwas trinken, ich bin am Verdursten.« Offenbar war Celia fertig, denn sie scheuchte uns ins Innere des Gebäudes. Ein vorbeieilender Kellner reichte uns je ein Glas Champagner.

»Auf einen schönen Abend.« Celia prostete uns zu. Sie strahlte regelrecht, passenderweise trug sie ein goldenes Kleid, das die Wirkung noch unterstrich. Dazu hatte sie ihre roten Haare hochgesteckt. Celia passte perfekt hierher, denn auch der Saal, in dem die Preisverleihung stattfand, war an Opulenz kaum zu überbieten: Glitzernde Kronleuchter, gestärkte Tischdecken, die so weiß waren, dass einem die Augen davon schmerzten, poliertes Silberbesteck ohne einen einzigen Wasserfleck. Auch das Essen würde so gut sein, dass es einen Michelin-Stern verdiente. Ich war mir ganz sicher. Das Problem war nur: Mir war jetzt schon stinklangweilig. Und im Gegensatz zu Luke konnte ich es nicht so gut verbergen.

Meine Freundin Anna nannte es Jammern auf hohem Niveau. Doch wie hieß es so schön? *Hast du eine Veranstaltung gesehen, hast du sie alle gesehen.* Und es stimmte. Nach drei Monaten und über einem Dutzend Preisverleihungen hatte ich ganz einfach genug davon.

Um ehrlich zu sein, hatte ich sogar vergessen, wo genau wir uns befanden. Irgendwo in Los Angeles. Schmunzelnd ließ ich meinen Blick schweifen. Ich arbeitete definitiv schon zu lange im Showbiz, wenn mich nicht mal die Tatsache beeindruckte, dass die Crème de la Crème Hollywoods anwesend war. Leider konnte ich nicht gehen. Also hieß es: Zähne zusammenbeißen, freundlich lächeln und darauf hoffen, dass dieses Event bald vorbei war. Und so folgte ich Celia und Luke zu unserem Tisch.

Eine Stunde später begann ich mein Limit von einem Glas Wein zu überdenken. Eine weitere

Stunde später überlegte ich, ob es auffallen würde, wenn ich zwischendurch ein Sudoku auf meinem Handy löste. Ja, wahrscheinlich. Also lächelte ich weiterhin, obwohl mein Kiefer bereits schmerzte, und klatschte bei jeder Bekanntgabe eines Preisträgers euphorisch mit. Genau genommen bei jedem Mal, wenn Applaus aufbrandete. Währenddessen träumte ich von einem saftigen Burger mit Zwiebelringen oder noch besser einer großen Pizza mit extra Käse.

Natürlich war das Essen heute Abend exquisit. Leider war ich kein Fan von Kaviar oder Wachteleiern, genauso wenig davon, dass jedes Gericht mit einem Schäumchen versehen war.

»Dieses Jahr haben sich besonders viele adaptierte Drehbücher für eine Auszeichnung qualifiziert«, erzählte der Moderator, der seit zwanzig Jahren der Star einer Sitcom war. Applaus. »Besonders freut es mich, dass der Debütroman von …«

Ich klinkte mich geistig bereits wieder aus. Ich hatte bis vor Kurzem pro Woche Dutzende Drehbücher für Celia gelesen. Doch meine übliche Arbeit wurde nun von Celias zweitem Assistenten Kenneth verrichtet. Ich war aufgestiegen, arbeitete nicht mal mehr am Wochenende. Das war ganz schlecht. Nicht nur, weil ich das Geld brauchte, sondern auch, weil ich plötzlich viel zu viel Freizeit hatte und grübelte. Über die letzten sieben Jahre und was ich hätte besser machen können.

Applaus brandete auf. Lächeln nicht vergessen.

Mein Handy brummte in meiner kleinen Handtasche, die ich auf meinem Schoß platziert hatte. Zu gerne hätte ich nachgesehen, denn bestimmt schickte mir Anna wieder etwas Lustiges.

»Gewonnen hat *Jacob Productions* mit *Einmal war nicht genug.*«

Ja! Ich sprang auf, umarmte Celia und klatschte danach, als sie, zusammen mit Luke und dem Drehbuchautor, den Preis entgegennahm. Ob ich während ihrer Laudatio einen Blick auf mein Handy werfen könnte? Wieso eigentlich nicht? Kurzerhand klaubte ich es aus meiner winzigen Handtasche und drückte auf das Display.

Anna hatte mir fünf Nachrichten geschickt.

> Falls der Abend wirklich so langweilig ist, wie du befürchtet hast, haben wir etwas für dich. Alternativ kannst du natürlich auch Luke anschmachten. Schick mir ein Foto von ihm.

Ganz sicher würde ich Luke nicht fotografieren. Lieber drückte ich auf die nächste Nachricht.

Auf dem ersten Foto lachte mir ihr Sohn Oli entgegen. Er trug einen Helm wie Iron Man, dank der Zahnlücke sah er aber süß statt verwegen aus.

Auf dem nächsten Foto spannte Oli die Muskeln an wie Hulk Hogan. Wie passend, dass er gleich das Fan-Shirt dazu trug.

Auf dem dritten Foto hielt er sein Skateboard in die Luft. Noch mehr Superhelden. Die letzte Nachricht war ein kurzes Video: Oli, wie er in einem Skatepark herumfuhr und sogar über eine Rampe sprang.

Zu seinem sechsten Geburtstag wollte ich ihm eine Halfpipe bauen. Annas Garten war hoffentlich groß genug dafür, ein Vorteil, dass sie auf dem Land lebten. Ich hingegen liebte die Großstadt. Der einzige Grund, warum ich nicht direkt in L.A. wohnte, war sehr simpel: Es war zu teuer.

Das Video dauerte nur ein paar Sekunden. Aber besonders den Schluss, als sich Oli nach einer geglückten Landung mit leuchtenden Augen zu seiner Mom drehte, konnte ich nicht wegklicken. Denn ich erinnerte mich daran, dass ich mich in seinem Alter ebenso gefühlt hatte: vor Glück am Zerbersten. Tja. Das war leider schon sehr lange her.

»Alles in Ordnung?«, fragte mich eine dunkle Stimme, die besorgt klang.

»Was? Ich meine, wie bitte?« Luke und Celia waren zurück am Tisch.

»Was siehst du dir an?«, hakte sie gleich nach.

»Oh, das ist nichts. Auf *Jacob Productions*.« Ich hob mein leider leeres Glas, was der Kellner sofort als

Aufforderung verstand, nachzuschenken. Dieses Mal hielt ich ihn nicht auf, denn die Veranstaltung war noch lange nicht vorbei.

Celia wurde wieder in ein Gespräch verwickelt, doch Lukes Blick ließ mich nicht los. Dunkle Haare in Kombination mit blauen Augen waren wohl mein Kryptonit. Oder waren es volle Lippen und ein Lächeln, von dem mein Höschen feucht wurde?

Dafür hatte ich keine Zeit und schon gar keine Nerven. Genauso wenig wie dafür, weitere solcher Veranstaltungen zu besuchen. Morgen würde ich mit Celia reden. Jemand anders, der mehr Spaß an diesen Events hatte, konnte meinen Platz einnehmen. Ich war ihre Assistentin, nicht mehr und nicht weniger. Als ob ich mir für das Gespräch heute schon Mut antrinken müsste, verschwand der Inhalt meines Weinglases auf ex.

»Und wenn Celia dich feuert?«, fragte Anna mich zwei Stunden später mit großen Augen, während wir telefonierten. Wir saßen beide in unseren Küchen, Anna bei einem Glas Rotwein, ich bei einer Packung Karamelleiscreme mit Stückchen. Unsere Handys hatten wir so platziert, dass wir einander auch dann noch gut sehen konnten, wenn sich eine von uns Nachschub holen wollte.

»Das wird sie nicht. Ich muss ihr einfach erklären, dass es mir keinen Spaß mehr macht.« Ich war mir mittlerweile sicher, dass Celia es verstehen würde. Veranstaltungen besuchen hatte auch früher nie zu meinen Aufgaben gehört. Ich hatte den Ablauf koordiniert, die Limousinen gemietet, Celias Chauffeur einbestellt, mich mit *Johnson Security* um die Bodyguards gekümmert. Jetzt lief ich auf dem roten Teppich mit und Kenneth koordinierte alles. Furchtbar. Daran konnte selbst Luke nichts ändern. Natürlich nicht, wir waren ja kein Paar.

»Also ich glaube nicht, dass mein Chef so tolerant wäre«, gab Anna zu bedenken.

»Dein Chef schickt dich zu Konferenzen, die dich persönlich weiterbringen, und nicht zu Preisverleihungen, bei denen sich die Filmindustrie die Bäuche vollschlägt und sich selbst beweihräuchert.«

»Ja, das stimmt. Vielleicht sollte ich die Branche wechseln.«

»Du liebst Public Relations, das ist genau dein Ding«, erinnerte ich meine Freundin.

Aber Anna verzog den Mund.

»Was ist denn? Gibt es Probleme? Hat dein Chef jetzt doch etwas dagegen, dass du und Cooper für T&M Telekom arbeitet?«

»Nein, T&M Telekom ist nur einer unserer Kunden, und Coop ist stellvertretender Abteilungsleiter für die Region Nordwest. Wir haben nichts miteinander zu tun.«

»Okay, aber sonst …«

»Sprechen wir lieber über Luke«, unterbrach sie mich. »Hast du ein Foto gemacht? Was hat er gesagt? Und wann seht ihr euch wieder? Wie hat er dieses Mal darauf reagiert, als er gefragt wurde, ob ihr ein Paar seid?«

»Die Frage habe ich verpasst. Und ansonsten ist er nicht mein Freund. Er ist der Sohn meiner Chefin, arbeitet die meiste Zeit in San Antonio und außerdem suche ich keine Beziehung.« Das Thema war für mich beendet. Also verschloss ich meine Eiscremepackung und verstaute sie im Gefrierfach.

»Bist du glücklich, Ruby?«

Müde lehnte ich mich an die Küchenanrichte. Die Frage war zu tiefgründig für diese späte Stunde.

»Also ich bin es nicht«, gestand Anna.

»Wieso? Ist etwas passiert?« Zurück am Küchentisch griff ich nach meinem Handy, um Anna näher zu sein.

»Ich denke, Cooper wird bald wieder umziehen wollen und ich nicht. Oder anders gesagt: Ich überlege, unsere Vereinbarung aufzulösen.«

»Das wusste ich nicht. Denkst du schon länger darüber nach?«

»Seit wir nach Dallas gezogen sind.«

Das war vor zwei Jahren gewesen.

»Ich dachte, es wäre eine gute Idee, dass wir Oli zusammen großziehen«, fuhr sie fort. »Selbst als wir kein Paar mehr waren. Nur, dass wir alle zwei Jahre umziehen, meist sogar den Staat wechseln, ist doch Irrsinn. Coop behauptet, es gehöre zu einer Karriere dazu, nur so könne er rasch aufsteigen und genug Geld für uns verdienen.«

Das klang zwar plausibel, aber auch sehr anstrengend.

»Dabei arbeite ich ebenfalls und verdiene gut. Uns fehlt es an nichts. Ich glaube ...« Sie atmete tief aus. »Ich glaube, ohne Oli wäre Coop in Hollywood geblieben.«

»Kann schon sein. Aber er liebt Oli. Und dich mag er auch. Daran hat sich nichts geändert.« Was Anna mit Coop hatte, war selten. Er war ein guter Kerl, lief nicht gleich weg, wenn es Probleme gab. »Hast du denn mit ihm darüber gesprochen?«

»Nein, es ist nur so ein Gefühl, das davon verstärkt wird, dass Oli nächstes Jahr eingeschult wird. Somit ist es die letzte gute Gelegenheit, umzuziehen. Theoretisch. Denn was in zwei Jahren sein wird, weiß ja wieder keiner.«

»Rede mit ihm. Kann ich in der Zwischenzeit irgendetwas für euch tun?«

Sie biss sich auf die Unterlippe, doch dann nickte Anna vehement.

»Ich überlege, mich selbstständig zu machen.«

»Das war immer dein Traum.«

»Zu meinem Traum gehörst auch du dazu. Ja, ich weiß, ich höre wieder auf, dich zu drängen.«

»Es tut mir leid.«

»Schon gut. Hilfst du mir, einen Geschäftsplan aufzustellen? Nichts Großes, ich würde allein arbeiten, also vorerst. Und natürlich müsste ich sehen, wie es neben Oli klappt. Noch sind wir ja nicht ortsgebunden, und wir könnten auch in deine Nähe ziehen.«

»Zurück nach L.A.?«

»Warum denn nicht? Wie gesagt, denke ich, Coop will sowieso zurück. Und wenn nicht, muss ich trotzdem nicht in Dallas bleiben. Cooper wird mich unterstützen, genau wie ich ihn.«

»Schade, dass es auf der romantischen Ebene nicht geklappt hat mit euch. Ihr seid ein gutes Team.«

»Ja, das stimmt.«

Anna nippte an ihrem Glas, wirkte einen Moment tief in Gedanken versunken. Als sie wieder aufblickte, fragte sie mich: »Wie geht es denn deiner Mom?«

»Gut. Sie ist offenbar glücklich. Sie arbeitet seit Neuestem im Freizeitpark.« Ich klang spöttisch, obwohl ich versuchte, mich für sie zu freuen. Aber ich konnte es nicht, dazu war ich zu wütend. Auf diesen

Julio, auf meine Mom und vor allem auch auf mich selbst. Wenn ich damals eher nach Philly gereist wäre, hätte sie nicht all ihr Geld verloren. Hochstapler, Heiratsschwindler, Onlinebetrüger. Es gab viele Bezeichnungen für Julio und mindestens genauso viele Namen, unter denen er bekannt war, nur seinen echten kannte ich nicht. Niemand. Und das machte mich noch viel wütender. Denn der Kerl hatte bestimmt unzählige Frauen ausgenommen. Ihnen die große Liebe vorgespielt und sie dann über den Tisch gezogen.

»Ach schade, dann bekomme ich keinen Rabatt mehr im Shop der Schokoladenfabrik?« Anna ignorierte meinen verkniffenen Mund und meine hochgezogene Augenbraue.

»Du kannst selbst nach Clark ziehen«, antwortete ich zuckersüß.

Das Städtchen Clark lag in der Nähe von Harrisburg und war der Hauptsitz und Gründungsort der Clark Group, einer Hotelkette in den USA und der Karibik. Die Erfolgsgeschichte hatte vor hundert Jahren begonnen. Mittlerweile gehörten nicht nur ein Hotel und der Freizeitpark, sondern auch eine Brauerei und die Schokoladenfabrik dazu.

»Clark besitzt ein Eishockeyteam. Das wäre doch ein Grund, es dir zu überlegen«, behauptete Anna.

»Ich bin und bleibe eingefleischter Philadelphia-

Pucks-Fan. Nie im Leben könnte ich in die Nähe von Harrisburg ziehen.«

»Ich dachte, es gäbe keine Rivalität zwischen Philadelphia und Harrisburg?«

Ich zuckte mit den Schultern, es war doch egal, ob es die gab oder nicht. Ich würde nicht in ein »Kinderparadies« ziehen. Ich hatte andere Pläne für meine Mom und mich gehabt und diese bis heute nicht aufgegeben.

»Ich weiß, dass du noch immer von *Janis & Ruby Flowers* träumst, aber vielleicht sollte es nicht sein.«

»Nein, ganz bestimmt sollte es nicht sein, dass ein Betrüger unseren Traum kaputt macht!«, antwortete ich aufgebracht. Selbst nach sechs Jahren war ich nicht darüber hinweggekommen, im Gegensatz zu meiner Mom. Nur wusste sie nicht, dass ich schon bald genug gespart haben würde, um einen Kredit aufzunehmen. Wenn ich erst einmal ihre alte Gärtnerei zurückgekauft hatte, musste sie nicht mehr an der Kasse eines Vergnügungsparks sitzen.

»Es tut mir sehr leid.«

»Ja, mir auch.« Müde rieb ich mir die Stirn.

»Es ist schon spät, besser, ich gehe schlafen.«

»Tut mir leid, ich vergesse immer, dass wir zwei Stunden Zeitverschiebung haben.«

»Ebenfalls ein Grund, zurück nach L.A. zu ziehen oder nach Philadelphia, einfach dorthin, wo du auch bist. Morgen ist Oli bei Cooper, ich kann ausschlafen. Es ist Wochenende«, flötete sie.

Ja, ich konnte leider ebenfalls ausschlafen. Es hatte mir nie etwas ausgemacht, Überstunden zu arbeiten. Denn ganz ehrlich: Drehbücher zu lesen, Castings zu organisieren oder Reisen zu planen, war doch wie ein Spaziergang im Park. Ich war von Anfang an unterfordert gewesen. Cooper hatte recht gehabt, es war leicht verdientes Geld, für Celia zu arbeiten. Leider hatte ich nicht kapiert, dass in dieser Branche für alles ein Preis bezahlt werden musste.

KAPITEL 2

LUKE

Einen Moment lang hatte ich gedacht, dass das Kind auf Rubys Handy ihres wäre. Das wäre nicht weiter schlimm gewesen, wenn mich nicht im nächsten Moment die Eifersucht gepackt hätte. Dabei wusste ich, dass sie nicht verheiratet war oder ein Kind besaß.

Und etwas anderes war mir auch sonnenklar: Ich musste die Spielchen meiner Mutter beenden und mich wieder auf die Tatsachen konzentrieren, dass Ruby die Assistentin meiner Mutter war. Zwischen uns würde nichts laufen, keine Romanze entstehen und ganz bestimmt würde auch niemand Hochzeitsglocken hören.

»Mom, ich muss zurück nach San Antonio«,

erklärte ich meiner Mutter auf der Rückfahrt zu ihrer Villa nach Santa Monica. »Jetzt, da Jacky ihr Musikalbum fertig aufgenommen hat und erneut auf Clubtour geht, fällt Vander auf meiner Seite aus. Ich muss mich um die Ausbildung unserer neuen Mitarbeiter wieder selbst kümmern.« Etwas, das ich an den Verlobten meiner Schwester delegiert hatte. Gleichzeitig war er Jackys Bodyguard und begleitete sie natürlich auch auf ihren Touren.

»Dein Dad kann sich um die Ausbildung kümmern.«

Natürlich konnte er meinen Job im Halbschlaf erledigen, dachte ich bitter. Ich wollte gar nicht wissen, was er die letzten sieben Jahre den lieben langen Tag getan hatte. Nicht, dass er es mir jemals erzählt hätte. Verdammte sieben Jahre war er weg gewesen und vor sechs Monaten einfach so wieder aufgetaucht. Offenbar war er als Agent in Rente gegangen. Brad hatte ihn wieder eingestellt, und meine Geschwister hatten sich mit der neuen Situation arrangiert. Aber mir gelang es nicht. Es war inzwischen zu viel passiert, bei dem wir unseren Dad an unserer Seite gebraucht hätten. Zum Beispiel, als meine Schwägerin im Dienst erschossen worden war. Ich versuchte, das hilflose Gefühl von damals wieder abzuschütteln.

»Bis jetzt bin immer noch ich der Personalchef bei

Johnson Security.« Als ob Mom das nicht wüsste. Wir hatten das Sicherheitssystem in ihrer Villa installiert, genauso stellten wir ihre Bodyguards oder überprüften die Locations ihrer Auftritte doppelt und dreifach.

»Ja, mir ist schon klar, dass du in San Antonio unabkömmlich bist. Aber du bist auch Teil von *Jacob Productions*«, fuhr sie fort. »Und jetzt, da dein Bruder bald Vater wird, hat Brad keine Zeit, hier zu sein.«

»Und somit ist es meine Aufgabe?« Mein zweitältester Bruder Gavin war Brads Stellvertreter und ebenfalls Vater. Caleb war unser Cyber-Security-Spezialist und vollauf mit einem Großauftrag beschäftigt. Natürlich blieb dann nur ich übrig. Frustriert rieb ich mir den Nasenrücken.

»Nun ja, ich bin ehrlich gesagt etwas enttäuscht von dir.«

»Wie bitte?!« Ich musste mich verhört haben. »Ich habe nicht einen Termin verpasst und das seit drei Monaten. Obwohl ich noch einen Job in San Antonio habe«, verteidigte ich mich sogleich.

»Ja, ich habe es verstanden, aber betone es ruhig ein weiteres Mal.« Ihre blauen Augen wurden schmal, als ob ich wirklich etwas ausgefressen hätte. Doch das hatte ich nicht, und ich war auch kein Kind mehr, selbst wenn sie mich mit ihrer Reaktion dazu brachte, mich wieder wie eines zu fühlen. Ich war erwachsen, achtundzwanzig Jahre alt. Unwillkürlich setzte ich mich gerader hin.

»Ruby wirkt unzufrieden. Noch mehr als vorher«, erklärte meine Mom.

»Ruby? Wann vorher? Bevor sie begonnen hat, sich zu langweilen?«, fragte ich sarkastisch nach. »Was ungefähr nach der dritten Veranstaltung gewesen sein muss.« Das war im Juli gewesen, jetzt hatten wir September. Natürlich hatte ich es gemerkt, mir ging es ja nicht anders.

Aber ehrlich, der einzige Grund, warum Mom uns zu ihren Veranstaltungen antraben ließ, war, weil sie uns verkuppeln wollte. Das war so offensichtlich. Bestimmt auch für Ruby. Zudem wurden meine Geschwister nicht müde, mich damit aufzuziehen.

»Sie war überlastet, darum haben wir Kenneth eingestellt. Und ich wollte, dass sie auch mal rauskommt«, erklärte Mom ihre Motivation. »Sie wirkte niedergeschlagen, müde und hin und wieder abgekämpft.«

Ich konnte nichts dergleichen bei Ruby erkennen. Es stimmte schon, dass sie früher überlastet gewesen war, wobei sie wirklich nicht jedes Wochenende hätte arbeiten müssen.

»Ich wollte, dass sie etwas Spaß hat. Und das ist ja deine Spezialität. Leider scheint im Moment davon nicht viel übrig zu sein. Warum nicht?«

Ich öffnete meinen Mund, doch da ich nicht wusste, was ich sagen sollte, schloss ich ihn wieder. Stattdessen räusperte ich mich, um Zeit zu gewinnen, aber meine Mom wartete.

»Es war etwas viel in letzter Zeit.« Dad war zurück, die Schwester meines besten Freundes war gestorben und er nach Maine gezogen, um sich um seine Nichte zu kümmern. Vander hatte mich jahrelang wegen Jacky belogen. Das alles konnte ich nicht so leicht wegstecken, obwohl ich kein nachtragender Typ war. Offenbar hatte auch ich eine Grenze und die war jetzt erreicht.

»Hör zu, Ruby arbeitet gerne für dich und bestimmt hat sie eine beste Freundin, mit der sie private Dinge bespricht.« Ruby und Jacky verstanden sich ebenfalls gut, ob sie allerdings viel Privates miteinander besprachen, war mir nicht bekannt.

Meine Mom nickte zwar, dennoch ahnte ich, dass sie nicht lockerlassen würde. Sie konnte gar nicht anders, sie war ein Familienmensch.

»Bist du sicher, dass du nicht in einer von unseren nächsten TV-Produktionen mitspielen willst?«, wechselte sie plötzlich das Thema. »Jacky hat es Spaß bereitet. Und du besitzt noch mehr Talent als deine Schwester. Das war schon immer so.«

»Ich hatte auch als Baseballspieler Talent und habe es nicht zum neuen Joe DiMaggio gebracht«, hielt ich dagegen. Der Zug war abgefahren. Damals, als Brad mich in Harvard besucht hatte, hatte sich alles verändert. Oder sollte ich sagen, als Dad verschwand? Meine Laune sank in den Keller, aber zum Glück ließ Mom mich auf der restlichen Fahrt in Ruhe.

»Kommst du mit rein?«, fragte Mom, als die Limousine vor ihrer Villa hielt. »Ich möchte etwas besprechen.«

Jetzt? Es war nach Mitternacht.

»Gut«, stimmte ich trotzdem zu. Besser, wir erledigten noch heute, was auch immer so dringend war. Dann könnte ich morgen abreisen.

Ich folgte meiner Mom ins Wohnzimmer im privaten Teil ihrer Villa. »Möchtest du etwas trinken?«, fragte sie auf dem Weg zur Bar.

»Sollte ich?«

Statt mir zu antworten, schenkte sie uns zwei Cognac ein und reichte mir ein Glas, bevor sie sich mir gegenüber auf das Sofa setzte.

»Prost!«

»Was hältst du davon, *Jacob Productions* zu übernehmen?«

Die Hand, in der ich das Glas hielt, verharrte auf halbem Weg zu meinem Mund in der Luft. Ich blinzelte und schluckte. Spürte eine Vorfreude und erinnerte mich im nächsten Moment daran, dass ich in dem Fall von heute auf morgen sehr viel Verantwortung übernehmen würde. Aber ich liebte Herausforderungen, den Nervenkitzel, denn das Showbiz war unberechenbar. Heute Top, morgen Flop.

Der Mund meiner Mom kräuselte sich. Sie wusste ganz genau, was mir durch den Kopf ging.

»Ist das ein Ja oder ein Nein?«

»Du hast uns alle bereits an deiner Firma beteiligt«, erinnerte ich sie.

»Ich halte immer noch den Löwenanteil an *Jacob Productions*.«

»Und den würdest du an mich abgeben?« Laut ausgesprochen klang es falsch in meinen Ohren. Meine Mom hatte ihr Herzblut in diese Firma gesteckt. Liebte es, vor und hinter der Kamera zu agieren. Von heute auf morgen sollte damit Schluss sein? Sie war erst sechzig.

»Die Details müssten wir noch ausarbeiten«, antwortete sie ausweichend und nippte nun an ihrem Cognac. Sie war eine Meisterin des Pokerface, doch ich wurde von Minute zu Minute misstrauischer. Ging es wieder um Ruby? Nur was sollte es bringen, dass ich ihr Chef würde? Dann würde zwischen uns erst recht nichts laufen.

»Und wenn ich ablehne? Verkaufst du dann die Firma?«

»Ich bin mir noch nicht sicher. Dein Dad und ich überlegen, kürzerzutreten.«

Aha, daher wehte der Wind.

»Außerdem möchte ich etwas Zeit in Chicago mit meiner neuen Enkelin verbringen.«

»Das Baby kommt in einem Monat auf die Welt. Ich soll mich bis dahin entscheiden?«

»Oder früher. Denk darüber nach.«

Ich leerte mein Glas in einem Zug, schüttelte mich und stand auf. Dass mich die Aufgabe reizte, konnte ich nicht leugnen. Mich rasch entscheiden würde ich dennoch nicht.

»Möchtest du hier schlafen?«

»Nein, danke.«

Brad hatte vor längerer Zeit ein Haus in der Nähe gekauft, das er selbst nicht benutzte. Für mich war es gerade die perfekte Bleibe.

»Schlaf gut, Mom.« Ich gab ihr einen Kuss auf die Wange, sie umarmte mich spontan. Jetzt würde mich ihr Duft den ganzen Weg nach Hause begleiten, so wie früher immer. Ich drängte die Kindheitserinnerungen zurück und verabschiedete mich.

Als ich wenig später an der Strandpromenade entlanglief, sich die salzige Luft des Pazifiks mit Moms Parfüm mischte und die Dunkelheit mich umhüllte, fragte ich mich, wie mein Leben hier aussehen würde. Ich hätte einen Job, der mich komplett vereinnahmen würde. Wieder etwas Kreatives, das ich zugegebenermaßen vermisste. Doch ich wäre allein, zum ersten Mal seit dem College ohne meine Familie. Es fühlte sich beängstigend und befreiend zugleich an.

Tief atmete ich durch. Der Gedanke, Ruby anzurufen und ihr von den Neuigkeiten zu erzählen, schlich sich in meinen Kopf. Normalerweise würde ich meine Freunde anrufen, aber sie waren kein Teil von L.A. Jedenfalls nicht so wie Ruby.

Als ob ich so den Drang in mir dämpfen könnte, Ruby anzurufen, vergrub ich die Hände in den Hosentaschen und ging zügig zu Brads Haus. Es war mitten in der Nacht, natürlich würde ich sie nicht anrufen. Auch wenn mich die Melancholie zu dieser Zeit am stärksten traf. Denn immer öfter stellte ich mir vor, wie es wohl wäre, wenn jemand auf mich warten würde, sobald ich die Haustür aufschloss. Und in meinem Kopf war diese Person seit Jahren Ruby.

Würde es wirklich schaden, sie ein wenig besser kennenzulernen? Zu erfahren, was sie motivierte und was sie sich von ihrer Karriere erträumte? Wieso sie Drehbücher verschlang wie andere süßes Gebäck? Eine Leidenschaft, die wir teilten. Aber ich bezweifelte, dass sie oder irgendjemand anderes davon wusste. Es war ein Geheimnis. Ich würde gerne herausfinden, ob es noch mehr Gemeinsamkeiten gab.

Jetzt griff ich doch noch nach meinem Handy, um meinen Terminkalender aufzurufen. In einer Woche stand die nächste Veranstaltung an. Dort sollten Nachwuchsschauspieler ausgezeichnet werden, und meine Mom sollte einen Preis überreichen. Eine kühne Idee formte sich in meinem Kopf. Was wäre, wenn ich zusätzlichen Personenschutz organisieren würde, sodass Ruby und ich nach dem Schaulaufen auf dem roten Teppich die Veranstaltung bereits wieder verlassen konnten?

Ein Abend mit Ruby würde bestimmt genügen, um all meine offenen Fragen zu beantworten. Wenn ich mir unsere Anziehung nur einbildete, könnte ich meinen Job ohne Konsequenzen wechseln. Falls ich mich jedoch nicht irrte, sollte ich Mom absagen. Das klang doch nach einem soliden Plan. Und nebenbei könnte ich Ruby noch etwas besser kennenlernen. Der Teil gefiel mir am besten.

KAPITEL 3

RUBY

Am Wochenende putzte ich mein Haus von oben bis unten. Jede Schublade, jeden Küchenschrank. Sogar die Fliesen im Bad waren vor mir nicht sicher. Meine Arbeitssituation belastete mich. Was mir Anna gestern erzählt hatte, stimmte mich nachdenklich. Ich steckte fest.

Statt meine Arbeit zu genießen, die vielen Veranstaltungen zu nutzen, um Kontakte zu knüpfen, konnte ich nur daran denken, dass mein Ziel nicht näher rückte. Ich sparte, was ich konnte, hatte in den letzten Jahren ein hübsches Sümmchen zusammengetragen, aber zu wenig, um die Gärtnerei ohne zusätzlichen Kredit zurückzukaufen.

Vielleicht hatte Anna recht und ich sollte mich von

dem Gedanken trennen oder eine andere Gärtnerei erwerben. Wirklich ganz von vorn beginnen. Doch der Gedanke fühlte sich falsch an. Ich wollte, was wir gehabt hatten. In Philadelphia. Also weiter im Plan.

Am Montagmorgen fuhr ich bereits um sieben Uhr bei *Jacob Productions* in Santa Monica vor. Kenneth war schon da, wie ich an seinem Pick-up-Truck unschwer erkennen konnte. Er wohnte im Gegensatz zu mir keine fünfundvierzig Minuten entfernt. Ich parkte meinen alten Ford Escort gleich daneben.

Mein Büro lag im vorderen Bereich der riesigen Villa. Der Eingangsbereich bestand praktisch komplett aus Holz: der Boden, die Wände. Es gab keine Fenster, nur eine indirekte Beleuchtung. Auf der linken Seite führte eine Steintreppe in den oberen Stock. Vor mir lag ein Wohnzimmer mit deckenhohen Bücherregalen und einer einladenden Sofalandschaft. Aber das Aquarium direkt gegenüber zog alle Blicke auf sich. Genauso wie die Fensterfront mit Aussicht auf den zweiten Teil des Hauses – Celias privates Reich.

Mein Büro, das ich mir mit Kenneth teilte, lag auf der linken Seite, so auch die kleine Küche. Auf der rechten Seite gelangte man durch einen kurzen Gang in einen Wartebereich, zu einem Ankleide- und Schminkzimmer und einem kleinen Filmset. Hier fanden die Castings für die verschiedenen Produktionen statt. Und hier wurden auch viele Ideen geschmiedet. Drehbuchautoren, Regisseure und Schauspieler gaben sich die Klinke in die Hand.

»Guten Morgen, Kenneth«, begrüßte ich meinen Kollegen, als ich ins Büro trat.

»Guten Morgen, Ruby. Ich habe dir einen Schokoladenmuffin mitgebracht, es gab leider keinen mit Karamell.«

»Vielen Dank, das ist sehr nett.«

Kenneth nickte mir freundlich zu, bevor er sich wieder dem Stapel Drehbücher zuwendete, der auf seinem Tisch lag. Kenneth war erst dreiundzwanzig, frisch vom College und an einer Karriere in der Filmindustrie interessiert. In seiner Freizeit drehte er Kurzfilme über das Leben an den Stränden Kaliforniens. Ich hatte noch keinen davon gesehen.

»Ich gehe gleich die Fanbriefe durch.«

»Das habe ich gestern Morgen erledigt. Ich habe am Nachmittag in Venice Beach gefilmt, da hatte ich keinen weiten Anfahrtsweg. Was hast du am Wochenende gemacht?«

Venice Beach war traumhaft. Ich könnte etwas erfinden, um nicht wie eine Verliererin dazustehen, weil ich ein sonniges Wochenende zu Hause verbracht hatte. Stattdessen gab ich zu: »Ich habe mein Haus geputzt.«

»Bestimmt fühlst du dich jetzt total ausgeglichen und glücklich. So ein Hausputz reinigt einen ja auch von innen.«

Oder so. Denn ich fühlte mich noch immer angespannt. Aber das ging Kenneth nichts an. Ohne zu fragen, griff ich mir eine Handvoll Skripte und machte mich an die Arbeit. In zwei Stunden würde ich das morgendliche Meeting mit Celia haben. Bis dahin musste ich mir überlegen, wie ich ihr beibringen sollte, dass ich unzufrieden war.

Doch für ein paar Stunden konnte ich in eine andere Welt eintauchen. Tief atmete ich durch, fuhr mit meinen Fingern über den Einband und blätterte um.

Das erste Skript war eine Romanze zwischen einem Rockstar und seiner Nachbarin? Wie bitte? Celia hatte dieses Jahr schon unzählige Preise für eine Miniserie mit genau dieser Konstellation bekommen. Ich blätterte das Skript dennoch durch. Denn mich interessierte nicht nur der Inhalt, sondern ebenso der Schreibstil. In einer Rom Com suchte ich nach Witz und Esprit. Die Hauptdarsteller sollten flirten können, während wir mitansahen, wie sich echte Gefühle entwickelten und diese sich langsam an die Oberfläche kämpften. Ich liebte Liebesfilme und der Autor war nicht schlecht. Wir könnten die Hauptdarsteller austauschen. Aus dem Rockstar einen Sportler machen – Eishockey natürlich – und aus der Frau seine Agentin. Und sie würden vielleicht nebeneinander wohnen. Und jedes Mal, wenn er eine Party feierte, würde sie es mitkriegen. Ich lachte auf, das wäre bestimmt ein lustiger und ganz schön erotischer Film.

»Hast du ein gutes Skript gefunden?«

»So, wie es jetzt ist, können wir es nicht verwenden. Aber ich denke, es hat Potenzial.« Ich wollte mir gleich ein paar Notizen machen.

»Sag mal, hättest du Lust, mich mal zu begleiten?«, fragte Kenneth unvermittelt.

»Wenn du filmst?«

»Ja, genau. Ich drehe noch eine Weile in und um Venice Beach, bevor ich weiter Richtung Süden fahre.«

»Klar, wieso nicht«, sagte ich spontan zu.

»Super. Am Samstag, so um die Mittagszeit?« Seine blauen Augen blitzten.

»Ja, gerne.«

In den nächsten Stunden fing ich immer mal wieder Kenneths Blick auf. Hatte ich etwas verpasst? Hatte er mich um ein Date gebeten statt eines zwanglosen Zusammenseins? Er war viel zu jung für mich und außerdem nicht mein Typ. Ich stand nicht auf blonde Männer. Was für ein Quatsch. Wahrscheinlich hatte ich mir das Interesse in seinem Blick nur eingebildet, er wollte bestimmt nichts von mir.

Als es Zeit für das Meeting wurde, nahm ich mein Tablet und das Skript.

»Ich bin kurz bei Celia, bis gleich.«

»Bis gleich.«

Dank des Drehbuches – oder besser gesagt der Geschichte, die ich mir zusammengesponnen hatte – war ich mir nicht mehr sicher, ob ich überhaupt ansprechen sollte, dass ich unzufrieden war. Außerdem war der halbe Morgen rasch verflogen. Zudem gab es keinen Job, der immer nur toll war. Tief in Gedanken stieß ich fast mit Luke zusammen.

»Oh, entschuldige.«

»Kein Problem.«

Ein Hauch seines Aftershaves stieg mir auch heute in die Nase. Ganz dezent. Sofort schob sich das Bild von einem prasselnden Kaminfeuer in einer einsamen Hütte im Schnee vor mein inneres Auge. Dazu küssten sich ein Mann und eine Frau, ihre Hände glitten unter sein Shirt, er hielt mit beiden Händen ihr Gesicht umfangen, als ob sie unendlich kostbar wäre. Ich blinzelte, um die Bilder zu verscheuchen, und hoffte, dass sich meine Körpertemperatur rasch wieder senkte. Ich hatte dabei nicht an Luke und mich gedacht, sondern an einen Film.

»Warte, Ruby, ich wollte noch mit dir reden.«

»Ich muss zu deiner Mutter«, rief ich über meine Schulter und hetzte weiter.

»Sie ist am Telefon.«

Und somit hatte ich keinen Grund, weiterzugehen. Tief atmete ich durch und schob meine Brille zurecht, ehe ich mich zu ihm umdrehte. Meine Nerven flatterten, denn Luke trat näher. »Worum geht es?«

»Letzten Freitag. Die Verleihung.«

Ich schluckte. Es war eine Sache, wenn ich mir überlegte, in ein paar Monaten zu kündigen, eine ganz andere, dass mein Arbeitgeber mit mir unzufrieden sein könnte.

»Es tut mir leid, ich war unaufmerksam. Wird nicht wieder vorkommen«, sprach ich die Episode mit dem Handy an.

»So?« Luke trat noch näher. Ein Lächeln umspielte seinen Mund. Er verschränkte die Arme und betrachtete mich. Amüsiert?

»Dass du dich langweilst, wird also nicht mehr vorkommen? Verrätst du mir auch, wie du das anstellen willst?« Sein Grinsen wurde breiter, sodass er mich damit ansteckte.

»Ich arbeite an meiner schauspielerischen Leistung. Tut mir leid. Es ist nur …« Was sollte ich denn sagen? Dass ich mir nichts daraus machte? Es eine Verschwendung fand, so viel Geld für teure Kleider auszugeben? Es dennoch toll fand, Luke nahe zu sein? Und Celia wollte ich natürlich auch nicht enttäuschen.

»Ruby? Hast du mir zugehört?«

Ich spürte, wie sich meine Wangen erwärmten. Gott, war das peinlich. »Äh … nein?«

Er lachte leise. »Ich habe gesagt, dass wir beim nächsten Event auch einfach nach dem Schaulaufen verschwinden könnten.«

Wir? Mein Herz pochte wieder viel zu laut. Dabei meinte Luke ganz bestimmt, dass er zu irgendeiner Party und ich nach Hause fahren würde.

»Ja, klar. Nur kaufe ich auf keinen Fall für zehn Minuten ein neues Kleid. Ich besitze bereits zu viele, ich weiß nicht, wohin mit denen.«

»Verkauf sie. Du kannst das Geld behalten, Mom will es nicht. Hat sie dir das nicht schon angeboten?«

»Hat sie, aber auf gar keinen Fall werde ich die Kleider verkaufen und das Geld behalten. Sie kosten Tausende von Dollar!« *Nimm das Geld, denk an den Traum mit* deiner *Mom.* Ich schüttelte den Kopf und ließ Luke stehen, bevor er noch auf die Idee kam, mich auszufragen. Bestimmt hatte Celia ihr Telefonat längst beendet.

Vor ihrer Tür angekommen hörte ich keine Stimmen. Also klopfte ich einmal und trat dann ins Büro. Celia saß zur Abwechslung nicht auf der Chaiselongue vor den bodentiefen Fenstern, durch die man in den Garten blicken konnte, sondern hinter ihrem Schreibtisch.

»Setz dich, Ruby. Nimm dir etwas zu trinken, ich bin gleich bei dir.«

»Danke.« Ich nahm am Sitzungstisch Platz, legte das Skript und das Tablet vor mir ab und schenkte mir von den Fläschchen, die darauf standen, ein Glas Wasser ein. Am liebsten hätte ich mir auch noch Eiswürfel geholt, denn sobald ich an die Hütte im Schnee und vor allem Luke darin dachte, stieg meine Körpertemperatur wieder an.

»Hast du mit Luke gesprochen?« Celia gesellte sich zu mir.

»Nur flüchtig.«

»Habe ich dir schon gesagt, dass ich deine Arbeit sehr schätze?«

»Ja?« Klang es bloß in meinen Ohren, als würde sie damit das Gegenteil ausdrücken?

»Schön. Hast du Skripts gefunden, mit denen wir arbeiten können?«

»Ja und nein. Das hier könnte Potenzial haben«, fuhr ich fort.

Celia warf einen Blick auf den Titel und verzog den Mund.

»Ja, das war auch meine erste Reaktion. Die Geschichte können wir so nicht verwenden, sie erinnert an Fan-Fiction zu deiner prämierten Miniserie *Mein Nachbar, der Superstar*. Allerdings gefällt mir der Stil des Drehbuchautors. Ich kenne ihn nicht, habe noch nie etwas von ihm gelesen und natürlich werde ich seine Angaben überprüfen.« Da mich Celia nicht unterbrach, erzählte ich ihr von meiner Idee mit dem NHL-Spieler und seiner Agentin.

»Das gefällt mir, behalt sie für den Moment für dich. Ruf den Autor an und bitte um eine andere Geschichte. Falls er keine hat, soll er eine schreiben. Falls er nicht will, ist er draußen. Da er jedoch unsere Aufmerksamkeit wollte, schätze ich, er hat noch etwas in petto.«

»Gut.«

»Und wirf bitte einen zweiten Blick auf die Skripte, die Kenneth aussortiert.«

»Gut, das kann ich noch heute erledigen.«

Celia lehnte sich in ihrem Stuhl zurück, verschränkte ihre Finger und wartete, bis ich meine Notizen vervollständigt hatte.

»Ich möchte, dass du das nächste Projekt mit mir zusammen realisierst. Von A bis Z. Mit dem Drehbuchautor zusammenarbeitest, bei den Castings dabei bist, mit dem Regisseur und Co-Produzenten verhandelst. Traust du dir das zu?«

Mir blieb vor Überraschung der Mund offen stehen.

»Du arbeitest seit über drei Jahren für mich, du hast alles schon miterlebt. In meinen Augen ist der nächste Schritt, dass du mehr Verantwortung übernimmst. Das siehst du doch sicher genauso.«

Ich sah mich in Philadelphia mit meiner Mom ihre Gärtnerei und den Blumenladen führen. Wenn auch noch nicht jetzt, sondern wenn ich über die finanziellen Mittel verfügte. Das würde in ein paar Monaten hoffentlich der Fall sein. Nur verschlang eine Produktion viel Zeit, nicht nur Monate, sondern mitunter ein Jahr.

»Danke.« Was sollte ich auch sonst sagen? »Ich bin etwas sprachlos.« Und freudig erregt, wenn ich daran dachte, an vorderster Front mitzuarbeiten. Gerade fiel es mir schwer, die unterschiedlichen Emotionen, die in mir tobten, zu sortieren.

»Gern geschehen. Ach übrigens, du bestimmst, welches Drehbuch das nächste sein wird, das wir produzieren. Falls du mich überzeugen kannst. Das ist für den Moment alles.«

Mit zitternden Knien verließ ich Celias Büro. Konnte ich den Traum, den ich mit meiner Mom teilte, weiter aufschieben? Oder musste ich Celias »Beförderung« ablehnen? Ich wollte keines von beiden tun. Mist, diese Entwicklung hatte ich nicht kommen sehen. Und ich hatte keine Ahnung, was ich jetzt tun sollte.

KAPITEL 4

LUKE

J*ohnson Securitys* Hauptsitz befand sich in Downtown San Antonio, in einem fünfstöckigen, umgebauten Lagerhaus. Die oberste Etage teilte ich mir mit meinen Brüdern und meinem Dad.

In den unteren Stockwerken befanden sich die Büros unserer Mitarbeiter, eine kleine Kantine und im Erdgeschoss ein Gym mit Boxring und Duschen.

Zurück im Büro setzte ich mich mit Vander zusammen. Ich hatte ihn vor ein paar Jahren von einem echten Rockstar abgeworben. Tom Kane arbeitete inzwischen mit meiner Schwester Jacky zusammen, wodurch er auch wieder häufiger mit Vander Kontakt hatte. Die Welt war eben klein. Dass mein zukünftiger Schwager eng mit mir zusammenarbeitete, war im Grunde ein Glücksfall. Ich vertraute ihm und seinem Können.

Er war genau der Richtige gewesen, um die Ausbildung unseres Sicherheitspersonals zu übernehmen, etwas, das vor Kurzem noch in meinen Verantwortungsbereich gefallen war.

Brad hatte dafür gesorgt, dass alle Schlüsselpositionen von der Familie besetzt waren. Am Ende war es noch immer ein Familienunternehmen, doch wenn ich ausschied, wer würde dann meinen Posten übernehmen? Und musste es mich interessieren?

Bedeutete, nach L.A. zu gehen, nicht endlich Freiheit? Das, was ich mir am College erträumt hatte? Allerdings konnte ich nicht leugnen, dass mir mein Job Spaß bereitete. Ich war stolz darauf, wie sich *Johnson Security* in den vergangenen zehn Jahren entwickelt hatte. Genau wie Brad es sich vorgestellt hatte, waren wir landesweit die unangefochtene Nummer eins im Bereich Cyber-Security. Uns eilte ein makelloser Ruf voraus. Dasselbe galt für den Personenschutz. Und damit beides so blieb, stellten wir nur die Besten ein. Als Chef der Personalabteilung war ich mit einem Team von fünfzehn Mitarbeitern dafür verantwortlich, genau diese aus dem nie versiegenden Fluss an Bewerbungen herauszufiltern.

Ich arbeitete aktiv mit, wollte wissen, wer die

Menschen waren, die hier arbeiten wollten. Woher sie kamen und warum sie dachten, hierher zu passen. Nicht nur die Lebensläufe, sondern vor allem die Motivationsschreiben interessierten mich.

»Ich habe dir eine Liste der Locations von Jackys Clubtour geschickt. Acht Auftritte in zwei Wochen. Alle in Texas, was minimale Wege und maximale Pausen bedeutet. So wie besprochen«, unterbrach Vander meine Gedanken.

»Gut.«

»Die Musiker, die Jacky begleiten, habe ich überprüft. Zudem nehme ich zwei weitere Bodyguards mit. Sie werden sich als normale Zuhörer tarnen, damit sie nicht auffallen«, erklärte Vander weiter.

»Sehr schön.«

»Fernsehauftritte sind erst Ende des nächsten Monats geplant.« Vanders helle Augen fixierten mich.

»Dann passt ja alles.«

»Ach ja?« Vander lehnte sich im Besucherstuhl zurück und verschränkte die Arme. »Und warum bist du so einsilbig? Und ungeduldig?«

Er nickte zum Tisch, auf dem ich herumtrommelte. Ich stoppte und verzog meinen Mund. »Mom will, dass ich *Jacob Productions* übernehme. Behalte das aber für dich, die anderen wissen noch nichts davon«, ließ ich die Katze aus dem Sack.

Vander nickte und wirkte nicht mal überrascht.

»Und ich dachte schon, du willst wieder unsere Verabredung auf ein Bier platzen lassen.«

»Jetzt, wo du es erwähnst, ich habe ...«

»Es ist mir egal, was du zu tun hast«, unterbrach er mich. »Also komm mir nicht so, das sind alles Ausreden.«

»Und wenn schon. Du und Jacky habt sowieso wenig Zeit füreinander. Und nein, keine Details, bitte.« Ich hielt mir demonstrativ die Ohren zu.

»Ach so, du sorgst dich um uns. Jetzt verstehe ich. Soll das bedeuten, dass unsere Freundschaft nichts mehr wert ist?« Er hob eine Augenbraue, doch seine Miene blieb ernst. Vander war sauer.

»Nein, natürlich nicht.«

»Und wenn ich schon dabei bin, das nächste Barbecue findet bei Gavin statt, nicht bei uns. Er wird es dir sicher noch selbst sagen.«

Das sonntägliche Familienbarbecue schwänzte ich schon seit Wochen. Ich kapselte mich ab und konnte nicht mal erklären, wieso es so war. Warum ich Abstand brauchte.

»Es erstaunt mich nicht, dass deine Mom dir *Jacob Productions* anbietet«, wechselte Vander das Thema. »So häufig, wie du sie in den letzten Monaten über den roten Teppich begleitet hast, war es nur eine Frage der Zeit, bis sie dich noch mehr einspannt«, lieferte er mir gleich die Erklärung. »Und was willst du?«

»Ist das ein Wunschkonzert?«, wich ich seiner Frage aus.

»Natürlich. Es ist dein Leben. Also, was willst du?«

Ich zuckte mit den Schultern. Ich war erst achtundzwanzig und konnte bereits auf eine solide Karriere zurückblicken. Jetzt von Frau und Kindern zu schwafeln, wäre zu abgedroschen. Außer Ruby hatte mich lange keine Frau fasziniert und ich kannte sie kaum.

Und ansonsten? Ich hatte meine eigenen Interessen viele Jahre hintangestellt. So lange, dass ich keine Ahnung hatte, was ich wollte.

Mein Blick schwenkte zur Seite. Dank der gläsernen Wände sah ich Caleb und Gavin vor dem Kaffeeautomaten stehen und angeregt miteinander sprechen. Caleb hatte immer hierhergehört, Gavin war in seine Rolle hineingewachsen. Und jetzt war Dad ja wieder da. Somit konnte ich gehen …

»Wie wäre es mit einem Kompromiss? *Jacob Productions* in San Antonio?«, schlug Vander vor.

»Texas ist kein guter Standort für die Filmindustrie«, antwortete ich. »Vielleicht ist dir noch nicht aufgefallen, dass hier kaum Produktionen realisiert werden.« Ich hob meine linke Hand. »Die sechs Top-Staaten dafür sind: Kalifornien, Georgia, Arizona, Louisiana, Utah und New Mexico«, zählte ich an meinen Fingern ab und hob zum Schluss meinen rechten Daumen. »Hat alles mit den Steuern zu tun«, fügte ich an und richtete den Daumen nach unten.

»Bis wann sollst du dich denn entscheiden?«

»So wie sie geklungen hat, geht meine Mom wohl davon aus, dass ich sowieso zusage. Wahrscheinlich, weil ich sie schon Monate über den roten Teppich begleite«, gab ich Vander recht. Oder weil meine Mom dachte, ich hätte bei *Johnson Security* nichts verloren. Meine Interessen ähnelten ihren. Das war schon immer so gewesen.

»Nun ja, es gibt nicht viele Alternativen. Wer hätte sie sonst begleiten sollen?«

»Du meinst, weil Brad in Chicago ist und Gavin und Caleb zu eingespannt sind?«

»Nein, eigentlich meinte ich, weil du der letzte Single bist, den sie verkuppeln kann.« Vander grinste breit. »Bloß hat sie wohl nicht bedacht, dass du als Rubys neuer Chef noch weniger die Grenze überschreiten wirst. Ist es nicht so? Es geht um Ruby, nur um sie.« Vander lehnte sich vor, offenbar wollte er keine Regung in meinem Gesicht verpassen.

»Jetzt fängst du auch noch davon an.« Ich stöhnte theatralisch. »Lass es einfach gut sein.«

»Nein, wieso sollte ich? Wieso suchst du dir keine Freundin? An Angeboten mangelt es ja nicht. Wenn du willst, kann ich dir nachher in der Bar helfen, eine passende Frau auszusuchen. Immerhin bist du schon sehr lange Single …« Vander kam so richtig in Fahrt, aber ich hob eine Hand, um ihn zu stoppen.

»Es reicht, ich brauche bestimmt keine Hilfe.« Genervt stand ich auf, umrundete meinen Schreibtisch und verließ mein Büro.

»Hey, jetzt warte doch mal. Wir sind noch nicht fertig.« Er rannte mir tatsächlich hinterher.

»Barbecue am Sonntag bei mir«, erinnerte mich Gavin, als ich in der Kaffeeecke ankam.

»Ich versuche, es einzurichten.«

Gavins Stirnrunzeln entging mir nicht, aber der Lärm des Mahlwerks unserer Kaffeemaschine übertönte jeglichen Kommentar. Zusätzlich drehte ich ihm den Rücken zu. Als mein Kaffee fertig war, hatte sich Vander zu uns gesellt. Drei Augenpaare musterten mich neugierig.

»Also, was planst du?«, fragte Caleb geradeheraus.

»Was meinst du?«

Caleb hielt demonstrativ sein Handy in die Höhe, auf dem ich nichts erkennen konnte, bevor er es zu sich drehte und vorzulesen begann:

»Wann lassen Luke Johnson und Ruby Denver endlich die Katze aus dem Sack?«

»Denkt Celia Jacob daran, zurückzutreten? Ihr Sohn Luke begleitet sie seit Monaten über den roten Teppich. Immer an seiner Seite die entzückende Ruby Denver.«

»Ist Luke Johnson der nächste Hollywoodstar?«

»Läuten bald die Hochzeitsglocken?«

»Mein Nachbar, der heiße Produzent und die Assistentin? Bewerbt euch jetzt, Mädels!«

»Hör schon auf! Und wehe, ihr stimmt mit ein«, rief ich Gavin und Vander zu, die bereits auf ihre Handys starrten. »Seit wann lest ihr diese Gossip-Seiten?«

»Wir haben gewettet, dass ihr nach einem Monat zusammen ausgeht«, gestand Caleb.

»Ich soll mit Mom ausgehen?«, zog ich Caleb auf.

»Schon komisch, dass Luke auf die Tatsache, dass wir gewettet haben, gar nicht eingeht, oder? Er wird nicht mal sauer«, bemerkte Gavin in einem argwöhnischen Tonfall.

»Ich habe nichts anderes von euch erwartet. Aber gut, dass Ruby nichts davon weiß. Sie könnte euch dafür verklagen«, reagierte ich jetzt doch. Natürlich war das ein Scherz.

»Sie steht auf dich.« Vander nahm sich ebenfalls eine Tasse. »Was ist? Jacky hat es mir erzählt. Sie sind befreundet. Außerdem merkt das doch jeder«, behauptete er.

»Das merkt jeder?«, fragte ich skeptisch nach.

»Klar.«

»Ich habe Ruby zum Abendessen eingeladen«, gestand ich und konnte nicht leugnen, dass ich mich darauf freute, jetzt da ich wusste, dass sie sich wohl auch zu mir hingezogen fühlte.

»Hat sie denn zugesagt?«, wollte Gavin wissen.

»Ja.«

»Na also.« Vander und Caleb klatschten ab.

»Es bedeutet nichts«, versuchte ich meine Brüder abzulenken. »Wir langweilen uns beide bei den Veranstaltungen. Ich habe Ruby vorgeschlagen, nach dem roten Teppich gleich wieder zu gehen.«

»Damit können wir arbeiten.« Caleb trat zu mir, doch ich schob sein Handy gleich weg.

»Ich brauche deine Hilfe nicht.«

Mein Bruder, der Computernerd, der am liebsten im Keller arbeitete, besaß eine versteckte Seite. Er kannte nämlich die romantischsten Cafés, Restaurants und Hotels. Davon hatten wir erst vor Kurzem erfahren. Er hatte es für sich behalten, genauso wie ich niemandem erzählt hatte, dass ich am College meinen Freunden mit Liebesbriefen ausgeholfen hatte. Ich holte mein eigenes Handy hervor. Aber Caleb ließ sich nicht beirren und lieferte bereits den ersten Tipp.

»Hier in West Hollywood: *Die versteckte Tür* – regionale Zutaten, mediterrane Küche. Das Ambiente ist verspielt und sehr farbenfroh. Es gibt einen Innenhof und einen Kamin«, erklärte Caleb. Die Bilder der Location waren grandios. Ich ließ mir nichts anmerken, während Vander und Gavin bereits mitschrieben.

»Du bist doch so gut wie nie in L.A.«, erinnerte ich Gavin.

»Das kann sich schneller ändern, als man denkt. Außerdem könnte Mom auf Hazel aufpassen.«

Schon klar, er wollte allein Zeit mit seiner Verlobten verbringen, und Mom passte wirklich gern auf ihre Enkelin auf.

»Was noch?«, forderte ich Caleb heraus. Hatten wir am Ende dasselbe Restaurant ausgesucht?

»Die *Skylounge* im einundsiebzigsten Stockwerk in Downtown L.A. Die Speisekarte ist exquisit: Kampachi-Fisch mit scharfer Zitrus-Habanero-Vinaigrette als Vorspeise. Schweinelende im Speckmantel mit Brokkoli und Calvadosjus als Hauptspeise. Und als Dessert eine Marquise aus geräucherter Schokolade, Passionsfruchtcreme und Bananeneis.«

»Gekauft«, sagte Vander. »Jacky wird Augen machen. Danke, Caleb.«

»Keine Ursache. Ich habe eine Liste aufgesetzt.« Grinsend schickte Caleb sie uns über den Gruppenchat. »Ihr hättet sowieso danach gefragt und da ich schon längst eine für Luke erstellt habe, kann ich sie ja mit jedem von euch teilen«, erklärte er weiter.

»Du hast schon längst eine für mich erstellt?« Damit hatte ich nicht gerechnet.

»Ja, ich hatte sie dir bloß noch nicht geschickt, weil ich mir nicht sicher war, ob du sie willst.«

»Natürlich will Luke sie haben«, behauptete Gavin. »Es wird Zeit, dass du in die Gänge kommst, dieses Trauerspiel dauert schon viel zu lange.« Er trat näher und obwohl Caleb und Vander mithörten, schlug er einen vertraulicheren Ton an. »Führ sie aus, lern sie kennen und dann seht weiter. Keiner hat gesagt, dass sie die Eine sein muss, aber was, wenn sie es ist? Ich kann dir natürlich auch dabei helfen.«

So wie ich ihm geholfen hatte? Gavins Blick blieb freundlich, besser, ich schüttelte die trüben Gedanken an seine erste Frau gleich wieder ab. War gar nicht so einfach.

»Ich muss zurück an die Arbeit«, verkündete ich, trank meinen Kaffee aus und wusch die Tasse auch gleich ab. »Ach übrigens, ich führe Ruby ins *Grand Bel-Air* aus, aber danke für deine Hilfe, Caleb.«

Mein Bruder pfiff anerkennend durch die Zähne. »Du fängst gleich mit einem Restaurant an, das einen Michelin-Stern besitzt? Nicht schlecht.«

Ja, wenn schon, denn schon. Ruby sollte den Abend genießen, nicht so wie die letzten Male, sich in Schale werfen und dann hoffen, dass der Abend bald vorbei wäre. Sie sah jedes Mal atemberaubend aus. Schade, dass sie die Kleider nur einmal trug.

»Da fällt mir noch etwas ein. Plant Sadie, Secondhandmode auf ihrer App anzubieten?«, fragte ich Caleb.

»Sie hat nichts dergleichen erwähnt. Wie kommst du darauf?«

»Ruby will die Kleider, die Mom ihr für den roten Teppich gekauft hat, nicht behalten oder verkaufen, sondern Mom zurückgeben. Aber was soll Mom damit?«

»Ruby will sie nicht verkaufen? Obwohl sie es dürfte? Es müssen mittlerweile zehntausend Dollar sein oder mehr, die da zusammenkommen.« Auch Gavin schien erstaunt.

»Mehr, viel mehr.« Lieber fuhr Ruby ihr in die Jahre gekommenes Auto, als sich mit dem Geld ein neues zu kaufen. Oder sich einen teuren Urlaub zu gönnen. Ich wusste nicht mal, wo Ruby wohnte. Doch L.A. war nicht billig, und sie hätte das Geld auch dafür verwenden können, ihre Hypothek abzubezahlen. Oder mietete sie?

»Also keine Goldgräberin, wie sympathisch. Wenn du sie dir nicht schnappst, wird es bald ein anderer tun«, merkte Vander mit bedeutsam hochgezogenen Augenbrauen an, bevor er sich verabschiedete.

Dass Ruby für Mom arbeitete, schien absolut keinen zu interessieren außer mich. Oder war es eine Ausrede? Ein Abendessen war auf jeden Fall kein

Heiratsantrag, also besser, ich blieb einfach locker. Dann konnte doch gar nichts schiefgehen.

Bis Ende der Woche hatte ich meinen Plan, Ruby auszuführen, fünf Mal verworfen und genauso viele Male wieder fest eingeplant. Ich hatte mir eingeredet, dass sie mir nur gefiel, weil ich sie nicht haben konnte. Schließlich hatte meine längste Beziehung bloß zwei Monate gedauert. Ich war ein geselliger Typ, ging viel aus, vor allem früher, als ich noch nicht so viel gearbeitet hatte. Aber es war mir auch jedes Mal schnell klar gewesen, dass ich mir mit keiner der Frauen, mit denen ich ausging, etwas Längerfristiges vorstellen konnte. Warum sollte es mit Ruby anders sein?

Als ich sie Sonntagabend zusammen mit meiner Mutter in ihrem Haus in Santa Monica abholte, wurde mir rasch klar, dass es mit Ruby sehr wohl anders war. Ich bildete mir nicht nur ein, dass mich ihre Erscheinung umhaute, sie tat es wirklich. Sie raubte mir den Atem.

Heute trug Ruby ein bodenlanges burgunderrotes Tüllkleid mit kurzen Ärmeln und einem V-Ausschnitt. Mir gefielen die verspielten Ohrringe in Fächerform oder dass Ruby ihre dunklen Haare hochgesteckt hatte und so ihren schlanken Hals betonte. Besser, ich stellte mir nicht vor, wie sie reagieren würde, wenn ich sie dort küsste. Und ich verkniff mir auch, ihr zu sagen, wie hübsch sie aussah. Meine Mutter beobachtete mich bereits mit Argusaugen.

»Seid ihr bereit?«, fragte ich stattdessen und hielt meiner Mom einladend den Arm hin, damit sie sich einhaken konnte. »Sind eure Kleider auch heute von Sadies App? Sie sind sehr elegant.«

»Danke, mein Junge. Ja, genau. Sadie besitzt ein unglaubliches Auge für Nachwuchsdesigner. Nicht wahr, Ruby?«

»Ja, wir haben sehr schöne Kleider gefunden.« Obwohl ihre Stimme freudig klang, zogen sich ihre Mundwinkel ein klein wenig nach unten, als sie über ihr Kleid fuhr. Es nur einmal anzuziehen, war eine Verschwendung, da gab ich ihr im Stillen recht.

Nachdem wir eingestiegen waren und Moms Fahrer den Weg nach Hollywood einschlug, sagte ich: »Ich habe mir überlegt, ob Sadie nicht vielleicht auch Secondhandmode von Designern anbieten sollte. Caleb wusste nicht, ob Sadie mit dem Gedanken spielt, und ich hatte noch keine Zeit, sie direkt zu fragen.«

»Ein interessanter Gedanke«, fand Mom.

Ruby biss sich auf die Unterlippe, sah aus dem Fenster und nicht zu mir. War sie sauer? Im Beisein meiner Mom hatte ich keine Möglichkeit, sie zu fragen, aber später, nahm ich mir vor.

Am Veranstaltungsort angekommen, stieg ich als Erster aus und reichte zuerst Ruby und danach meiner Mom die Hand. Das Blitzlichtgewitter beachtete ich nicht. Schlagzeilen wurden geschrieben, ob ich wollte oder nicht.

»Dein Kleid ist ein Traum«, raunte ich Ruby zu, während meine Mom Interviews gab. Durch das Gedränge standen wir wieder so dicht beieinander, dass ich Rubys Finger mit meinen hätte streifen können.

»Danke.« Rubys Wangen röteten sich, sie sah überallhin, nur nicht zu mir. Es war nicht das erste Kompliment, das ich aussprach. Aber heute schien sie peinlich berührt zu sein. Warum?

Und warum wollte ich mich zu ihr beugen und ihr weitere Nettigkeiten ins Ohr flüstern? Würden sich davon nicht nur ihre Wangen röten, sondern auch ihr Dekolleté? Und was würde passieren, wenn ich sie dort küsste? Würde sie die Augen schließen und leise seufzen? Ich wollte noch weiter gehen, Rubys Haare aus den Klammern befreien und meine Nase darin vergraben. Ihr das Kleid Zentimeter für Zentimeter ausziehen und mich daran erfreuen, wenn mein heißer Atem über ihre Haut strich und sie erschauern ließ.

Meine Gedanken galoppierten davon. Bevor ich uns beide in meiner Fantasie vollständig auszog, lenkte ich meine Aufmerksamkeit auf den roten Teppich. Ich ließ meinen Blick langsam schweifen und hielt nach einem potenziellen Angreifer Ausschau. Der Gedanke allein genügte, damit sich mein Verlangen nach Ruby abkühlte und sich meine Sinne auf das Wesentliche fokussierten – meine Mom zu beschützen.

»Celia, Sie sehen heute Abend wundervoll aus. Wer hat Ihr Kleid designt?«

»Celia, können Sie uns etwas über die nominierten Künstler sagen? Wer ist Ihr Favorit?«

»Wann können wir uns auf ein neues Projekt von Ihnen freuen?«

»Woran arbeiten Sie zurzeit? Wer ist im Gespräch für die Hauptrolle?«

»Wird Ihr Sohn neben Ihrer Tochter eine Rolle übernehmen?«

»Was kommt nach Mein Nachbar, der Superstar *und* Einmal war nicht genug? *Ein neuer Hit von* Jacob Productions?«

Ruby schnaubte leise.

»Sie ist gleich fertig.«

»Schon gut.«

Nein, das war es nicht. Rubys Miene verfinsterte sich zunehmend.

KAPITEL 5

RUBY

Ich wusste, dass Reporter immer wieder dieselben Fragen stellten. Und wahrscheinlich konnte ich froh sein, dass die Presse ihren Fokus dieses Mal nicht auf Luke und mich gerichtet hatten … aber wirklich! Was dachten sie denn, wie viel Celia noch arbeiten sollte? *Jacob Productions* war nicht *Warner Bros. Entertainment* mit Tausenden von Mitarbeitern und einem Umsatz im zweistelligen Milliardenbereich. Zudem spielte Celia in all ihren Produktionen selbst mit.

Du könntest sie entlasten. Ja, und das wollte ich. Sie entlasten. Aber nicht in L.A. bleiben. Ich konnte meinen eigenen Traum nicht aufgeben. Lukes fragenden Blick ignorierte ich, stattdessen setzte ich ein Lächeln auf und tat so, als ob mich der Abend nicht bereits aufwühlen würde.

Die Uhr tickte, ich war hin- und hergerissen, was ich tun sollte. Mir einen neuen Job suchen, natürlich. Leider war das nicht so einfach. Ich mochte Celia, ich arbeitete gerne für sie. Sie war streng, aber fair. Und sie behandelte mich wie eine gleichgestellte Person, hörte sich meine Ideen an.

Ihre Familie war genauso, dabei hätten sie auf mich herabsehen können, schließlich übte ich einen Beruf aus, den die meisten übersahen. Jeder konnte Assistent sein. Aber weder Celia noch Luke handelten danach. Genauso wenig seine Schwester Jacky oder irgendjemand anderes aus der Familie.

Und das war das nächste Problem. Ich hatte mitunter das Gefühl, ebenfalls zu Celias Familie zu gehören. So wie heute, als ich zu spüren geglaubt hatte, dass Luke einen Arm um mich legen und mich dicht an sich ziehen wollte.

Es würde mir gefallen, viel zu sehr. Noch ein Problem. Oder ich reagierte einfach über. Luke war nicht mein Freund. Also würde ich auch nicht enttäuscht sein, wenn er sich gleich von mir verabschiedete. Genauso wenig würde ich mir vorstellen, wohin er im Anschluss fahren würde. Womöglich zu einer Party, um dort zu tanzen und sich eine Frau für die Nacht zu suchen. Dieses Mal biss ich mir auf die Zunge, um nicht laut aufzustöhnen.

»Mom«, wandte Luke sich an seine Mutter, die auf uns zukam. Ich hatte nicht einmal mitbekommen, dass Celia mit den Interviews fertig war. Automatisch trat ich einen Schritt zurück. So nah, wie Luke und ich nebeneinandergestanden hatten, hatten wir viel zu vertraut gewirkt, was Celia natürlich aufgefallen war. Sie wirkte höchst zufrieden.

»Danke, Luke.« Celia hakte sich ein, winkte zum Abschied ihren Fans und wir betraten kurze Zeit später das Foyer des Theaters, in dem die Verleihung der Newcomer stattfand.

»Kommt, stoßen wir auf den Abend an.« Celia winkte einen Kellner herbei, wartete, bis wir alle ein Glas Champagner in der Hand hielten, und hob ihres dann zum Toast.

»Auf einen schönen Abend«, wiederholte Luke. Wir stießen jedes Mal, wenn wir eines dieser Events besuchten, mit genau diesem Trinkspruch an.

»Bis später, Mom. Viel Spaß.« Zum Abschied küsste Luke seine Mutter auf die Wange.

»Schönen Abend, Celia.«

»Den wünsche ich dir auch, Ruby.« Sie zwinkerte mir zu, während mir mein Herz bereits bis zum Hals schlug. Was kam jetzt?

»Komm, wir müssen hier lang.«

Ich folgte Luke durch den Hinterausgang nach draußen, wo ein roter Ferrari parkte. Ein bulliger Mann, der ganz in Schwarz gekleidet war, überreichte Luke den Schlüssel.

»Danke, Ty. Schick mir alle halbe Stunde einen Lagebericht.«

»Wird erledigt, Boss.« Ty verabschiedete sich, während mir Luke die Beifahrertür einladend öffnete. Ty musste neu sein bei *Johnson Security*, denn ich kannte ihn noch nicht.

»Wo fahren wir denn hin?«

»Abendessen. In ein Restaurant.«

»Ein Date?« Ich trat unwillkürlich zurück.

»Ein Abendessen. Steig ein.«

»Mein Wagen steht in Santa Monica. Können wir dort essen?«

»Nein, ich fahre dich später nach Hause. Und jetzt steig ein, ich habe Hunger.«

Sein Geständnis, so trocken formuliert, brachte mich zum Lachen. »Dann fahren wir besser rasch, bevor du zum Monster wirst.«

»Eben.«

Nachdem ich eingestiegen war und mich angegurtet hatte, schloss Luke die Tür, umrundete den Wagen und nahm hinter dem Steuer Platz.

»Bei Ty stört es dich also nicht, dass er dich Boss nennt?«

»Nein.«

»Und was soll der Ferrari? Ich dachte, er wäre eine Filmrequisite, aber nicht, dass du ihn wirklich benutzt. Fährst du sonst nicht einen Truck?« In San Antonio. Ich war noch nie dort gewesen, somit sollte ich es nicht wissen. Ich tat es aber dennoch. In den letzten Jahren hatte ich mich viel mit Lukes Schwester Jacky unterhalten. Wir waren Freundinnen … oder so etwas Ähnliches, denn sie erzählte viel mehr als ich, erwartete im Gegenzug aber niemals, dass ich mehr über mein Privatleben mit ihr teilte.

»Sie sind immerhin beide rot«, war das Einzige, was Luke erklärte, ehe er den Wagen startete und losfuhr. Donnerwetter, das Auto vibrierte und ich spürte es in jeder Faser meines Körpers. Ging es nur mir so? Luke wirkte entspannt, während er den Sportwagen durch den abendlichen Verkehr Hollywoods lenkte.

»Rot. Hm, steckst du etwa schon in der Midlife-Crisis?«, neckte ich Luke.

Er lachte als Antwort hell auf und wirkte dadurch noch viel jünger, sorglos. »Ich hatte ehrlich gesagt damit gerechnet, älter als knapp sechzig zu werden.« Luke warf mir einen gespielt irritierten Blick zu.

Ja, ich hoffte auch, er würde viel älter werden. Nur konnten wir es uns nicht aussuchen. Mein Dad war bloß fünfundvierzig Jahre alt geworden. Ich wollte

Luke von ihm erzählen, schluckte eine entsprechende Bemerkung aber hinunter. Ich redete nur mit Anna und meiner Mom über meinen Dad. Sonst mit keinem. Normalerweise, denn im nächsten Augenblick platzte es aus mir heraus: »Meinem Dad hätte der Wagen gefallen, auch wenn er ihn sich nie gekauft hätte. Er ist zu unpraktisch«, ergänzte ich schmunzelnd, während ich meine Finger über das dunkle Leder gleiten ließ. Perfektion bis ins letzte Detail.

Luke fragte mich nicht, ob wir überhaupt das Geld für ein solches Luxusauto gehabt hätten. So wie es bestimmt jeder andere gemacht hätte. Nein, stattdessen nickte er mir auffordernd zu, also fuhr ich fort: »Er mochte Autos. Vor allem, wenn sie ganz neu waren. Den Geruch und wie sich das Leder unter seinen Fingerspitzen angefühlt hat – geschmeidig oder rau. Er hat mir mal gesagt, ich solle die Augen schließen und mir vorstellen, wie viele Menschen am Wagen gearbeitet haben. Wochenlang. Sich womöglich dabei Geschichten ausgedacht haben – über die Besitzer und wohin das Auto verkauft werden würde. Die Ausflüge, die damit unternommen werden würden.«

»Heute fahren wir nur nach Bel Air. Aber morgen steht uns die ganze Welt offen. Oder die halbe. Ein Viertel? Über die Ozeane können wir mit dem Wagen leider nicht fahren.«

»Und wenn schon. Ein Viertel sollte reichen«, spielte ich mit. Ich hätte mir nie träumen lassen, mal in einem Ferrari zu fahren. »Wir hatten geplant, nach Detroit zu reisen und uns die Ford-Motorenwerke anzusehen. Zu meinem zehnten Geburtstag.« Es war nie passiert, mein Dad war da schon lange tot gewesen. »Ferrari in Italien zu besuchen, wäre mir wie ein Flug auf den Mond vorgekommen.«

Aber immerhin hatte ich es von Philly bis nach L.A. geschafft. Wir fuhren auf dem Sunset Boulevard, gleich würde die UCLA zu unserer Linken auftauchen. Die Erinnerung daran, dass ich dort vier Jahre lang studiert hatte, fühlte sich wie ein anderes Leben an.

»Dann passt es doch, dass ich dich jetzt mit einem Ferrari herumkutschiere. Du kannst dich wie eine Prinzessin fühlen, schließlich siehst du auch wie eine aus.«

Ich schluckte und beobachtete, wie Luke rot anlief, bevor er seine Aufmerksamkeit wieder auf die Straße lenkte. Mein »Danke« ging in seinem Räuspern unter.

»Der Ford F-150 ist eines der meistverkauften Autos in Texas«, bemerkte Luke plötzlich.

»Auch die roten oder nur die schwarzen Ausführungen?«

»Ganz sicher nicht die roten.«

Nein, nicht die roten, und es sagte viel über Luke aus. Dass er jemand Besonderes war, wusste ich ja schon lange. Somit war es wohl auch nicht erstaunlich, dass ich mir vorstellte, irgendwo in der Natur auf der Ladefläche eines roten Trucks zu sitzen und die Sterne zu beobachten. Mit Luke. Dabei würde er einen Arm um mich legen und ich mich an seine Seite kuscheln. Es war ein sehr vertrautes Bild, als ob wir es schon mal gemacht hätten.

Und als Luke sagte: »Zum Restaurant ist es nicht mehr weit, aber wenn du willst, kannst du das Radio anschalten«, stimmte ich sofort zu. Alles war besser, als mir weiter in meinen Gedanken eine Zukunft vorzustellen, die es nicht geben würde.

»Mal schauen, ob ich herausfinde, wie das geht.«

Das Armaturenbrett erinnerte mich an das Cockpit eines Rennwagens, denn die meisten Knöpfe lagen direkt hinter dem Lenkrad. Mich würde es beim Fahren komplett ablenken. Aber praktischerweise gab es ein paar sehr wichtige Schalter auf der Beifahrerseite, dazu gehörten die Freisprechanlage und das Radio. Ich drückte auf den Audioknopf und dachte im nächsten Moment, mein Trommelfell würde platzen. Rasch schaltete ich es wieder aus. »Vielleicht ein anderes Mal, wir sind ja gleich da!«, schrie ich, um das Klingeln in meinen Ohren zu übertönen.

»Ty muss daran rumgespielt haben.« Gutmütig schüttelte Luke den Kopf.

»Wahrscheinlich besitzen wir sowieso nicht denselben Musikgeschmack. Also du und ich.«

»Auf was stehst du denn?«

»Grunge, französische Chansons und alles, was meine Großeltern väterlicherseits als Hippie-Musik bezeichnet haben. Meine Mom heißt Janis, in Anlehnung an Janis Joplin. *Ihre* Eltern fanden die Musik klasse.«

»Das ist ein Scherz, oder?«

»Nein, ich heiße wegen der Rolling Stones Ruby.«

Luke schnaubte.

»Du glaubst mir nicht?« Auf meinem Handy suchte ich *Ruby Tuesday* und spielte es ab.

»Und was soll das beweisen? Du kommst mir nicht wie die Ruby im Song vor, wie ein Freigeist«, merkte er mitten im Refrain an.

»Pst, warte.« Als das Lied endete, erklang laut und deutlich: *»Verlier nie deine Träume aus den Augen, Ruby. Wir lieben dich, Mom und Dad.«*

»Das war meine Mom.« Auch deswegen hielt ich an *Janis & Ruby Flowers* fest. Meine Träume waren unsere Träume. Schon als ich ganz klein gewesen war, hatte meine Mutter immer davon geredet, dass uns nichts stoppen könnte. Wir zusammen alles erreichen würden.

»Das habe ich mir schon gedacht. Hast du von ihr auch deinen außergewöhnlichen Musikgeschmack?«

»Wieso außergewöhnlich?«, fragte ich unschuldig nach. »Welche Musik magst du denn? Country?«

»Natürlich, ich bin Jackys größter Fan.«

»Ich dachte, das wären schon dein Dad und Vander.« Ich kannte die Geschichte, dass Jacky als Kind immer für ihren Dad gesungen hatte. Über ihren mittlerweile Verlobten Vander hatte sie sogar ein Lied geschrieben. Oder mehrere, eigentlich war er ihre Muse.

Über Luke wusste ich hingegen kaum etwas, fiel mir auf. Mochte er wirklich Countrymusik oder etwas ganz anderes? Ohne sich Mühe geben zu müssen, brachte er mich dazu, über mich zu sprechen, selbst wenn ich es nicht wollte. Aber ich fühlte mich dabei erstaunlich wohl. Wie stellte er das an? War das der Grund, warum er Personalchef war? Weil er den Bewerbern Informationen entlocken konnte, ohne dass sie es merkten?

Mich hatte er nicht interviewt, sondern eine seiner Angestellten. *Johnson Security* kümmerte sich um sämtliche personelle Belange von *Jacob Productions.*

»Hast du meine Bewerbung gelesen?«

»Nein, eine meiner Angestellten hat das erledigt.«

»Aber … also du selbst hattest keine Ahnung, wer ich bin? Oder warum ich mich für den Job interessiere? Obwohl es um die Assistentenstelle bei deiner Mom ging?«

»Keine Angst, Caleb hat dich auf Herz und Nieren überprüft.«

»Und du hast meine Akte nie gelesen?«

»Nein. Hätte ich es denn tun sollen?«

»Nein, ich meine, ich habe nichts zu verbergen.« Ich war für Luke ein komplett unbeschriebenes Blatt? Jetzt fühlte ich mich fast wie auf einem Blind Date. Das war doch Unsinn. Es war bloß ein Essen. Also locker bleiben.

Luke sah es wohl auch so, denn er ließ meine Aussage unkommentiert, setzte den Blinker und bog eine kurze Auffahrt zu einem Luxushotel hoch.

»Das *Grand Bel-Air*. Ich dachte, es würde dir gefallen.« Luke hielt vor einem Gebäude, das wie eine spanische Villa aussah. Üppiger Baumwuchs ließ mich vergessen, dass wir uns noch immer in einer Großstadt befanden. Ehe ich antworten konnte, wurden die Türen auf beiden Seiten von livrierten Angestellten geöffnet.

»Oh, das wird es bestimmt«, antwortete ich. Eine Pizzeria hätte es auch getan, aber das behielt ich für mich. Ich wartete, bis Luke an meiner Seite war, und wir betraten zusammen das Hotel, in dem sich das Restaurant befand.

»Es wirkt viel gemütlicher als die opulenten Hotels in Beverly Hills. Intimer.« War das gewollt?

»Ist das gut oder schlecht?«

»Kommt wohl auf den Anlass an. Ich mag es gemütlich.«

»Ich ebenfalls.«

Luke wirkte sehr zufrieden und erleichtert, denn er entspannte sich sichtlich. Er legte sogar eine Hand zwischen meine Schulterblätter, um mich zu führen. Lukes Finger auf meiner nackten Haut zu spüren, bescherte mir einen Schauder. Einen der sehr guten Art.

Wir schritten durch die verhältnismäßig kleine, aber sehr elegante, in Marmor und Holz gehaltene Lobby bis zum Eingang des Restaurants, der sich auf der linken Seite der Rezeption befand. Erst jetzt zog Luke seine Hand zurück. Meine Haut kribbelte, und ich vermisste seine Berührung augenblicklich.

Falls das hier doch ein Date war, sollte ich besser ein paar Dinge klarstellen, sobald wir Platz genommen hatten.

»Luke Johnson für zwei Personen.«

»Bitte folgen Sie mir.« Der Platzanweiser im dunklen Anzug lächelte uns zu, während Luke abermals die Hand auf meinen Rücken legte. Dieses Mal jedoch so tief, dass ich sie an meinem unteren Rücken knapp über meinem Hintern spürte. So als ob wir ein Paar wären.

Er bemerkte seinen Fehler, denn er zog die Hand bereits zurück und vergrub sie sogar in der Hosentasche. Unser Tisch befand sich am Ende des Raumes, der üppig mit Grünpflanzen dekoriert war. Kronleuchter hingen von der stuckverzierten, weiß getünchten Decke, dunkle Säulen und farbige Wandelemente schufen einen hippen Kontrast. Das Problem war nur, dass wir einen Vierertisch zugeteilt bekamen und einer von uns mit dem Rücken zum Raum sitzen würde.

»Wollen wir lieber nebeneinandersitzen? Damit keiner die Wand anstarren muss?«, schlug ich vor. Die ganze Zeit Lukes direkte Nähe zu spüren, war eine Herausforderung. Der Abend … unser Zusammensein würde sich ungleich intimer anfühlen, als wenn wir uns gegenübersäßen.

»Gerne.«

»Möchten Sie einen Aperitif?«, erkundigte sich der Kellner, während er das Besteck und die Gläser umplatzierte.

»Champagner?«, fragte Luke mich mit einem bedeutsamen Lächeln, als wir uns gesetzt hatten.

»Nein, ganz bestimmt nicht.« Von Champagner hatte ich genug. »Eine Cola bitte.«

»Und für Sie, Sir?«

»Ein Bier, bitte.«

»Sehr wohl.«

»Sir? Kommst du dir dabei nicht wie dein Dad vor?«, fragte ich Luke, als der Kellner weg war.

»Definitiv wie sechzig«, stimmte er zu. »Deswegen ja der Ferrari.« Er wackelte mit den Augenbrauen und brachte mich damit zum Lachen.

»Wobei wir dann besser zu den anderen Gästen passen würden. Wir ziehen den Altersschnitt ganz schön runter«, raunte ich ihm verschwörerisch zu. »Und was die Kleidung angeht, fühle ich mich overdressed«, gestand ich.

Vereinzelt trugen die Männer zwar ein Jackett, aber meist nur ein Hemd mit Pullover. Die Frauen trugen Hosen mit Rüschenbluse oder einfach auch einen Cardigan.

»Du bist genau richtig angezogen.« Luke sah mir tief in die Augen und leckte sich wohl unbewusst über die Lippen, als sein Blick für einen Moment über mein Kleid huschte. »Die Farbe steht dir.«

»Burgunder. Danke, deine Mom hat einen guten Kleidergeschmack. Ich mag ihre Gewänder, die sie immer im Büro trägt. Sie sind so schön bunt.« Celia trug darunter meist Leggins und Gesundheitssandalen. Ihre roten Haare frisierte sie jedoch immer akkurat und auch das Make-up war makellos, ohne dabei wie eine Maske zu wirken. Wie es wohl gewesen war, mit so einer berühmten Person als Mutter aufzuwachsen? Zu gerne hätte ich Luke gefragt. Er studierte jedoch mittlerweile die Speisekarte. Ich sollte es ihm gleichtun, denn ich hatte ebenfalls Hunger.

Komisch, hier standen gar keine Preise. War das so üblich? *Wenn du danach fragst, kannst du es dir sowieso nicht leisten.* Hm, also war das tatsächlich ein Date? Sollten wir nicht lieber woanders essen?

»Caleb trinkt literweise Cola, wenn er gestresst ist«, merkte Luke plötzlich an und warf mir einen Blick von der Seite aus zu.

»Das wusste ich nicht. Ich bin nicht gestresst.« Um es zu unterstreichen, schüttelte ich den Kopf.

Luke hob skeptisch eine Augenbraue. Verdammt, heute wirkten seine Augen aber sehr blau. Und wieso war mir vorher nie aufgefallen, dass seine Lippen so voll waren? Dazu roch er wieder so gut. Wir hätten nie nebeneinander Platz nehmen sollen, es fühlte sich viel zu vertraut an.

»Gut, ein bisschen schon«, gestand ich. Ich klappte die Karte wieder zu und holte tief Luft, hoffentlich würde ich mich nicht gleich zum Narren machen. »Ich muss zwei Sachen klarstellen. Das hier ist kein Date, oder? Ich suche nämlich keinen Freund und schon gar keine Beziehung. Ich habe andere Pläne und keine Zeit für persönliches Drama.« Zitternd holte ich tief Luft und hoffte, dass Luke mich nicht gleich vor allen Gästen auslachen würde.

Doch dafür wirkte er zu ernst. War das gespielt? Oder war er etwa wütend? Seine Miene verfinsterte sich zunehmend, während ich noch immer auf eine Antwort wartete.

»Können wir einfach ohne tiefgründige Gespräche essen und dann nach Hause fahren? Also ich zu mir und du zu dir. Na ja, eigentlich muss ich noch meinen Wagen in Santa Monica abholen«, plapperte ich weiter.

Auf einmal huschte ein Lächeln über sein Gesicht, bevor er den Blick abwandte und dabei leicht den Kopf schüttelte. Als er wieder zu mir sah, gestand er plötzlich: »Ich esse Choco-Cornflakes, wenn ich nervös bin. Ohne Milch, einfach so. Wenn es hier welche gäbe, hätte ich sie längst bestellt.«

»Du bist ebenfalls nervös?« Einen Moment lang sah ich ihn mit offenem Mund verdattert an. »Aber … wieso merke ich nichts davon?«

Er zuckte mit den Schultern, ehe er sich zu mir lehnte und mit einem winzigen Lächeln sagte: »Du möchtest doch kein tiefsinniges Gespräch.«

»Touché.«

Er grinste und ich tat es auch. Unsere Blicke huschten gleichzeitig zu den Lippen des anderen. Subtil war anders. Wie gut, dass der Kellner uns in diesem Augenblick die Getränke servierte. Dankbar griff ich nach dem Glas Cola, meine Kehle fühlte sich staubtrocken an.

»Moment, wir brauchen einen Toast. Worauf trinken wir?«, unterbrach Luke mich.

»Wir haben schon auf einen schönen Abend angestoßen. So wie immer.«

»Fällt dir nichts Besseres ein?«

»Wie wäre ein unvergesslicher Abend?«

»Das gefällt mir. Auf einen unvergesslichen Abend. Cheers.«

»Cheers.«

Als ob ich ihn je vergessen könnte, denn es war das erste und letzte Mal, dass ich mit Luke Johnson essen ging. Unter anderen Umständen … Nein, die gab es nicht und somit gab es auch nichts zu bedauern. Warum tat ich es dennoch?

KAPITEL 6

LUKE

Keine tiefgründigen Gespräche. Mit Fremden vermied ich sie sowieso wie die Pest. Somit sollte ich mich also freuen, dass Ruby keine wollte. Tat es aber nicht, denn sie war keine Fremde und dann irgendwie doch wieder. Sie war unsere Angestellte. Der Abend sollte schön werden … unvergesslich bleiben … durch die Location und das Essen, nicht, weil ich meine Seele entblößte.

Es fiel mir jedoch gar nicht so leicht, nicht nachzufragen, wo Ruby aufgewachsen war. Was ihr Dad machte und ihre Mom. Ob sie sich häufig sahen. Meines Wissens besaß Ruby keine Geschwister.

Ansonsten hatte ich nicht gelogen, ich hatte ihre Akte nie gelesen. Aus Angst, ich könnte danach nicht mehr aufhören. Nicht, bevor ich nicht alles über Ruby wusste. Ich konnte mir nicht erklären, warum Ruby mich schon so lange anzog. Nicht mal die räumliche Distanz oder dass wir kaum etwas miteinander zu tun hatten, hatte etwas daran ändern können. Jedes Mal, wenn wir uns trafen, spürte ich dieses Knistern zwischen uns. Musste ich mich beherrschen, sie nicht zu berühren. Kein persönliches Gespräch anzufangen. Sie nicht einzuladen. Heute Abend war eine Ausnahme.

»Warst du in einer langen Beziehung?«, platzte es aus mir heraus, weil ich meine Neugier nun doch nicht zügeln konnte. War das vielleicht der Grund, warum sie keine Beziehung wollte?

»Wir könnten das Vier-Gänge-Menü nehmen. Was meinst du?«, schlug sie gleichzeitig vor. »Äh, was?«

»Ja, klingt gut, das machen wir«, beantwortete ich ihre Frage nach dem Essen und ging nicht weiter auf meine eigene ein.

Irritiert schüttelte Ruby den Kopf. Sie hatte sehr wohl gehört, was ich gefragt hatte.

»Möchtest du Wein zum Hauptgang?«, fuhr ich ungerührt fort.

»Ja … nein … Ich meine, ich war in keiner Beziehung, und ich hätte gerne Wein.« Sie griff nach der Getränkekarte, wohl, um sich einen auszusuchen.

»Nimmst du die Fisch-, Fleisch- oder die vegetarische Variante?«, blieb sie beim Essen.

»Vegetarisch.«

»Wirklich?«

»Ich mag Trüffelpasta. Ich mag alles aus Italien«, fügte ich neckisch an, sodass sie wieder rot wurde. *La Dolce Vita.* Woran dachte Ruby gerade? Ich wollte es wissen, ich wollte einfach alles über sie wissen. *Schalt mal einen Gang runter!* Aber ich konnte nicht. Nicht dieses Mal. »Wieso bezeichnest du Beziehungen dann als persönliches Drama?«, bohrte ich weiter und hob gleichzeitig abwehrend die Hände, als Ruby ihre Arme vor der Brust verschränkte. »Deine Antwort bestimmt, ob es eine tiefgründige Frage ist oder nicht«, belehrte ich sie.

»Das ist doch Quatsch«, behauptete Ruby.

»Findest du?«, ließ ich nicht locker, stützte mein Kinn auf und hob herausfordernd eine Augenbraue.

Ihre Mundwinkel zuckten und ich war mir sicher, sie würde mir gleich Kontra geben. Stattdessen ließ sie mich zappeln, indem sie akribisch die Weinkarte studierte. »Der Rosé klingt gut, leider kann ich mir nicht vorstellen, dass er zum Hauptgang passt. Welchen nimmst du?«

»Den Pinot Noir.«

»Ja, der klingt besser.« Ruby klappte die Karte zu und begann, mit ihren Fingernägeln darauf zu trommeln, während sie sich nach dem Kellner umsah. Ihre Nägel waren passend zum Kleid lackiert. Genau wie ihre Fußnägel, die Sandalen waren jedoch bronzefarben. Ruby sah aus wie ein echter Hollywoodstar.

Ich konnte meinen Blick nicht von ihr wenden, sie hingegen ignorierte mich. Zumindest versuchte sie es, indem sie vehement den Blickkontakt mit mir mied. Aber bestimmt nicht mehr lange. Als sie sich genervt eine Strähne aus dem Gesicht pustete, hätte ich sie gerne hinter ihr Ohr geklemmt. Ich hatte sie vorhin viel zu intim berührt und es nicht mal gemerkt, dennoch wollte ich es wiederholen.

»Ah, da kommt er ja.«

»Hm?«

»Der Kellner.«

»Haben die Herrschaften gewählt?«

»Ja, danke, ich nehme das Menü, als Vorspeise den herbstlichen Salat und als Hauptspeise die Trüffelpasta. Vielen Dank«, bestellte Ruby und zeigte auf die entsprechende Seite in der Speisekarte.

»Gerne. Und der Herr?«

»Dasselbe bitte.«

»Sehr wohl. Möchten Sie Wein zum Essen trinken?«

»Gerne zur Hauptspeise. Dazu habe ich eine Frage.« Ruby öffnete noch einmal die Weinkarte. »Der

Rosé klingt gut, nur kann ich mir nicht vorstellen, dass er zur Trüffelpasta passt. Was meinen Sie?«

Er passte absolut nicht. Bestimmt hatte Ruby gelesen, dass er spritzig war, somit hätte sie ihn zum Aperitif trinken können. Gespannt wartete ich, was der Kellner empfehlen würde.

»Alles, was Ihnen schmeckt, passt«, behauptete dieser jedoch ungerührt. »Sie können ihn gerne probieren.«

»Ja, das wäre wohl gut. Danke.« Rubys Lächeln saß wie festgeklebt, aber es erreichte ihre Augen nicht.

»Natürlich. Der Herr?«

»Ein Glas vom Pinot Noir aus Santa Barbara, bitte.«

»Sehr wohl.«

»Oh, und die Suppe ist im Menü enthalten, oder?«, fragte Ruby nach, als sich der Kellner entfernte.

»Wenn Sie die Suppe möchten, dann natürlich.«

»Ja, wir hätten auch gerne die Suppe«, bestellte ich für uns beide. Sie gehörte zum Vier-Gänge-Menü dazu.

Als der Kellner außer Hörweite war, beugte sich Ruby zu mir und fragte leise: »Alles, was Ihnen schmeckt, passt? Was ist denn das für ein Sommelier?«

»Er ist kein Sommelier, er ist ein Kellner.«

»Wir befinden uns in einem prämierten Sterne-Restaurant in einem Luxushotel. Er kann doch nicht so einen Stuss reden, egal, ob er ›nur‹ Kellner ist. Der Wein wird nicht passen, auch wenn ich ihn gerne trinken würde. Ich mag Roséweine.«

»Du kannst ihn ja probieren.«

»Ja, das werde ich auch tun.« Sie sah sich im Restaurant um. »Ich komme nicht darüber hinweg, dass hier kaum jemand elegant gekleidet ist. Ich habe mich als Kind immer gefreut, wenn wir mal in ein Restaurant gegangen sind und uns schick angezogen haben.«

»Früher habe ich eine Krawatte zur Arbeit getragen, jetzt lasse ich sie zu Hause.«

»Eine Krawatte ist auch etwas übertrieben. Du arbeitest nicht in einer Bank. Aber erzähl, haben dich deine Brüder ausgelacht? Immerhin trägt Caleb nerdige T-Shirts zur Arbeit. Die anderen nur Hose und Hemd.« Grinsend lehnte sich Ruby zurück, bevor sie ihren Blick lasziv über meinen dunklen Anzug gleiten ließ. Wenn ich es nicht besser wüsste, würde ich behaupten, sie tat das mit Absicht. Gott, dieser Blick richtete Dinge mit mir an …

»Brad trägt häufig einen Anzug.«

»Er ist der CEO.«

»Und ich bloß der Personalchef? Autsch.« Getroffen rieb ich mir die Brust und setzte eine Leidensmiene auf.

»Wieso bist du der Personalchef? Wie wird man so jung Personalchef?«

»Oh, das ist ganz einfach. Es gab keinen anderen Job für mich bei *Johnson Security*.«

»Was?« Ruby lachte verdutzt auf.

Ich nickte und trank mein Bier aus. »Es ist die Wahrheit. Wenn du mir nicht glaubst, frag Gavin. Bei ihm habe ich ein Praktikum gemacht, als ich im letzten Jahr am College war. Er ist beinahe verzweifelt, weil er nicht wusste, was er mit mir anstellen sollte.«

Während meines Praktikums hatte ich Gavin und seine zukünftige Frau verkuppelt. Es war so ein Spaß gewesen, sie zusammenzubringen, zumal mein Bruder in Shelbys Gegenwart kein Wort herausgebracht hatte. Sie hatte so gut zu ihm gepasst: quirlig und lustig. Sie war nicht auf den Mund gefallen gewesen und hatte genau gewusst, was sie wollte: Gavin. Nach einem gemeinsamen Abendessen waren sie unzertrennlich gewesen, hatten schon bald darauf geheiratet und Hazel bekommen. Alles war wie im Märchen gewesen, bis Shelby ein paar Jahre später im Polizeidienst erschossen worden war. Ein Albtraum ...

Suchend sah ich mich nach dem Kellner um, doch ich konnte ihn nirgends entdecken. Etwas mehr Alkohol wäre nicht schlecht.

»Was?«, fragte ich Ruby viel zu barsch, als ich ihren musternden Blick bemerkte.

»Nichts.«

»Komm schon. Du willst bestimmt etwas Tiefgründiges fragen, aber traust dich nicht, weil du sonst gegen deine eigene Regel verstoßen würdest. Habe ich recht?« Ich war patzig, aber das hatte nichts mit Ruby zu tun, sondern diesem verdammten Kellner. Ruhig Blut. Ich stoppte mein wippendes Knie und versuchte, durchzuatmen.

»Du bist der Clown in der Familie, stimmt's?« Sie nippte an ihrer Cola, während ich irritiert die Stirn krauste. »Das sollte nicht abschätzig klingen, und ich spiele auch nicht Doktor Freud oder so. Tut mir leid.«

»Schon okay.« Endlich sah ich eine Kellnerin und winkte sie heran.

»Also gut, du hast gewonnen. Meine Regel ist hinfällig.« Ruby trank ihr Glas Cola aus und setzte es nachdrücklich auf dem Tisch ab. Als ob sie sich mit dem Zuckerwasser Mut angetrunken hätte.

»Guten Abend.«

»Ich hätte noch gerne einen Aperitif. Was können Sie empfehlen?«, fragte Ruby.

»Mit oder ohne Alkohol?«

»Ohne«, antwortete Ruby.

»Mit«, hielt ich dagegen.

»Nun, wie wäre es mit einem Cold Brew Sangria

mit weißem Tee? Er wird auf der Basis von einem Riesling, weißem Tee und Brandy mit Pfirsichgeschmack hergestellt.«

Mich schüttelte es.

»Den würde ich sehr gerne probieren. Luke?«

Rubys Stimme war so zuckersüß wie die Cola, die sie getrunken hatte, und jetzt klimperte sie auch noch übertrieben mit den Wimpern. Als ob sie mich herausfordern wollte. Also gut.

»Warum nicht. Zweimal bitte.«

»Sehr wohl.« Die Kellnerin zog sich zurück.

»Schieß los, stell mir all deine brennenden Fragen«, forderte ich Ruby heraus.

»Wie viele Beziehungen hattest du schon?«

»Ein paar, nichts Ernstes.«

»Wie lange hielt die längste?«

»Zwei Monate oder so.«

Ruby nickte, dabei wirkte sie nachdenklich. Kein dummer Spruch, dass ich ein Weiberheld wäre, wie erfrischend. Ich drehte mein Wasserglas, starrte hinein, als ob dort die Lösung aller Probleme liegen würde.

»Mom und Dad haben mit zweiundzwanzig geheiratet, schon ein Jahr später war Brad auf der Welt. Ist nicht leicht, die beiden als Vorbild zu haben«, erklärte ich ungefragt, warum ich keine feste Freundin hatte. Dads Karriere bei der NSA oder wie viel sie in unserer

Familie kaputt gemacht hatte, erwähnte ich nicht. Wieso sollte ich Ruby davon erzählen?

»Nein, ist es nicht«, stimmte sie mir zu. »Obwohl wir immer nur das sehen, was wir sehen wollen, oder? Keiner von uns weiß, was es wirklich bedeutet, sich so früh auf einen anderen Menschen einzulassen. Dieses Risiko einzugehen. In den Zwanzigern suchen wir uns selbst, erfinden uns neu und sind dann kaum wiederzuerkennen, wenn wir dreißig sind. Und manchmal geht alles schief und plötzlich ist man ungewollt wieder ganz allein.« Ruby biss sich auf die Unterlippe, als hätte sie mehr gesagt, als sie beabsichtigt hatte, und sah sich jetzt suchend nach der Kellnerin um. »Der Service ist hier nicht so gut, wie man es erwarten sollte, oder?«

»Willst du etwas Stärkeres als den weißen Tee mit Spritz bestellen oder deine Regel wieder in Kraft setzen?«, fragte ich sie.

Sie schüttelte langsam den Kopf. »Da ist sie ja schon.« Die Kellnerin von eben balancierte ein Tablett mit zwei Weingläsern und diversen Schüsselchen zu unserem Tisch.

»Ein Gruß aus der Küche.« Sie stellte die Schüsselchen vor uns ab und erklärte: »Lachstatar mit Grünkernplätzchen an Zitronenvinaigrette und frischem Schnittlauch. Guten Appetit.«

»Schmeckt sehr gut«, sagte Ruby, nachdem sie das

Häppchen aufgegessen hatte. »Aber hätten sie uns nicht vorher fragen müssen, ob wir Fisch essen? Wir haben uns schließlich für das vegetarische Vier-Gänge-Menü entschieden.«

»Hätten sie«, stimmte ich ihr zu. »Schreib es als Minuspunkt auf die Liste.«

»Kann ich mir merken.« Sie tippte sich schmunzelnd an die Stirn.

Ich wusste nicht einmal, was sie studiert hatte. »Warum bist du Assistentin geworden?«, fragte ich stattdessen.

»Wegen des Geldes. Das ist kein Scherz«, ergänzte sie und griff nach ihrem Aperitif. Doch dann stellte sie ihn wieder ab, griff stattdessen nach dem Wasserglas und trank einen großen Schluck.

»Wie hat es Ihnen geschmeckt?« Eine ältere Frau in einem dunkelblauen Anzug mit Perlenkette und Föhnfrisur stand plötzlich neben uns am Tisch.

»Danke, sehr gut«, antwortete ich für uns beide, da Ruby gerade den Mund voll hatte.

»Sehr schön.« Die Frau räumte emsig den Gruß aus der Küche ab, da tauchte bereits die Kellnerin mit Brotstangen in einem Körbchen und diversen Aufstrichen auf winzigen Tellern auf. »Zitronencreme, Tomatencreme und Kürbiscreme«, erklärte sie, ehe sich beide wieder zurückzogen.

»Sehen wir mal, wie sich der Abend entwickelt«, merkte ich im Hinblick auf den Service an.

»Oh, ich habe nichts gesagt.«

»Das musst du nicht, du bist keine gute Schauspielerin. Ich sehe dir an, wie sehr du dich beherrschen musst, die Augen nicht zu verdrehen«, raunte ich ihr verschwörerisch zu und verdrehte meine Augen demonstrativ und so heftig, als ob ich erst vierzehn wäre.

Ruby kicherte. »Fandest du die Frau im Anzug nicht auch unheimlich? Wo kam die plötzlich her? Ist das die Chefin?«

»Vermutlich. Bestimmt bekommen wir sie den restlichen Abend nicht mehr zu Gesicht.« Es würde mich nicht stören. »Was hast du eigentlich studiert?«

Sie hob erstaunt eine Augenbraue.

»Ich habe deine Akte wirklich nicht gelesen«, erklärte ich mein Unwissen.

»Wieso nicht?«

»Du bist nicht *meine* Assistentin, wieso sollte ich?«

Ruby krauste die Nase, was ich total süß fand. Süß? »Du hast mir zu sehr gefallen, ich wollte nicht, dass es noch schlimmer wird«, gab ich zu und hielt wieder ihren Blick fest. Ruby hatte grüne Augen, die waren mir als Erstes an ihr aufgefallen. Hinter ihren Brillengläsern wirkten sie noch größer. Doch heute trug sie wohl Linsen.

Auf mein Geständnis hin begann Ruby, ihre Serviette zu falten. Sie biss sich kurz auf die Unterlippe und sah mich danach unter ihren langen Wimpern hervor an. Mein Herzschlag beschleunigte sich. Sie war so verdammt hübsch.

»Sag mal, kann es sein, dass deine Mutter uns verkuppeln will? Ich meine …«

»Natürlich«, fiel ich ihr ins Wort.

Ruby seufzte tief, während ich noch immer darauf wartete, dass sie mir sagte, dass ich ihr ebenfalls gefiel. Paradox, denn ich ergänzte: »Wir erklären ihr am Montag, dass wir leider nicht zusammenpassen.«

»Dann solltest du dabei aber nicht zwinkern, sonst wirkst du nicht sehr überzeugend.«

Und Ruby wirkte jetzt sehr genervt, verzog ihren Mund und verschränkte wieder ihre Arme.

»Bleibst du nur wegen des Geldes?« Den scharfen Unterton konnte ich nicht verhindern, schließlich hatte sie selbst gesagt, sie hätte den Job nur gewollt, weil er gut bezahlt wurde.

»Bestimmt nicht, weil der Job so interessant ist«, konterte sie verärgert. »Er war es mal, aber jetzt bin ich ja fast schon überflüssig, da Kenneth kaum zu bremsen ist. Ich glaube, er schläft nicht einmal, und das Wort Pause kennt er auch nicht«, erklärte sie.

Dass Ruby früher auch keine Pause gemacht hatte, hatte sie wohl vergessen.

»Nein, ich glaube, das liegt am Alter. Er ist noch jung, im Gegensatz zu dir«, zog ich sie auf, statt sie darauf hinzuweisen, und nahm ihren Frust dennoch ernst.

»Ich bin genauso alt wie du.«

»Eben. Und noch immer nur Assistentin. Wozu brauchst du das Geld? Was ist dein großer Traum, an den deine Mom dich erinnern muss?«

»Das geht dich nichts an. Wenn du mich entschuldigst, ich gehe mir die Nase pudern.« Ruby schnappte sich ihre Tasche, stand auf und verließ den Tisch Richtung Toiletten. Die lagen in der entgegengesetzten Richtung zum Ausgang. Immerhin hieß das, dass sie nicht abhauen würde.

»Ist alles zu Ihrer Zufriedenheit, Sir?« Die ältere Frau von vorhin stand plötzlich wieder am Tisch, als ich mich zurückdrehte.

»Sehr gut, danke.« Ich hoffte, das traf auch auf Ruby zu.

KAPITEL 7

RUBY

K*eine tiefgründigen Gespräche.* Wie leicht er mich umgestimmt hatte, war schon bedenklich. Aber mittlerweile konnte ich meine Neugier nicht mehr im Zaum halten, ich wollte mehr über Luke erfahren. Mein Kommentar, dass er der Clown in der Familie war, hatte ihn getroffen. Ich hatte es ihm angesehen, seine Augen hatten sich geweitet, bevor er seine Maske wieder aufgesetzt hatte. Ich hatte es nicht böse gemeint, sondern dass er seine echten Gefühle mit seinem Witz überspielte. So, als wollte er sie keinem zumuten. Nur warum nicht?

Ich wollte es herausfinden, was bedeutete, ich musste im Gegenzug mehr von mir preisgeben. Ob ich wollte oder nicht, alles andere wäre nicht fair. Oder ich könnte auch einfach nichts tun. Die Fragerei sein lassen, mich auf das Essen konzentrieren und ansonsten vielleicht über die Arbeit sprechen. Eventuell über das letzte Skript, das ich gelesen hatte?

Ich glaubte nicht, dass Luke zulassen würde, wenn ich das Gespräch in Richtung Arbeit lenkte, und eigentlich genoss ich unseren Schlagabtausch auch viel zu sehr. Besser, ich ließ ihn nicht länger warten. An meinem Make-up musste ich nichts auffrischen, ich hatte bloß etwas Abstand gewinnen wollen. Ich ging auf direktem Weg zurück. Mein Magen knurrte, deswegen freute es mich umso mehr, dass unsere Kellnerin mit zwei Tellern aus der Küche trat und zu unserem Tisch schritt.

»Da komme ich ja gerade rechtzeitig«, bemerkte ich, als ich mich setzte. Luke lächelte mir warm zu, er schien nicht sauer zu sein, dass ich abgerauscht war.

»So, weiter geht es mit der Kartoffel-Lauch-Suppe.« Mitten in ihrer Bewegung verharrte die Kellnerin. »Moment, das ist der zweite Gang. Sie hatten noch keinen Salat, oder?«

»Nein.« Luke schüttelte den Kopf.

»Verzeihung. Ein Missverständnis.« Sie eilte mit den Tellern zurück in die Küche, verschwand hinter der Schwingtür, kam jedoch nach wenigen Sekunden wieder heraus. Zurück an unserem Tisch fragte sie: »Da die Suppe bereits fertig ist, würde es Ihnen etwas ausmachen, den Gang vorzuziehen? Den Salat serviere ich im Anschluss.«

»Mir macht es nichts aus. Dir, Luke?«

»Nein.«

»Sehr schön, vielen Dank.« Sie stellte die Teller vor uns ab, trat einen Schritt zurück und erklärte: »Vor sich sehen Sie eine Kartoffel-Lauch-Suppe mit Fingerling-Kartoffelchips. Provenzalisches Olivenöl und Gartenkerbel verfeinern den Geschmack. Guten Appetit.«

»Danke.« Ich wartete, bis wir wieder allein waren. »Auf die Suppe haben wir vierzig Minuten gewartet. Gibt das Abzug oder eher die Tatsache, dass wir mit dem zweiten Gang anfangen?«

»Der Kellner, bei dem wir unsere Weinbestellung aufgegeben haben, ist verschwunden«, gab Luke zusätzlich zu bedenken.

»Vielleicht musste er in der Winzerei vorbeifahren?« Auch ich konnte kaum ernst bleiben, als ich zum Löffel griff. Sehr gespannt kostete ich das erste Gericht. »Die Suppe schmeckt köstlich.«

»Finde ich auch. Und somit geben wir keinen Abzug?«

»Ich überlege es mir noch.«

Nach der Suppe ging es mir schon besser. Wahrscheinlich war ich vorhin nur so pampig gewesen, weil ich Hunger gehabt hatte. Na also, Problem gelöst.

Zufrieden lehnte ich mich in meinem Stuhl zurück und ließ die Umgebung auf mich wirken.

»Als Kind wollte ich Baseballprofi oder Schauspieler werden. Vorzugsweise Baseballprofi«, fing Luke an zu erzählen. Auch er hatte sich zurückgelehnt, schenkte mir jedoch dabei seine volle Aufmerksamkeit. »Ich habe jeden Tag stundenlang trainiert. In der Nähe unseres damaligen Hauses in San Antonio gab es einen Park mit Baseballfeldern. Meine zweite Heimat.«

»Eine Profikarriere hat aber nicht geklappt?«

»Nein. Irgendwann kam der Moment, dass ich realisiert habe, dass das Talent, das ich besitze, der Ehrgeiz und das Glück nicht ausreichen. Ein klein wenig hat gefehlt.«

Er schien einen Moment lang seinen Gedanken nachzuhängen. Leider wusste ich zu gut, wie es sich anfühlte, wenn Träume zerplatzten.

»Und die Schauspielerei? Deine Mutter meinte, du hättest mehr Talent als Jacky, und sie ist bereits unglaublich gut. Ich habe die Probeaufnahmen für die neue Serie deiner Mom gesehen, in der Jacky mitspielt. Gänsehaut. Jetzt auch wieder, dabei erzähle ich nur davon.« Ich streckte meinen rechten Arm aus, so als ob ich wollte, dass Luke mich noch einmal berührte. Er tat es nicht, doch mir entging nicht das wehmütige Lächeln, das sich auf seinem Gesicht zeigte. Galt es mir? Oder einer Schauspielkarriere?

»Ich mag das Drama nicht«, gestand er. »Die Diven und ihre Allüren. Das ganze Tamtam mit den Preisverleihungen. Ganz zu schweigen von den vielen Wochen am Set und den anschließenden Promotouren.« Luke schüttelte sich.

»War es so, mit Celia aufzuwachsen?«

»Zu Hause war Celia Gigi Johnson, aber vor allem unsere Mom. Einfach nur unsere Mom. Sie kocht unglaublich gut. Das Haus hat immer nach Essen gerochen«, erinnerte sich Luke. »Mein Dad liebte ihren Sonntagsbraten, den gab es jedes Wochenende, wenn sie zu Hause war. Ansonsten hat mein Dad den Grill angeworfen, oder wir sind nach Houston gefahren, um uns ein Match der Astros anzusehen. Dabei haben wir uns fünf Stunden lang mit Hotdogs vollgestopft.«

»Wie bitte? Ihr habt fünf Stunden lang Hotdogs gegessen? Und wer sind die Astros?«

»Baseballspiele dauern so lange. Und du kennst die Astros nicht? Sie spielen in der Western Division der American League.«

»Dann ist es ja klar. Ich mache mir nichts aus Baseball. Ich bin eingefleischter Eishockeyfan. Es geht nichts über die Philadelphia Pucks. Diese Saison gewinnen sie bestimmt den Stanley Cup«, kam ich im

Gegenzug ins Schwärmen. »Sie hatten letzte Saison Pech und die *Las Vegas Devils* hatten ihn sich im finalen Match geschnappt. Aber da jetzt Josh Randolph, der begnadetste Goalie der Liga, zu uns gewechselt ist, sind die Pucks nicht zu bremsen.«

»Ich habe nur die Hälfte von dem verstanden, was du gesagt hast.«

»Geht mir mit dir genauso. Ich kann dir das Schlittschuhlaufen beibringen«, offerierte ich.

»In Philadelphia? Ist das nicht ein wenig weit weg?«

Das war kein Nein. »Meinst du nicht, dass wir auch in L.A. ein Eisfeld finden oder in San Antonio? Oder …« Und diese Idee gefiel mir noch viel besser. »… wir gehen Rollschuhfahren! Die Promenade in Santa Monica hoch und runter. Das habe ich schon eine Ewigkeit nicht mehr gemacht. Frag jetzt bloß nicht, wann das letzte Mal war.«

Was tat ich hier? Aber Luke sprang bereits auf meinen Vorschlag an, denn er lehnte sich vor und fragte: »Bittest du mich etwa um ein Date, Ruby Tuesday?«

Ich könnte ihm mühelos entgegenkommen. Wenn wir ein Paar wären, hätten wir uns jetzt geküsst. Ganz bestimmt. Denn die Funken, die gerade zwischen uns sprühten, waren vielleicht nicht zu sehen, aber ich spürte sie über meine Haut tanzen. Lukes Blick huschte immer wieder zu meinem Mund, während meine Lippen ganz trocken wurden. Ich würde nicht Nein sagen, wenn er mich in diesem Moment küssen wollte.

»Ruby Tuesday hat im Song ihren Freund verlassen, das würde ich nicht machen.« Ich ignorierte absichtlich seine Frage nach dem Date. Denn ich wusste nicht, was wir hier taten. Wollte es nicht hinterfragen. Luke streckte eine Hand nach mir aus und strich mir über die Wange, während er mich mit seinem Blick hypnotisierte.

Er kam näher … oder war ich diejenige, die sich in seine Richtung neigte? Gleich würden sich unsere Lippen berühren. Meine Haut kribbelte, während seine Finger sich sanft in meinen Nacken legten. Nur noch wenige Zentimeter. Ich spürte seinen Atem auf meiner Haut, wie sich Hitze in mir ausbreitete. Ich wollte Luke berühren, meine Finger in seinen Anzug krallen und ihn an mich ziehen. Stattdessen hielt ich still. Gleich wäre es so weit.

»Wie hat Ihnen die Suppe geschmeckt?«

Luke ließ mich augenblicklich los und setzte sich wieder gerade hin.

»Sehr gut«, antwortete Luke für uns beide, während ich nicht sicher war, ob ich enttäuscht, wütend oder erleichtert sein sollte.

Die Kellnerin räumte unsere Teller ab. Ehe eine

beklemmende Stille einsetzen konnte, hielt ich Luke meine Hand zum Einschlagen hin. »Kein Date. Ein Abend, an dem wir Spaß haben. Einverstanden?«

»So wie heute?«, fragte er mit zuckenden Mundwinkeln, ergriff jedoch meine Hand, die er nicht mehr losließ.

»Klar, so wie heute.« Was aber nicht bedeutete, dass wir uns küssen würden.

»Ich freue mich drauf.«

Ja, ich mich auch. Ein Räuspern unterbrach uns abermals, die Kellnerin war zurück, dieses Mal servierte sie den Salat.

»Der Herbstsalat«, erläuterte sie, als sie die Teller mit den Salatbouquets abstellte. »Er ist mit gehobeltem Babygemüse, Avocado und einer Yuzu-Vinaigrette mit Kräutern verfeinert. Guten Appetit.«

»Danke.«

Eine Pause wäre mir eigentlich ganz recht gewesen. Nun gut, ich konnte mir mit dem Salat ja Zeit lassen. Luke plante offenbar dasselbe. Was könnte ich noch von mir erzählen?

»Ich habe BWL studiert, Französisch und Film an der UCLA. Von meinem Dad habe ich das Talent für Zahlen und das Praktische geerbt. Mit meiner Mom teile ich die Leidenschaft für französische Filme.«

Luke lachte auf. »Eine verrückte, aber plausible Studienauswahl.«

»Ja, nicht wahr? Was hast du studiert?«

»Finanzwesen und Kommunikation. In einem Nachstudiengang Personalwesen. Es passt ganz gut, ich mache es gerne.«

»Was machst du gerne?«

»Zuhören.«

»Dann musst du nicht viel von dir selbst erzählen«, schlussfolgerte ich. Seine Augen weiteten sich, somit hatte ich wohl ins Schwarze getroffen. »Keine Angst, ich sage es niemandem.« Jetzt war nur die Frage, warum er nichts von sich erzählen wollte. Dass er oberflächlich war und einfach nichts zu erzählen hatte, glaubte ich keine Sekunde lang. Er schien auch nicht verärgert, nur gerade wieder sehr nachdenklich.

»Meine Mom möchte, dass ich *Jacob Productions* übernehme.«

Oha, das würde mich direkt betreffen. Uns. Mich. Uns. Wir würden eng zusammenarbeiten. Sehr eng. Wow, das würde alles verkomplizieren. Aber ich würde ja nicht bleiben, somit war egal, wie ich mich dabei fühlte.

»Möchtest du das denn?« Das war definitiv die richtige Frage, die man bei einer solchen Neuigkeit stellen sollte. Erleichtert atmete ich auf, während meine Unruhe nur langsam nachließ.

Luke zögerte, vielleicht war er sich nicht sicher.

Oder ihm ging gerade ebenfalls durch den Kopf, dass er dann mein Boss werden würde.

»Deine Mom möchte mich befördern. Ich soll bei der nächsten Produktion bei jedem Schritt nicht nur hautnah mit dabei sein, sondern mehr Verantwortung übernehmen und Entscheidungen treffen. Hat sie dir davon erzählt?«

»Nein, hat sie nicht. Möchtest du das denn?«, wiederholte er meine Frage.

»Es ist nicht mein Traum. Der Salat schmeckt komisch, oder?« Ich legte meine Gabel ab und griff stattdessen nach meinem Glas Wasser. Leider wurde ich den faden Beigeschmack nicht los. Lag der womöglich nicht am Salat, sondern an unserem Gespräch?

»Ja, ist auch nicht so mein Ding.«

»Und was sagen wir, wenn sie uns zum gefühlt zehnten Mal fragen, ob es uns geschmeckt hat?«

»Dass wir hungrig waren und ihn nur deswegen aufgegessen haben, natürlich.«

»Natürlich.« Mein Teller war bereits leer. »Ich hatte Hunger, aber eine kleine Pause wäre nicht schlecht.«

»Einverstanden.«

Die Pause galt wohl auch für unser Gespräch, denn mir fiel auf einmal nichts mehr ein, was ich sagen könnte. Luke schien es ähnlich zu gehen.

»Die Jazzmusik ist nicht schlecht.« Sie kam vom Band und war so gar nicht meins, aber zum eleganten Ambiente des Restaurants konnte ich mir nichts anderes vorstellen.

»Willst du tanzen?«

»Hier? Nein, ganz bestimmt nicht. Wir wären die Einzigen. Außerdem bin ich kein Jazzmusikfan.«

»Wenn du das nächste Mal in San Antonio bist, gehen wir zu einem Line Dance.«

»In einem echten Saloon?« Das würde mir gefallen. Leider war ich bisher noch nie in San Antonio.

»Echter geht es kaum.«

»Und reitest du dann auch auf einem elektrischen Bullen?«

»Das habe ich eine Ewigkeit nicht mehr gemacht.«

»Ich mag 70er-Jahre-Partys. Ein Vorteil, in L.A. zu wohnen, ist, dass man immer irgendwo tanzen kann.«

»Das machst du also in deiner neu gewonnenen Freizeit? Tanzen gehen?«

Nein, tat ich nicht. »Ich arbeite gerne, es war nicht nötig, jemanden zusätzlich einzustellen.«

»Du warst überarbeitet, hast du das nicht gemerkt?«

»Du musst dir keine Sorgen machen. Ich kann auf mich allein aufpassen, und es war alles bestens.«

»Du brauchst das Geld, richtig. Da spielt es

anscheinend keine Rolle, dass du deine Gesundheit aufs Spiel setzt.«

»Das würde ich nie tun.«

»Du hast es getan.«

Während unseres Schlagabtauschs hatten wir uns beide auf den Tisch gestützt und waren einander wieder so nahe gekommen wie zuvor.

»War alles zu Ihrer Zufriedenheit?«

Natürlich stand jetzt die ältere Dame wieder bei uns am Tisch.

»Köstlich. Wir würden gerne eine kleine Pause vor dem Hauptgang einlegen, so fünfzehn Minuten?«, bat ich sie.

»Ich gebe in der Küche Bescheid.«

»Vielen Dank.«

»Lass uns spazieren gehen«, bestimmte Luke und erhob sich.

»Jetzt?«

»Warum nicht? Die Hotelanlage ist weitläufig. Wer weiß, wann du das nächste Mal hier sein wirst.«

Niemals.

Luke behielt seine Hände in den Hosentaschen, als ich ihm zurück in die Lobby folgte. Statt durch den Haupteingang verließen wir sie jedoch durch eine gläserne Tür auf der rechten Seite der Rezeption.

»Die Hotelzimmer liegen in benachbarten Gebäuden. Es gibt auch private Villen mit bis zu vier Schlafzimmern.«

»Und einen Pool, der am Abend im indirekten Licht funkelt? Total romantisch. Ist der unser Ziel?«, neckte ich ihn.

»Und ob. Wenn ich dich verführe, erzählst du mir vielleicht, wozu du das viele Geld brauchst.«

»Du wirst mich nicht verführen. Jedenfalls nicht an einem Pool«, antwortete ich flirtend.

»Und was müsste ich tun, um dich rumzukriegen?«

»Mal überlegen.« Ich hielt mir den Zeigefinger an mein Kinn, blickte zum dunklen Himmel und tat so, als ob ich wirklich nachdenken würde. »Wir schauen uns einen französischen Film an. In Originalsprache mit Untertiteln.«

»Mit Untertiteln, Donnerwetter. Du zeigst sogar ein klein bisschen Erbarmen«, zog er mich auf. Wir waren am ovalen Pool angelangt. Die Dutzenden Liegen, die drumherum standen, waren frei, niemand hielt sich hier am späteren Abend auf. Er wirkte fast schon abgeschieden, aber das lag am dichten Buschwerk, den Palmen und der Tatsache, dass es nur ein Häuschen in der Nähe gab. Bei dem es sich wohl um die Umkleide mit Duschen handelte.

Hier war es sogar noch romantischer, als ich es mir auf der Ladefläche von Lukes Truck unter dem Sternenhimmel vorstellte.

»Lässt du dich darauf ein?« Ich umrundete den Pool, während Luke am Eingang stehen blieb und mir nachsah. Hier würde ich gerne zu einem Chanson tanzen. *La Vie En Rose.* Ich hatte das Leben noch nie durch eine rosarote Brille betrachtet.

»Aber es ist kein Date?«

»Nein, kein Date, nur etwas Spaß«, wiederholte ich, selbst wenn es nicht stimmte. Es wäre ein Date, das dritte, wenn ich heute und unsere Verabredung zum Rollschuhfahren mitzählte.

»Also gut«, willigte Luke ein, als ich wieder bei ihm ankam. »Ich werde es schon überleben.«

»Natürlich. Und wer weiß? Vielleicht findest du sogar Gefallen daran.«

»Ganz bestimmt.« Sein Sarkasmus war nicht zu überhören.

»Lass mich raten, du stehst auf Actionfilme oder Western?«

»Klar. Alle Klischees eines fast dreißigjährigen, erfolgreichen Singles aus Texas treffen voll auf mich zu.«

Bestimmt nicht alle, vielleicht ein paar. Oder gar keines? Ich wollte es herausfinden. Falls Luke mich ließ.

KAPITEL 8

LUKE

Zurück an unserem Tisch tauchte unser ursprünglicher Kellner mit den von uns gewünschten Weinen auf. Er schenkte Ruby einen Schluck des Rosés in ihr Glas ein und wartete danach auf ihr Urteil.

»Das Flaschenetikett ist sehr hübsch«, bemerkte Ruby, ehe sie am Glas nippte. Es handelte sich um eine handgezeichnete Schwalbe. »Sehr lecker«, fuhr sie fort. »Aber leider passt der Wein nicht zur Trüffelpasta. Ich nehme ein Glas vom Pinot Noir aus Santa Barbara.«

»Sehr wohl.«

Ich versuchte nicht zu lachen, während der Kellner uns zwei Gläser einschenkte und danach von seiner

Kollegin abgelöst wurde, die uns den Hauptgang servierte.

»Italienische Trüffelpasta mit sechsunddreißig Monate gereiftem Parmigiano Reggiano. Die Linguine sind hausgemacht. Guten Appetit.«

»Danke«, antworteten wir unisono, als Ruby bereits nach ihrem Weinglas griff.

»Worauf trinken wir jetzt?«, fragte ich und hielt ihr mein Glas zum Zuprosten hin.

»Auf Geheimnisse.«

»Und den Spaß, sie zu lüften.«

Wir sahen uns tief in die Augen, als wir beide einen Schluck tranken.

»Oh, die schmeckt ja großartig«, schwärmte Ruby nach dem ersten Bissen Pasta. »Der Rosé hätte wirklich nicht dazugepasst. Wie konnte er mir das nicht sagen?«

»Wer weiß, mit was für Gästen sie es hier oftmals zu tun haben«, gab ich zu bedenken.

»Ja, bestimmt sind da einige Besserwisser darunter, bei denen jegliche Weinberatung sinnlos ist. Ich liebe italienisches Essen. Am liebsten Pizza. Du magst Steak und Burger, oder?«

Natürlich, noch mehr Klischees. »Unbedingt«, spielte ich mit. »Und …«

»… Hotdogs, genau. Vor allem bei den Baseballspielen.«

»Pizza, ich mag Pizza. Und während der Barbecues mag ich den geselligen Teil am meisten. Du solltest mal kommen.« Es würde zu viele Fragen aufwerfen … oder auch nicht. Viel wahrscheinlicher war, dass ihr Auftauchen genau das Gegenteil bewirken würde. Meine Geschwister wären begeistert, wenn Ruby uns besuchen würde.

»Nach San Antonio zum Sonntagsbarbecue? Die Anfahrt ist doch etwas weit.«

Natürlich war es lächerlich. Und da Mom nie in Texas drehte, hatte Ruby auch keinen Grund, dahin zu reisen.

»Du bist also in Philadelphia aufgewachsen? Hast du noch Verwandte dort? Deine Eltern?«, kam ich noch einmal auf ihre Familie zu sprechen.

»Nein, mein Dad ist gestorben, als ich sechs war. Ich sehe ihm ähnlich. Er war groß gewachsen, hatte braune Haare, grüne Augen und war ebenfalls weitsichtig. Meine Mom ist klein, blond und blauäugig. Im Gegensatz zu meinem Dad ist sie der geselligere Typ. Sie ist vor ein paar Jahren in die Nähe von Harrisburg gezogen. In ein Vergnügungsdorf.« Ruby verzog den Mund.

»Nach Clark?«

»Nach Clark.« Sie legte ihre Gabel weg und wischte sich den Mund sauber, bevor sie nach ihrem Weinglas griff. »Mein Traum hat mit ihr zu tun, aber es ist keine Geschichte für heute Abend.« Sie trank einen großen Schluck.

»Das mit deinem Dad tut mir leid.«

»Ja, mir auch. Er ist tot umgefallen. Einfach so an seinem fünfundvierzigsten Geburtstag. Er war dreizehn Jahre älter als meine Mom. Somit wusste sie, dass es später mal nicht leicht werden würde, aber sie hatte ganz bestimmt nicht erwartet, dass er so früh sterben würde. Ist schon ewig her.« Sie trank noch einen Schluck. »Die Pasta ist wirklich gut, oder?«

»Sehr gut.« Am liebsten hätte ich meine Hand nach Ruby ausgestreckt. Noch lieber hätte ich sie umarmt, denn es spielte keine Rolle, wie lange es her war, sie vermisste ihren Dad.

Ich hatte Glück gehabt, meiner war nicht tot. Meine Wut auf ihn war zwar nicht völlig unbegründet, aber es war kindisch, so lange an ihr festzuhalten. Ich hatte keine Probleme. Alles war bestens. »Möchtest du gehen?«

»Was? Nein. Wir hatten noch gar kein Dessert. Auf die gesalzenen Karamell-Cremetörtchen kann ich unmöglich verzichten. Ich liebe Karamell. Kennst du die Eiscreme mit Stückchen? Von der Firma Wallace?«

»Kenne ich. Wie konnte ich das Dessert bloß vergessen? Ich bin untröstlich.«

»Wie gut, dass du mich hast.«

»Wie gut, dass ich dich habe. Du hast noch kein

einziges Mal auf dein Handy geschaut. Ich schließe daraus, dass der Abend ein Erfolg ist?«

»Ich bin noch nicht ganz sicher, was den Service angeht.« Ruby nickte mit dem Kopf dezent in Richtung Küche. Die ältere Frau im dunkelblauen Anzug marschierte auf unseren Tisch zu.

»Sie ist sehr aufdringlich. Komm, machen wir den Test.« Ich beobachtete die Frau, während ich zu meinem Glas griff und davon trank. Auch sie hielt meinen Blick, blieb dennoch vor unserem Tisch stehen und fragte: »Ist alles zu Ihrer Zufriedenheit?«

»Aber ja, sehr gut«, antwortete Ruby, obwohl die Frau mich anstarrte.

Ich ließ mir Zeit damit, zu schlucken und das Glas wieder abzustellen. »Sehr gut, danke.«

»Sehr schön.«

Und weg war sie wieder.

»Sie ist sehr penetrant. Oder sie steht auf dich. Ja, das wird es sein, darum kommt sie immer wieder an unseren Tisch«, erklärte Ruby eifrig und griff in ihrer Aufregung sogar nach meinem Arm. Ich hatte nichts dagegen, auch wenn ihre Reaktion nur gespielt war.

»Ich hasse es, dich zu enttäuschen, aber sie ist bereits beim nächsten Tisch und wartet auf eine weitere Bestätigung, dass das Essen schmeckt.«

»Ach, wie schade. Dabei dachte ich, sie gibt dir gleich ihre Nummer.«

Dieses freche Grinsen würde ich Ruby nur zu gerne austreiben. Mit einem Kuss, der ihr klarmachte, dass ich nur eine Nummer haben wollte. Ihre private. Denn wenn mir der Abend etwas zeigte, dann das, dass ich noch lange nicht genug von ihr hatte. Wie gut, dass wir uns bereits für zwei weitere Nicht-Dates verabredet hatten. »Wann treffen wir uns zum Rollschuhfahren?«, hakte ich direkt nach. »Montagabend?« Das war morgen.

»Wie lange bleibst du in L.A.?«

»Solange ich nicht physisch in San Antonio sein muss, kann ich so lange bleiben, wie ich will. Ich wohne in Brads Haus. Es liegt ein paar Minuten südlich von Moms. Ich kann von dort aus arbeiten.« Ich hatte nicht vorgehabt, länger als nötig zu bleiben, aber meine Pläne begannen sich zu ändern. Der Gedanke, dass ich dem Angebot meiner Mom eine Chance geben sollte, wurde immer lauter.

»Es muss schön sein, direkt am Strand zu wohnen. Und das sage ich als Stadtmensch.«

»Eine Gemeinsamkeit. Ich wohne als Einziger meiner Familie in Downtown San Antonio in einem Hochhaus mit einem Hotel und Wohnungen.«

»Ich trinke auf unsere erste Gemeinsamkeit.« Ruby hob ihr Glas.

»Wie heißt es so schön? Gegensätze ziehen sich an«, hielt ich dagegen und stieß mit ihr an.

»Dann kann ja nichts mehr schiefgehen.« Sie zwinkerte mir zu.

Es konnte am Wein liegen oder an diesem etwas verrückten Abend. Es konnte aber auch einfach an der Anziehung zwischen uns liegen, die ich schon drei Jahre lang spürte, der ich aber erst jetzt nachzugeben begann. Denn ich überlegte, ob sich Ruby von mir zum Abschied küssen lassen würde.

RUBY

Auch der Nachtisch schmeckte sehr gut. Auf einen Espresso oder einen Dessertwein verzichteten wir, es blieb nur noch, um die Rechnung zu bitten. Und obwohl wir besprochen hatten, uns bald wiederzusehen, durfte ich nicht vergessen, dass nichts zwischen uns laufen sollte. Es spielte keine Rolle, dass ich Luke schon immer sehr attraktiv gefunden hatte und er mich seit heute sogar noch mehr anzog. Der Abend war trotz allem toll gewesen.

»Wir hoffen, Sie bald wieder bei uns begrüßen zu dürfen.«

»Ganz bestimmt«, versicherte ich und meinte das genaue Gegenteil.

Lukes charmantes Lächeln war wie festgeklebt.

»Wie viel Trinkgeld hast du gegeben?«, fragte ich ihn leise, als wir das Restaurant verließen.

»Fünfundzwanzig Prozent.«

So viel?

»Der Abend hat mir sehr gut gefallen.« Dieses Mal erreichte Lukes Lächeln seine Augen.

Ja, mir auch. Als wir aus der Lobby auf den Vorplatz traten, zückte Luke sein Handy.

»Sir, Ihren Parkschein bitte.«

»Wir nehmen ein Uber, ich hole meinen Wagen morgen. Wohin müssen wir?« Auffordernd hielt er mir sein Handy hin. »Ich fahre nicht, wenn ich getrunken habe«, erklärte er.

Und somit würde ich auch nicht meinen Wagen in Santa Monica abholen. »Du musst mich nicht begleiten.«

»Ich bringe dich nach Hause. Und fang erst gar nicht an, mit mir darüber zu diskutieren, es ist nicht verhandelbar.«

Zu gerne würde ich mit ihm darüber diskutieren, aber das wäre kindisch. Außerdem fand ich es irgendwie schön, dass Luke darauf bestand, mich nach Hause zu begleiten. Leider wohnte ich ziemlich weit weg.

»Ich wohne in Chatsworth. Bist du sicher, dass du dir die Fahrt antun willst? Vor allem auch den kompletten Weg wieder zurück?«

»Klar.« Er reichte mir sein Handy, damit ich meine Wohnadresse eingeben konnte.

»Der Wagen kommt in acht Minuten.« Ehe ich Luke sein Handy zurückgab, tippte ich spontan meine private Telefonnummer und Anschrift unter einem neuen Kontakt ein, den ich *Ruby Tuesday* nannte.

Lukes Augen weiteten sich, als er verstand, was ich tat. Überraschte es ihn wirklich so sehr?

Ein Lächeln umspielte seine Lippen, als ich ihm das Handy reichte. Er tippte auf meine Nummer und wartete, dass es klingelte.

»Jetzt hast du auch meine.«

»Danke. Und somit kann ich dir bei der nächsten Veranstaltung heimlich Nachrichten schicken.«

»Meiner Mutter würde es ganz bestimmt nichts ausmachen.«

Ja, nur wollte ich nicht, dass Celia sich einmischte. »Ist es in Ordnung, wenn wir unsere Verabredungen für uns behalten? Ich trenne meine Arbeit gerne von meinem Privatleben.«

»Sehe ich genauso. Noch eine Gemeinsamkeit.«

Es war bestimmt nicht die letzte.

Als das Uber vorfuhr, hielt mir Luke wieder zuvorkommend die Tür auf. Der Subaru war jedoch recht klein, sodass sich auf der ganzen Fahrt unsere Knie immer mal wieder berührten. Ich versuchte, nicht darauf zu reagieren, sah aus dem Fenster und versuchte, ruhig zu atmen.

»Wer war der Junge auf deinem Handy?«

Der Junge auf meinem Handy? »Oh, das war Oli, der Sohn meiner besten Freundin. Sie leben in der Nähe von Dallas.«

Ich hielt mich zurück, bevor ich erneut zu plappern anfing und Luke mich wieder damit aufziehen konnte, dass ich nervös war. Selbst wenn es stimmte. Denn wir kamen meinem Haus immer näher. Würden wir uns doch noch küssen? Erwartete Luke, dass ich ihn hereinbat? Und was wollte ich? Ich war mir nicht sicher.

Luke nahm mir die Entscheidung ab. Denn als wir bei meinem Haus ankamen, stieg Luke zwar mit mir aus, doch er hielt die Hände in den Hosentaschen vergraben.

»Danke für den schönen Abend. Gute Nacht.«

»Bis morgen.«

»Bis morgen.«

Luke blieb am Gartentor stehen, bis ich an meiner Haustür ankam. Ich winkte, nachdem ich aufgeschlossen hatte. Er hob eine Hand zum Gruß.

Noch ehe ich in meinem Schlafzimmer angekommen war, piepte mein Handy. Luke.

Ich wohne 1305 Palisades Beach Rd, Santa Monica. Wir können uns nach der Arbeit bei mir treffen. Sagen wir um sechs?

Gute Idee! Lieber um sieben.

Die Sonne geht kurz vor halb acht unter. Außerdem sollst du keine Überstunden machen. Also treffen wir uns besser schon um fünf.

Nein, dann um sechs. Bis morgen.

Bis morgen.

Grinsend legte ich das Handy weg. Am besten ging ich auch gleich prophylaktisch kalt duschen, denn Luke würde bestimmt nicht im Wollmantel die Promenade rauf- und runterfahren, sondern in Shorts und einem Shirt. Und dabei schwitzen … Dieses Bild bekam ich nicht so rasch aus dem Kopf, aber das wollte ich auch gar nicht.

KAPITEL 9

LUKE

Die Frage, wozu Ruby das Geld brauchte, ließ mich auch am nächsten Tag nicht los. Es ging mich nichts an, dennoch wollte ich es wissen. War es vielleicht für Oli bestimmt, damit er später mal aufs College konnte? Aber was war mit Olis Mutter oder seinem Vater? Darüber hatte Ruby nichts gesagt. War womöglich einer von beiden krank? Oder Rubys Mutter? Nein, sie wohl nicht, denn sie ging offenbar ganz normal ihrer Arbeit nach. Womöglich standen ein paar Antworten in Rubys Akte, die ich jedoch nicht lesen würde. Nein, natürlich nicht. Denn es ging mich nichts an, Ruby konnte mit ihrem Gehalt machen, was sie wollte.

Dass mich die Frage dennoch anfing zu stressen, merkte ich daran, dass ich Gefahr lief, meinen Vorrat an Choco-Cornflakes zu plündern. Stattdessen zog ich mir meine Sportklamotten an und ging in meiner Mittagspause joggen. Es half, meine Obsession abzubauen.

Als Caleb mich am Nachmittag anrief, konnte ich ganz normal rangehen.

»Hey, was gibt's?«

»Ah, du lebst. Da du im Gruppenchat schweigst, waren wir uns nicht sicher.«

»Ich arbeite, natürlich ignoriere ich dann den Gruppenchat.«

»Natürlich, was sonst. Also, wie lief es gestern Abend?«

»Im Großen und Ganzen gut. Der Service ist allerdings nicht besonders, ich würde das *Grand Bel-Air* von deiner Liste streichen.« Ich sprach absichtlich nur von der Location, denn der Rest ging meinen Bruder nichts an.

»Ich hatte das *Grand Bel-Air* nie auf meiner Liste, das warst du. Somit wählst du das nächste Mal einen meiner Vorschläge?«

Ich stand vom Schreibtisch auf, um mir einen Kaffee in der Küche zu machen.

»Es wird doch ein nächstes Mal geben, oder?«, fragte Caleb nach, als ich nicht gleich antwortete.

»Warum sollte es? Wir haben gar nicht so viel gemein.« Wie abgemacht, behielt ich Rubys und meine Nicht-Dates für mich. Keinen ging es etwas an, was ich in meiner Freizeit tat. Es war seit Langem das erste Mal, dass ich so dachte. Normalerweise mischte sich in meiner Familie jeder in das Leben des anderen ein, auch ich war so. Gavin hatte ich mit seiner Frau verkuppelt, Caleb zurück in die Arme seiner Ex gedrängt. Es war so offensichtlich gewesen, dass sie zueinander gehörten.

Doch hier in L.A. fühlte es sich fast wie damals auf dem College an. Ich wollte niemandem Rechenschaft ablegen, keiner sollte sich einmischen. Ich war allein und ich genoss diese Freiheit gerade viel zu sehr, um sie bereits wieder aufzugeben.

Statt zur Küche zu gehen, stieg ich die Treppen in den obersten Stock und trat auf die Terrasse. Direkt vor mir erstreckte sich der Sandstrand. Es war Ebbe und somit konnte ich keine Surfer beobachten, die den Wellen nachjagten.

Aber nicht weit von mir wurde Volleyball gespielt und ein paar Sonnenanbeter genossen die nachmittäglichen Temperaturen. Brads Haus lag traumhaft. Wie würde es sein, hier zu leben?

»Hörst du mir zu?«

Nein. »Was hast du gesagt?«

»Ich habe Augen im Kopf und die anderen ebenfalls. Es spielt keine Rolle, ob oder was ihr gemein habt oder nicht. Wenn ihr euch im selben Raum aufhaltet, sprühen die Funken, egal, wie sehr ihr euch beide dagegen wehrt. Du kannst noch so viele Ausreden suchen, dass Ruby für Mom arbeitet oder in L.A. wohnt, es spielt keine Rolle. Es sind nur Ausreden. Die eigentliche Frage ist, wieso du sie benutzt und wann du endlich aufhörst, dir etwas vorzumachen.«

Ich machte mir nichts vor. Das war mein anderes Problem. Denn hatten wir in den letzten Jahren nicht oft genug erlebt, dass Glück innerhalb von einer Sekunde auf die nächste zerplatzen konnte wie eine Seifenblase? Da war das mit unserem Dad, unserer Schwägerin und weiteren Menschen, die uns nahestanden. Der Preis, sich auf jemand anderen einzulassen, sich mit seiner ganzen Seele hinzugeben, konnte verdammt hoch sein. Ich wüsste nicht, wie ich damit umgehen sollte, wenn es mich direkt treffen würde. Es war schon hart genug gewesen, Gavin so leiden zu sehen. Und somit war das Thema Ruby sowieso erledigt. Egal, wie die Umstände waren, ich konnte mich nicht auf sie einlassen.

»Ich muss los«, sagte ich und ignorierte somit Calebs kleine Ansprache und auch seine Frage.

»Ruf mich an, wenn ich dir helfen kann.«

»Sicher.«

Ich verabschiedete mich und legte auf. Als Nächstes rief ich Rubys Nummer auf und schrieb ins Chatfenster:

Hey, mir ist etwas dazwischengekommen. Ich muss absagen. Tut mir echt leid.

Mein Daumen lag auf dem Pfeil zum Senden, aber ich drückte ihn nicht. Lautes Lachen lenkte mich ab. Mein Blick fiel auf die Volleyballspieler, die einander abklatschten. Das Match war zu Ende. Bestimmt gingen sie noch zusammen in eine Bar oder etwas essen. So wie ich früher mit meinen besten Freunden. Ich hatte mich von ihnen zurückgezogen, doch ich könnte auch neue finden. Ich dachte dabei nicht unbedingt an Ruby. Wenn ich es genau bedachte, lief ich doch eigentlich keine Gefahr, dass zwischen uns etwas laufen würde, solange glasklar war, dass keiner von uns eine Beziehung suchte. Ich löschte die Absage und steckte mein Handy weg. Wir gingen bloß Rollschuhlaufen, ich machte ihr keinen Antrag. Also war alles halb so wild.

»Ich mache für heute Feierabend. Außer du brauchst noch etwas Hilfe«, bot ich Kenneth an.

»Nein, aber ich denke, ich habe hier eine gute Story gefunden. Lass mich das Drehbuch noch fertiglesen, wir können es morgen besprechen.«

»Gerne, also dann bis morgen.«

»Schönen Abend.«

Kenneths Enthusiasmus war ansteckend. Oder war meine Laune so gut, weil ich mich auf den Abend freute? Das konnte durchaus sein. Und ich hatte Luke auch nicht abgesagt, obwohl ich mehrmals kurz davor gewesen war. Aber Luke würde mich nicht küssen, davon war ich inzwischen überzeugt. Und somit war der Abend ganz harmlos.

Auf der Toilette tauschte ich mein Sommerkleid gegen Shorts und ein Tanktop aus. Als ich fertig war, verließ ich das Haus und kam schon wenige Minuten später bei Luke an. Der Ferrari stand wohl in der Garage, denn ich entdeckte ihn nirgends. Ich parkte in der Einfahrt, schnappte mir meine Tasche, atmete noch einmal tief durch, um meine Nerven zu beruhigen, und stieg aus. Meine Hände zitterten dennoch, als ich den Wagen verriegelte und zum Haus ging. Nachdem ich geklingelt hatte, wartete ich und trat dabei nervös von einem Fuß auf den anderen. Ich hätte wohl doch besser abgesagt, denn ich fühlte mich gerade in meine Highschoolzeit zurückversetzt, als ich zum ersten Mal bei meinem Freund zu Hause geklingelt hatte.

Die Tür ging auf, und ich hatte mich nicht geirrt – in Sportkleidung sah Luke so verboten gut aus, dass ich schlucken musste. Muskulöse Beine, breite Brust und wenn er die Arme verschränkte, wirkte sein Bizeps noch größer. Bestimmt versteckte sich unter dem dunklen Shirt ein Sixpack. Ich wollte mit meinen Fingerspitzen darüberfahren und herausfinden, ob Luke dabei erschauderte. Was würde er wohl tun, wenn ich seine Haut küsste, darüber leckte und ihn mit meinen Zähnen neckte? Ich schluckte.

»Hi.«

Seine Miene verdunkelte sich zunehmend.

»Was ist?«

»Ich bin nicht sicher, ob du dir nicht etwas überziehen solltest«, sagte er plötzlich.

Verdutzt lachte ich auf. »Du denkst, dass *mich* alle angaffen werden? Mach dich nicht lächerlich, oder hast du noch nie in den Spiegel gesehen?« Ich drängte mich an Luke vorbei ins Haus. *Und bloß nicht atmen.* »Sag mal, wieso riechst du immer so gut? Was ist das für ein Aftershave?«

»Was?«

Verdattert hatte ich Luke noch nie erlebt. Bis jetzt.

Er sah dabei ganz süß aus und nahm mir damit etwas von meiner Nervosität. »War das zu direkt? Entschuldige, ich wollte dir nicht zu nahetreten. Ich bin etwas nervös und offenbar besitze ich gerade keinen Filter. Tut mir leid.«

Er grinste schief. »Danke für das Kompliment, du riechst auch gut. Und nur zu, was willst du noch loswerden? Ich bin ganz Ohr.«

»O nein, ich werde dein Ego nicht weiter füttern. Sag mal, ist das etwa ein Spielzimmer?«, wechselte ich das Thema und deutete auf den Flipperkasten und den Billardtisch, den ich von der kleinen Diele aus erkennen konnte. Es gab sogar einen Bartresen und eine beachtliche Sammlung alkoholischer Getränke an der Wand dahinter.

»Ja, genau, hinter der linken Tür verbirgt sich die Waschküche, hinter der rechten gelangst du in die Garage.«

»Wo der Ferrari steht?«

»Ja, ich habe ihn noch nicht zurückgebracht. Also falls du später eine Spritztour machen willst …«

»Oh, danke, sehr gerne. Das ist sehr großzügig. Hätte nicht gedacht, dass du mir dein Schätzchen einfach so überlässt.«

»Äh, nein, ich meinte … also …«

»Das war ein Scherz, ich will nicht allein damit ausfahren. Komm, lass uns gehen, das Wetter ist herrlich. Wir können zu Fuß zum Verleih, er liegt nur eine halbe Meile die Straße runter.«

»Dann nichts wie los. Außer, du willst dir noch kurz das Haus ansehen.«

»Gib mir die Schnellfassung.«

»Über die Wendeltreppe gelangst du in den ersten Stock mit drei Gästezimmern. Im zweiten Stock liegen der Wohn- und Essbereich inklusive eines Balkons und das Büro. Die Aussicht ist da bereits gigantisch. Im dritten Stock befindet sich das Elternschlafzimmer mit Bad und einer Terrasse«, erklärte mir Luke die Hausaufteilung.

»Sehr schön.« Ich schnallte mir meine kleine Handtasche um, in der ich meine Geldbörse und mein Handy verstaut hatte, und setzte meine Sonnenbrille auf.

Luke schien seine Sachen in seiner kurzen Cargohose verstaut zu haben, denn er griff nur noch nach seiner Sportsonnenbrille, die auf einer Kommode lag, und war offenbar ebenfalls bereit.

»Verbringst du viel Zeit draußen? Du bist so schön braun gebrannt«, fragte ich ihn, als wir die Promenade Richtung Süden entlangliefen.

»Ich wohne in Südtexas, dort scheint meist die Sonne.«

»Ich dachte, ihr Johnsons arbeitet rund um die Uhr. Oder gilt das nur für deinen Bruder Caleb?«

»Nein, das scheint eine Familienkrankheit zu sein«, gab er zu.

»Von nichts kommt nichts.« Und dann fasste ich mir ein Herz. »Ich brauche das Geld für meine Mom. Also für uns beide. Sie hatte eine Gärtnerei mit einem Blumenladen und wir haben immer davon geträumt, beides mal zusammen zu betreiben. Ich habe keinen grünen Daumen, aber da ich ganz gut mit Zahlen umgehen kann, würde ich mich um das Geschäftliche kümmern. *Janis & Ruby Flowers*. Das ist mein … unser Traum.«

»Also hat sie ihr Geschäft nicht mehr?«

»Nein.«

»Und du willst ein neues kaufen?«

»Eigentlich will ich ihres zurückkaufen.« Nur leider schien das ein Ding der Unmöglichkeit zu sein, solange ich nicht genug Eigenkapital aufbringen konnte.

Luke nickte und wirkte dabei sehr nachdenklich. »Wieso hast du dich entschieden, es mir doch zu erzählen?«

»Erstens hättest du nicht lockergelassen und zweitens sind wir ja jetzt so etwas wie Freunde.« Luke wollte darauf antworten, aber ich war schneller. »Wir verbringen den Abend zusammen, ohne dass wir ein Paar sind. Also sind wir Freunde«, erklärte ich. »Logisch, oder?«

Er schüttelte vehement den Kopf. »O nein, vergiss es. Du schiebst mich ganz bestimmt nicht auf die Freundesschiene. Aus der Ecke komme ich zu Lebzeiten nicht mehr raus.«

Natürlich begannen wir bereits Freunde zu werden, ich hatte ihm in kürzester Zeit viel Privates erzählt. Und ich bemerkte auch, dass er sich mir gegenüber öffnete. Aber wenn er unserer Beziehung ein anderes Label verpassen wollte, weil er sich damit wohler fühlte, würde ich dem nicht im Wege stehen.

»Also keine Freunde. Dann bleibst du der Sohn meiner Chefin.« Ich seufzte theatralisch. »Oder mein Boss?«

»Malen wir den Teufel doch nicht gleich an die Wand.«

Sein Grinsen wirkte aber genau so – teuflisch.

»Gut, was könnten wir denn sonst sein? Zwei Individuen, die zufällig zusammen Rollschuhlaufen? Wobei ich noch immer nicht weiß, ob du es kannst. Besser, wir leihen die Schutzausrüstung dazu und drehen auf dem Parkplatz ein paar Runden, um warm zu werden.«

»Du plapperst. Soll ich dir eine Cola für deine Nerven besorgen?«

»Nein, danke. Besser Cornflakes für deine.«

Ich hatte keine Ahnung, ob und wie gut Luke Rollschuh fuhr, aber ich konnte mir beides vorstellen: dass er keine Ahnung hatte oder mich gleich stehen lassen würde. Wie gut, dass ich eine Sportart vorgeschlagen hatte, die ich beherrschte. Somit sollte es wenigstens für mich nicht peinlich werden.

Die Warteschlange vor dem Shop war nur kurz. Daneben befand sich ein Laden mit Take-away-Pizza und prompt lief mir das Wasser im Mund zusammen.

»Hast du Hunger?«, fragte mich Luke, der meinen sehnsüchtigen Blick absolut richtig deutete.

»Pizza geht immer. Aber wenn ich mir jetzt den Magen vollschlage, mache ich gleich beim Rennen schlapp.«

»Du willst gegen mich Rennen fahren? Obwohl du keine Ahnung hast, ob ich nicht vielleicht schon nach einem Meter auf die Nase falle? Findest du das nicht etwas unfair?«

»Warum habe ich das Gefühl, du tust nur so empört? Du wirst mich gleich sehr alt aussehen lassen, nicht wahr?« Wir flirteten wieder, was das Zeug hielt. Und jedes Mal kamen wir uns dabei so nah, dass wir uns fast berührten. Als ob wir, selbst wenn wir uns Mühe gaben, keinen Abstand mehr zueinander halten konnten. Früher war uns das gelungen, warum jetzt plötzlich nicht mehr?

»Dazu sag ich nichts.«

Lachend holten wir uns Inlineskates, deponierten einen Ausweis als Pfand und setzten uns auf eine

Bank vor dem Shop, um uns die Skates anzuschnallen.

»Fahren wir nach Norden oder nach Süden?«

»Nach Norden, die Radwege sind dort nicht so überlaufen«, bestimmte Luke.

»Gut.« Ich war ja so gespannt, was gleich passieren würde. Auf jeden Fall wusste Luke, wie man die Schuhe anzog und die Schnallen schloss, aber das war wohl keine Kunst. Würde er mir etwas vorspielen? So tun, als ob er keine Ahnung hätte, und mir im geeigneten Moment davonfahren?

»Ich gebe kurz unsere Sneakers im Laden ab. Wartest du hier?«

»Klar.«

Als ich fertig war, fuhr ich zum Radweg, drehte mich und verschränkte die Arme. Luke war längst bereit, doch er stand nicht auf, sondern musterte mich amüsiert.

»Platzt du bereits vor Neugierde?«, rief er mir zu.

»Ich frage mich eher, ob du ein so begnadeter Schauspieler bist, wie deine Mom behauptet, und mir hier gleich eine Vorstellung liefern wirst, die mich sprachlos macht oder nicht.«

»Was bekommt der Sieger deines Rennens?«

»Eine Pizza mit allem Drum und Dran. Wie klingt das?«

»Wie ein Date.«

Bevor ich es richtigstellen konnte, erhob sich Luke und flitzte mit kraftvollen Zügen an mir vorbei die Promenade entlang Richtung Norden.

»Ha! Wusste ich es doch! Aber das zählt nicht!«

Ich jagte ihm hinterher. Luke drehte sich und stoppte so abrupt, dass ich beinahe in ihn hineingekracht wäre. Er fing mich auf. »Langsam, sonst fällst du noch hin.« Oder über ihn her, denn heute fühlten sich seine Berührungen noch intensiver an als gestern. Das konnte doch nicht sein. Ich bildete es mir bestimmt bloß ein. Besser, ich sorgte wieder für Abstand. Und um nicht in Versuchung zu kommen, Luke anzufassen, verschränkte ich meine Arme. Moment, Luke hatte gestern die Hände in den Hosentaschen vergraben … Hatte er das getan, weil er befürchtet hatte, mich sonst zu berühren? Nein, oder?

»Ist alles in Ordnung? Du guckst so komisch.«

»Ja, also mir ist eingefallen, dass wir ein paar Regeln aufstellen sollten.«

»Nein, lass uns fahren, komm«, tat Luke meinen Kommentar ab. Er setzte seine Sonnenbrille auf, streckte sogar eine Hand nach mir aus, die ich jedoch ignorierte. Stattdessen fuhr ich neben ihm her. Lukes Tempo konnte man als gemächlich einstufen, auffällig war jedoch, wie ruhig und kraftvoll er fuhr. Ich hätte ihm den ganzen Tag zusehen können. Was ich mir natürlich nicht anmerken ließ. Aber immer, wenn wir für einen Radfahrer Platz machen mussten, ließ ich Luke den Vortritt. Nach dem dritten Mal blickte er über seine rechte Schulter zu mir zurück.

»Starrst du mir etwa auf den Hintern?«

»Natürlich«, gab ich offen zu. »Du würdest dasselbe bei mir tun.« Ich klang selbstbewusst, dennoch brannten meine Wangen, denn Luke gefiel mir nun mal sehr gut.

»Stimmt. Aber ich sehe uns auch nicht als Freunde.«

»Sondern?« Ich gesellte mich wieder zu ihm.

»Warum müssen wir dem hier einen Namen geben? Es ist ein schöner Abend. Ich mag dich und ich freue mich auf die Pizza, die du mir später spendieren wirst. Reicht das nicht?«

Doch, natürlich tat es das. »Einfach ein schöner Abend?«

»Einfach ein schöner Abend«, bestätigte Luke.

Im nächsten Atemzug flitzte ich los. »*Du* wirst *mir* die Pizza spendieren!«, rief ich über meine Schulter. »Ich treffe dich beim Haus deiner Mom!« Früher war ich gegen einen Nachbarsjungen in unserer Straße Rennen gefahren. Er war im Eishockeyteam unserer Schule gewesen und hatte mir einige Tricks beigebracht. Natürlich war Luke viel kräftiger, aber ich war wendiger und so konnte ich, wenn nötig, besser ausweichen, musste kaum bremsen. Leider kamen uns immer weniger Radfahrer entgegen, sodass Luke mich bald einholte. Ich mobilisierte die letzten Reserven, als ich das Haus seiner Mom in der Ferne auftauchen sah.

Luke zog dennoch am mir vorbei und streifte sich währenddessen allen Ernstes das T-Shirt ab. Vor Überraschung wäre ich beinahe über meine Füße gestolpert, gleichzeitig klebte mein Blick an seiner beeindruckenden Rückenmuskulatur. Der Schweiß rann mir aus allen Poren, als ich Luke in den Schatten von Celias Villa folgte, um dort zu verschnaufen.

»Du spielst unfair. Somit ist unser Rennen ungültig.« War nicht so leicht, Luke bei dieser Aussage in die Augen zu sehen und nicht auf seine Brustmuskeln oder den Sixpack, der mir natürlich aufgefallen war. Stramme Muskeln so weit das Auge reichte und ich durfte sie nicht anfassen. *Welch hartes Los.*

Statt ihn weiter zu begaffen, lehnte ich mich an die Mauer von Celias Haus, sah zum Strand und versuchte so, mich von Lukes Anblick abzulenken.

»Du spielst schon unfair, seit du bei mir geklingelt hast. Oder hast du nicht gemerkt, wie knapp deine Shorts sind und wie locker dein Tanktop sitzt?« Er stellte sich vor mich und zupfte am Träger, um zu demonstrieren, dass er recht hatte. Allerdings trug ich darunter einen Sport-BH, bei mir gab es nichts zu sehen und es würde auch nichts verrutschen.

Und vielleicht sollte ich besser aufhören zu atmen,

denn Lukes einzigartiger Duft begann wieder, meine Sinne zu vernebeln. Luke hatte seine Sonnenbrille abgesetzt. Als er näher kam, konnte ich die Lust in seinen blauen Augen lodern sehen. Sie machte mich schwindlig und gleich würde es noch schlimmer werden. Denn ich ahnte, dass ich Lukes Kuss bis in die Zehenspitzen spüren würde. Unsere Anziehung war zu stark, als dass es anders sein könnte.

»Willst du mich wirklich hier küssen? Direkt vor dem Haus deiner Mutter? Bestimmt ist irgendwo eine Kamera installiert, die uns filmt.«

Es war ein Scherz gewesen, ein kläglicher Versuch, vernünftig zu bleiben. Aber als Luke leise fluchend die Sonnenbrille wieder aufsetzte, meine Hand ergriff und mit mir weiter nach Norden fuhr, wusste ich, dass es keiner war. Hundert Meter weiter stoppte er, presste mich gegen den Zaun und … wartete.

»Was ist?«

»Ich würde dich gerne küssen. Ist das in Ordnung?« Seine Stimme war rau, als ob er sich kaum beherrschen könnte.

Dieses Mal nahm ich ihm die Sonnenbrille ab. Ich wollte ihm in die Augen sehen. Wollte sichergehen, dass er genauso sehr auf unseren ersten Kuss brannte wie ich. Und ich täuschte mich nicht, denn ich sah das Verlangen, sein Blick klebte förmlich an meinen Lippen.

Ich benetzte sie, schob meine Sonnenbrille ins Haar und gab zu bedenken: »Wir würden uns damit in ein Dilemma stürzen.«

»In ein Dilemma? Erklär es mir«, raunte er.

»Es ist ganz einfach.« Meine Mundwinkel zuckten, während meine Hand durch sein feuchtes Haar fuhr. Er schloss kurz die Augen, küsste mich auf die Innenseite meines Armes und atmete tief aus. Ich erzitterte, aber kam ihm bereits entgegen. »Ich möchte dich zuerst küssen.«

In der nächsten Sekunde lagen unsere Lippen aufeinander. Nicht schüchtern oder zurückhaltend, nein, er küsste mich so, wie ich es erwartet hatte: kompromisslos, alles verschlingend und so leidenschaftlich, dass ich sofort lichterloh brannte. Ich stand ihm in nichts nach, krallte mich an seinem Bizeps fest, während unsere Zungen bereits einen ungezügelten Tanz aufnahmen. Meine Arme schlangen sich um seinen Körper, und Luke massierte meinen Po. Ich konnte alles von ihm spüren, auch, wie hart er bereits war. Zu gerne hätte ich ein Bein um seine Hüften geschlungen, um ihm noch näher zu sein. Meine Mitte pochte.

»Wir … sollten … aufhören«, presste ich hervor. »Wir … sind nicht … allein.« Doch ich küsste ihn weiter, als ob es keinen Morgen gäbe. Luke fühlte sich unglaublich gut an. Ich liebte es, seine Muskeln zu spüren. Wie wäre es erst, wenn wir miteinander schliefen? Kein Stückchen Stoff uns trennte?

Unser Atem ging schwer, als Luke den Kuss beendete und seine Stirn gegen meine lehnte. Als er mich auf einmal umarmte, fühlte es sich noch intimer an als unser Kuss. Offenbar fiel das auch Luke auf, denn er ließ mich abrupt wieder los und fuhr sich verunsichert durch die dunklen Haare.

»Wollen wir zurück?« Sein Blick schweifte über den Weg, den wir gekommen waren.

»Oder wollen wir den Sonnenuntergang betrachten? Gleich ist es so weit.« Ich streckte meine Hand nach Lukes aus. »Komm, fahren wir noch ein bisschen weiter.«

Er zögerte. Aber ich wollte nicht, dass es komisch zwischen uns wurde, und so gab ich Luke die Sonnenbrille zurück, setzte auch meine wieder auf und verschränkte unsere Finger. Wir folgten dem Weg weiter nach Norden. »Ich wollte schon immer mal die Küstenlinie rauffahren bis ans Ende, wobei das in Seattle liegt. Dort soll es dauernd regnen, das ist dann wohl keine gute Idee.«

Ein Lächeln kräuselte seine Lippen. Ich plapperte wieder.

»Was meinst du, wo der Radweg endet? Bei den Hügeln am Horizont?«

»Ich denke, der Weg endet schon vorher. Der Pacific-Coast-Highway folgt an der Stelle direkt der Küstenlinie, da ist kein Platz für einen Radweg. Aber wenn du willst, können wir hoch nach Malibu eine Pizza essen«, schlug Luke vor. »Oder alternativ kann ich dir die Terrasse in Brads Haus anbieten.«

»Ich nehme gerne die Terrasse.«

Wir hielten an einer Parkbank. Gleich würde es ganz schön romantisch werden. Die Sonne berührte bereits den Horizont. Luke legte einen Arm um mich, genau so, wie ich es mir heimlich gewünscht hatte. Wir warteten, bis die Sonne untergegangen war, und fuhren in der Dämmerung zurück zum Shop.

Noch bevor wir ihn erreichten, spürte ich das Handy in meiner Tasche vibrieren. Ich ignorierte es. Ich hatte Feierabend, außerdem wollte ich mich keinem erklären müssen. Doch nachdem wir unsere Rollschuhe zurückgegeben hatten, spürte ich es wieder. Diesmal sah ich nach. Anna hatte versucht, mich zu erreichen. Ich öffnete die Textnachricht:

> Hey, arbeitest du heute doch länger?
> Ruf mich an!

»Meine Freundin hat versucht, mich zu erreichen. Ich muss kurz zurückrufen.«

»Klar. Ich warte.« Luke setzte sich auf einen der Steine, die den Rad- vom Fußgängerweg trennten. Er hatte sich das Shirt wieder angezogen. Statt Nachrichten oder E-Mails auf seinem Handy aufzurufen, stützte er seine Ellbogen auf die Knie und blickte über den Sandstrand zum Meer. So als ob er es einfach genießen würde, hier zu sein. In der Dämmerung dem Rauschen des Meeres zu lauschen. Es gefiel mir, ich hätte nichts dagegen, mich zu ihm zu gesellen. Stattdessen ging ich ein paar Schritte Richtung Süden und wählte Annas Nummer.

»Hi, entschuldige, ich bin noch unterwegs«, sprach ich gleich drauflos, als sie abnahm.

»Arbeitest du?«

»Nein, aber ich bin noch nicht zu Hause. Was ist denn los?«

»Kannst du mich zurückrufen, wenn du zu Hause bist? Es geht um Cooper.«

Bei Anna war es schon fast zehn Uhr abends, und ich brauchte über eine Stunde zu mir nach Hause. »Es wird spät werden.«

»Das macht nichts, ich kann sowieso nicht schlafen. Ich bin viel zu aufgeregt. Bis später!«

»Anna? Anna?« Sie hatte bereits aufgelegt. Aber sie klang gut, oder? Nicht besorgt, sondern freudig, nicht wahr? Ich hoffte es.

»Es wird kühl, wollen wir zurück?« Luke stand bereits hinter mir.

»Ja, aber ich glaube … Ich muss nach Hause, tut mir leid. Können wir das Essen nachholen?« Und obwohl sich Luke seine Enttäuschung nicht anmerken ließ, erahnte ich sie, als er die Hände wieder in den Hosentaschen vergrub. Bestimmt wäre es schlauer, nicht so zu tun, als ob wir nach einem hitzigen Kuss ein Paar wären. Doch ich konnte nicht widerstehen, ihn an unser nächstes Nicht-Date zu erinnern.

»Wie wäre es dann bei mir und wir schauen uns meinen Lieblingsfilm dazu an?« Lasziv klimperte ich mit den Wimpern und stellte mich dabei dicht vor Luke. Seine Mundwinkel zuckten, doch er rührte sich nicht. Aber als ich mich auf die Zehenspitzen stellte und seinen Mund mit meinem streifte, schlang er beide Arme um mich. Wie sehr ich es vermisst hatte, jemanden zu haben, der mich umarmte, war mir nicht klar gewesen.

Viel zu rasch löste sich Luke von mir. Das war's also, in wenigen Minuten wären wir an seinem Haus. Wie sollten wir verbleiben? Ich konnte mir nicht vorstellen, dass wir uns jetzt jeden Tag Nachrichten schickten und Pläne schmiedeten. Nur meine Blase, in der ich mich seit einer halben Stunde befand, so rasch zerplatzen zu lassen, wollte ich noch weniger.

»Dann bis Samstag?«, fragte mich Luke, als ich mein Auto entriegelte.

»Ja, bis Samstag.« Ich seufzte tief. »Das galt der nächsten Veranstaltung und nicht dir. Immerhin habe ich nicht mit den Augen gerollt und gemault, das musst du mir zugutehalten.«

»Dafür tust du es jetzt«, bemerkte er belustigt. »Wir werden nicht bleiben, hast du das noch nicht verstanden?«

»Wir werden auch dieses Mal nicht bleiben?«

»Nein.«

»Was hast du vor? Ein weiteres Restaurant testen?«

»Nein, etwas viel Besseres. Eine Überraschung. Du hörst von mir.« Er hielt mir zuvorkommend die Tür auf.

»Du lässt mich zappeln? Wow, wenn ich gewusst hätte, dass du zu dieser Art Mann gehörst …« Kopfschüttelnd stieg ich ein. Lachend schloss er die Tür, zeigte mir jedoch an, dass ich das Fenster herunterkurbeln sollte.

»Willst du einen Tipp haben?«, fragte er mich und beugte sich ein Stück herunter. Sein Blick huschte zu meinen Lippen.

»Ich liebe Überraschungen. Aber lass mich raten. Du willst mich noch einmal küssen oder vielleicht auch die ganze Nacht lang?«, fragte ich neckisch. Ich wollte nicht, dass der Kuss zwischen uns stand. Er war zu gut gewesen, meine Lippen prickelten noch immer.

»Ich habe mich hinreißen lassen. Tut mir leid, wird nicht wieder …«

Bevor er aussprach, dass es eine einmalige Sache

gewesen war, legte ich ihm einen Finger auf den Mund. Seine Augen weiteten sich. »Nein, ich wollte ihn genauso, habe ich das nicht klargemacht? Ich wusste, dass es der beste Kuss meines Lebens sein würde, und ich habe mich nicht geirrt. Also ist es ganz logisch, dass ich ihn wiederholen möchte. Falls du es ebenfalls möchtest.«

Langsam nickte Luke, dann umfasste er mein Handgelenk, nahm sanft meinen Finger von seinen Lippen und küsste meine Handinnenfläche. Mein Herz flatterte, denn diese Geste war unvergleichlich intim.

»Es war auch für mich der beste Kuss, Ruby Tuesday.« Zärtlich fuhr er meine Gesichtskonturen nach, ehe er zurücktrat. »Fahr vorsichtig.«

»Immer.«

Luke blieb so lange in der Einfahrt stehen, bis ich um die nächste Ecke bog.

KAPITEL 10

RUBY

Ich hatte schon fast ein schlechtes Gewissen, als ich Anna spätabends zurückrief und mir dabei vornahm, ihr nichts von Luke zu erzählen. Trotz der langen Heimfahrt hatte ich meine Gefühle für ihn nicht sortieren können.

»Entschuldige, es hat länger gedauert. Willst du doch lieber morgen telefonieren?«

»Nein, passt schon. Wie gesagt kann ich sowieso nicht schlafen. Warum nimmst du meine Videoanfrage nicht an?«

»Weil ich vor dem Kühlschrank stehe und mir gleich noch etwas zu essen mache.«

»Stell das Handy auf den Küchentisch. So wie sonst auch immer, wenn du nebenher isst.«

Sie kannte mich zu gut, weswegen ich wusste, dass sie mir gleich an der Nasenspitze ansehen würde, dass sich heute alles geändert hatte. Dennoch nahm ich Annas Anfrage an, lehnte mein Handy an den Pfeffer- und Salzstreuer und holte mir danach Käse, Senf und ein paar Kopfsalatblätter aus dem Kühlschrank. Als Nächstes toastete ich zwei Scheiben Brot.

»Sag mal, wie siehst du denn aus? Warst du im Gym? Nein, du hasst das Gym«, beantwortete sie ihre Frage gleich selbst.

»Ich war in Santa Monica Rollschuhlaufen. An der Promenade.«

»Allein?«

Der Toast war fertig, sodass ich mich kurz wegdrehen konnte, um ihn zu holen und gleichzeitig meine roten Wangen zu verstecken.

»Ruby Grace Denver, was verheimlichst du mir?«, rief sie da bereits.

Seufzend gestand ich: »Ich war mit Luke Rollschuhlaufen und wir haben uns geküsst. Zufrieden?«

»Was? Wow. Okay, damit hatte ich jetzt nicht gerechnet. Wobei … Die Frage, wie der Kuss war, erübrigt sich offenbar, deine Wangen glühen ja.«

»Ja, kann schon sein.« Mir wurde wieder überall heiß, wenn ich daran zurückdachte. Kein Mann hatte mich jemals so geküsst, als ob es nichts Wichtigeres auf der Welt gäbe. Mit so viel Hingabe und Leidenschaft, dass mir schwindlig geworden war. Er machte mich süchtig, benebelte meine Sinne und stellte alles, was ich kannte, infrage. Dabei berührte er mich so tief, dass ich nicht mehr wusste, wo oben und unten war.

»Kann schon sein?«

»Ich habe keine Worte dafür. Es ist …« Ich zuckte mit den Schultern, bestrich die Toastscheiben mit Senf, legte den Käse und zwei Salatblätter darauf und biss herzhaft ab.

»*Du* hast keine Worte. Du hast immer für alles Worte. Du liebst Worte. Kann es sein, dass du dich verliebt hast?«

Ich kaute und schluckte, bevor ich mein Sandwich ablegte und mir ein Glas Wasser holte. *Verliebt.* Fühlte es sich so an? Mein Körper kribbelte, mein Herz raste, wenn ich an Luke dachte, und mein Kopf schien voller Watte. Kein rationaler Gedanke hatte mehr Platz. Aber das wollte ich nicht. So verlor ich doch die Kontrolle. Ich hatte Pläne, die durfte ich nicht aus den Augen verlieren.

»Ruby? Geht es dir gut?«

»Ja, natürlich. Es ist … kompliziert.«

»Die Liebe ist immer auch ein wenig kompliziert. Spürst du Schmetterlinge im Bauch? Kannst du es nicht erwarten, ihn wiederzusehen? Schickst du ihm nachher eine Textnachricht und wünschst ihm eine gute Nacht? Oder ist er dir schon zuvorgekommen?«

Anna hob neckisch eine Augenbraue. Sie wusste, wie es war, verliebt zu sein. Und auch wenn es mit Cooper am Ende nicht geklappt hatte, war sie darüber nie verbittert geworden.

»Luke wird eventuell mein neuer Boss.«

»Oh.«

»Was natürlich keine Rolle spielt, wir sind kein Paar. Es war nur ein Kuss, und außerdem ziehe ich ja sowieso bald zurück nach Philly. Wenn ich das Geld zusammenhabe. Bis dahin sollte ich mir aber wohl eine neue Stelle suchen, denn ich kann Celias Beförderung nicht annehmen und dann in ein paar Monaten kündigen. Das wäre ihr gegenüber nicht fair … oder Luke, falls er mein neuer Boss wird.«

»Beruhige dich. Du hast noch nicht mal das Drehbuch gefunden, das du ihr für die Produktion vorschlagen willst.«

Ja, aber diese Geschichte mit dem Eishockeyspieler und seiner Agentin wurde ich einfach nicht los. Ich war schon so weit, dass ich mir überlegte, sie selbst aufzuschreiben. So ein Unsinn.

»Schlaf drüber, dann fällt dir bestimmt eine Lösung für alles ein. Aber erzähl mir mehr vom Kuss. War er heiß? Alles versengend?« Sie lehnte sich immer weiter vor.

»Auf einer Skala von 1 bis 10 war er eine 100«, gab ich zu.

»Puh, dann überleg dir auf jeden Fall eine Lösung. Hat Luke etwas mit Pflanzen am Hut? Vielleicht einen grünen Daumen?«

»Keine Ahnung. Aber als würde er mit mir nach Philly ziehen, das ist doch total absurd. So, jetzt zu dir. Was ist denn so dringend?«, lenkte ich die Aufmerksamkeit auf Anna, während ich mein Sandwich weiter aß. So hatte ich den Mund voll und musste nicht mehr über Luke und mich reden. Leider ging mein Plan nicht auf, da Anna wartete, bis ich den letzten Krümel gegessen und ein weiteres Glas Wasser ausgetrunken hatte.

»Ich hatte recht, also zum Teil. Cooper hat mir heute erzählt, dass er umzieht«, kam sie danach endlich auf den Punkt.

»O nein, das tut mir leid.« Ich wechselte ins Wohnzimmer und setzte mich aufs Sofa.

»Nun ja, er hat sich keine ›neue‹ Stelle gesucht, sondern wird Regionalleiter Süd. Was bedeutet, er zieht von Dallas nach San Antonio.«

»Nach San Antonio? Und du gehst mit?«

Luke wohnte in San Antonio. Wenn Anna dorthin zog, wäre ich öfter in der Stadt. Würde ich dann auch Luke besuchen? Außer er nahm die Stelle in L.A. an. Und ich wäre irgendwann in Philly? Die Vorstellung passte am wenigsten und enttäuschte mich am meisten.

»Ich weiß noch nicht«, antwortete Anna. »Cooper tritt seine neue Stelle schon in zwei Wochen an. Er meinte, ich müsse nichts überstürzen, Dallas wäre ja nicht so weit weg und er käme am Wochenende hoch, um Zeit mit Oli zu verbringen. Nur unter der Woche wäre ich auf mich allein gestellt. Aber das schaffe ich schon, Oli wohnt ja sowieso hauptsächlich bei mir, und meine Arbeitszeiten sind geregelt.«

»Außer wenn du dich selbstständig machst. Denkst du ernsthaft darüber nach?«

»Ja, das tue ich.«

Ihre Augen funkelten und ihr Strahlen war ansteckend. »Aber auch da muss ich nichts überstürzen. Ich kann dir gar nicht sagen, wie erleichtert ich bin, dass Cooper in der Nähe bleibt.«

»Er ist ein guter Kerl, das habe ich von Anfang an gesagt.«

»Ja, das ist er wirklich.«

Schade, dass ihre Liebe so rasch erloschen war. Aber gute Freunde konnte man auch immer brauchen. Meine Gedanken drifteten zurück zum Drehbuch. Wäre das vielleicht eine Idee für die Handlung, dass der Eishockeyspieler und seine Agentin zuerst Freunde wären? Nein, das war mir zu lahm. Lieber die heiße, explosive Variante, die gefiel mir besser. Und sie würde in einen alles versengenden Kuss münden, wie Anna so schön gesagt hatte.

Meine Freundin räusperte sich. »Hättest du denn Lust, dich mit mir selbstständig zu machen? So wie ich es mir bereits auf dem College ausgedacht hatte?«

»Ich kann nicht, Anna. Es tut mir leid, aber *Janis & Ruby Flowers* aufzugeben, schaffe ich nicht. Ich habe Luke davon erzählt. Dass ich für die Gärtnerei meiner Mom spare, aber nicht den Teil, wie Mom auf einen Heiratsschwindler reingefallen ist.«

Ich redete nie darüber, bestimmt war das Anna auch schon aufgefallen.

»Was hat er gesagt?«

»Nichts weiter.«

»Wann hast du denn deine Mom zuletzt gesehen?«

»Ist schon eine Weile her, warum?«

»Nun ja, warum sprichst du sie nicht auf deine Pläne an? Wenn sie nicht zurück nach Philly möchte, ihre Zukunft nicht in der Gärtnerei sieht, dann musst du dein Leben auch nicht danach ausrichten.«

»Wie kommst du darauf, dass sie es nicht will? Natürlich will sie das. Die Gärtnerei war das Erste, das sie sich nach dem Tod meines Dads von dem Geld der Lebensversicherung gekauft hat. Weil sie sich dort zum ersten Mal begegnet sind. Und jeden Morgen hat sie im Blumenladen eine weiße Rose für ihn ins Fenster gestellt. Jeden Morgen, Anna, bis ich aufs College gegangen bin. Weißt du, wie viele Jahre das gewesen sind?« Frustriert massierte ich mir die Stirn.

Ich wollte nicht mehr warten, ich wollte jetzt unseren Traum verwirklichen.

»Ja, das weiß ich. Es tut mir leid, ich wollte dich nicht zum Weinen bringen. Ich bin sicher, du hast recht.«

»Natürlich habe ich recht.« Ich klang trotzig, als ich mir über das Gesicht wischte.

»Das ist schön. Ich glaube fest daran, dass wir tief in uns drin einen Traum haben, der bloß uns gehört und der irgendwann mal vom Alltag verschüttet wurde. Nur wenige sehen ihn so klar vor sich wie du. Dafür bewundere ich dich.«

»Danke.« Und obwohl mir Anna mit ihren Worten recht gab, säte sie damit auch Zweifel. Nein, es war einfach ein langer Tag gewesen, morgen würde ich wieder klar denken können.

»Lass uns schlafen gehen«, schlug ich vor.

»Gute Nacht und danke, dass du zurückgerufen hast.«

»Natürlich, grüß Oli, bis bald.«

»Mache ich, bis bald.«

Nachdem wir aufgelegt hatten, legte ich mich rücklings auf das Sofa und schloss die Augen. Sofort sah ich wieder Luke vor mir. Seine vom Wind zerzausten dunklen Haare, seine neckischen blauen Augen, die kraftvollen Bewegungen. Wie gut meine Hand in seine gepasst hatte, wie sehr es mich berührt hatte, als er mich umarmt hatte. Und wie viel Lust er mit einem Kuss in mir entfacht hatte.

Ich hatte Luke drei Jahre lang aus der Ferne angehimmelt und dann innerhalb kürzester Zeit mein Herz für ihn geöffnet. Anna hatte recht, oder? Ich verliebte mich. Somit sollte ich mich wohl besser von ihm fernhalten, denn wie ich erst gestern erklärt hatte, hatte ich keine Zeit für persönliches Drama. Und Herzschmerz wäre genau das.

Ich verließ das Sofa, um kurz duschen zu gehen. Danach zog ich ein Schlafshirt über, putzte mir die Zähne und kroch unter die Bettdecke. Auf meinem Handy fand ich eine neue Nachricht von Anna.

Weißt du, das mit Luke muss nicht gleich die ganz große Liebe sein. Aber du hattest auch schon lange keinen Freund mehr. Hab einfach etwas Spaß und genieß das Leben. XXX

XXX

Ich schickte Küsschen zurück. Dass ausgerechnet Anna mich daran erinnern musste, das Leben zu genießen … Ich wusste doch, wie rasch es vorbei sein konnte. Denn genau deswegen fiel es mir schwer, den Dingen ihren Lauf zu lassen. *Ich liebe Überraschungen.* Früher war das so gewesen, dann irgendwann nicht mehr. Und jetzt? Luke änderte alles, und das auch noch so rasend schnell. Oder hatte ich nur darauf gewartet, aus meinem Trott auszubrechen? Ohne darüber nachzudenken, schrieb ich Luke eine Nachricht.

Bekomme ich einen Tipp? Damit ich mich für Samstag vorbereiten kann?

Dachte ich mir doch, dass du nicht warten kannst. Wir machen etwas, wovon du mir erzählt hast. ;-)

Wovon hatte ich ihm denn erzählt?

?

:-)

Er schickte mir keinen weiteren Hinweis, also legte ich mein Handy weg und löschte das Licht. Leider konnte ich nicht einschlafen. Mein Handy leuchtete auf. Luke hatte einen Link geschickt. Gespannt drückte ich darauf und wurde auf die Homepage eines Clubs in Downtown L.A. weitergeleitet, der am Samstag eine 70er-Party veranstaltete. Wow, das hatte ich nicht erwartet und auch nicht, dass mein Herz so heftig pochte, dass ich dachte, es würde mir gleich aus der Brust springen.

Ich bin baff. Danke, ich freue mich sehr.

Gern geschehen.

Gute Nacht.

Gute Nacht.

Ich legte das Handy weg und lächelte sogar noch, als ich am nächsten Morgen wieder aufwachte.

KAPITEL 11

LUKE

Es gab Momente, in denen es doch nicht so praktisch war, dass alle Mitglieder unserer Familie zu allen Häusern Schlüssel besaßen. Heute hätte ich nämlich gut darauf verzichten können, dass Caleb spätabends in meiner Wohnung in San Antonio auftauchte. So wie er es früher immer getan hatte, wenn er lange im Büro arbeiten musste, sodass sich eine Fahrt zu ihm nach Hause in einen Vorort von San Antonio nicht gelohnt hatte.

Es hatte mir nie etwas ausgemacht, schließlich gehörten meine Brüder zum Kreis meiner engsten Vertrauten. Nur begann alles, sich zu verändern. Und das lag nicht daran, dass ich der letzte Single war. Es lag an den letzten Jahren, an den Krisen, die wir erlebt hatten, und an den Gefühlen, die ich tief in mir vergraben hatte. Sie kamen an die Oberfläche, ich konnte nichts dagegen tun.

Caleb wusste nichts davon, somit würde er bestimmt wieder von Ruby anfangen, doch über sie wollte ich nicht reden. Was wir hatten, war privat, zu gut, um es mit irgendjemandem zu teilen.

Daher begrüßte ich Caleb reichlich barsch mit den Worten: »Was machst du hier? Wieso bist du nicht zu Hause bei deiner Frau?«

»Sadie ist mit Milo unterwegs, neue Designer auskundschaften. Wenn du mal in den Familienchat sehen würdest, wüsstest du das.«

Dass *Love Your Style*, Sadies und Milos App, gut lief, wusste ich. Auch dank meiner Mom, die nicht müde wurde, sie auf dem roten Teppich zu erwähnen.

Caleb gesellte sich zu mir ans Fenster.

»Ich dachte, die Phase des Im-Dunkeln-aus-dem-Fenster-Starrens hätten wir hinter uns gelassen.«

»Ich denke nach. Ist das verboten?«

»Worüber? Ruby? Du hast sie geküsst.« Es war keine Frage, sondern eine Feststellung. Und das konnte nur eines bedeuten: »Du hast das Video gesehen.« Die Kamera an Moms Haus. Gut, wenigstens hatte Ruby daran gedacht.

»Ich habe dich halb nackt gesehen, Ruby hatte

noch wesentlich mehr an. Aber so vertraut, wie ihr wart, blieb nicht viel der Fantasie überlassen.«

Und somit würde sich jetzt jeder einmischen? Meine Kiefer mahlten, ich wollte einmal etwas allein machen! So wie früher, als ich nicht auf Schritt und Tritt beobachtet wurde. War das zu viel verlangt? Erst einen Atemzug später realisierte ich die Wahrheit hinter dem Gedanken.

»Keine Angst, Mom weiß nichts davon, du kannst dich wieder entspannen.«

»Und die anderen?«

»Die freuen sich.«

Doch meine Gedanken kreisten um das Alleinsein. Einzig auf dem College war ich nicht der jüngste Johnson-Spross gewesen, sondern ein unbeschriebenes Blatt. Danach war ich direkt in meine Rolle bei *Johnson Security* geschlüpft.

War L.A. meine zweite Chance, von vorn zu beginnen? Endlich herauszufinden, was ich aus meinem Leben gemacht hätte, wenn Brad damals nicht vor dem Studentenwohnheim auf mich gewartet hätte?

Zwar hatte meine Mom ihre eigenen Pläne, aber ich konnte mir durchaus vorstellen, *Jacob Productions* zu leiten. Ich wäre der Boss. Doch dabei sah ich die ganze Zeit Ruby an meiner Seite. Aber sie würde nicht bleiben. Schade.

»Was ist? Du guckst so komisch.«

»Mom hat mir die Leitung von *Jacob Productions* angeboten. Sie hat es mir erst kürzlich erzählt.«

»Was bedeutet, du würdest nach L.A. ziehen.« Caleb setzte sich aufs Sofa und schenkte sich vom Bourbon ein, der dort immer stand, wenn ich nachdachte. Für den Notfall. Bis jetzt war ich nie so verzweifelt gewesen, dass ich davon getrunken hatte.

»Ich habe mich noch nicht entschieden«, erklärte ich Caleb, als ich ihm gegenüber Platz nahm. Er nippte an seinem Glas, wirkte nachdenklich. Vielleicht weil ich es zum ersten Mal wirklich in Betracht zog? Zu freudig klang? Mich von meinen Brüdern entfernt hatte? Alles kam zusammen.

»Spielt Ruby bei deiner Entscheidung eine Rolle?«

»Mein Gehirn schaltet in ihrer Gegenwart regelmäßig ab«, gab ich amüsiert zu, bevor ich wieder ernster wurde. Sie spielte bei allem eine Rolle.

»Mom hat Ruby eine Beförderung angeboten, aber sie wird kündigen. Sie hat andere Pläne in Philadelphia, ihrem Heimatort.«

»Ich hatte keine Ahnung. Sie ist schon so lange Moms Assistentin. Irgendwie gehört sie zur Familie. Ich brauche bald etwas Stärkeres, wenn das so weitergeht.«

»Wieso? Weil du dir eine große Liebesgeschichte zusammengereimt hast?«, zog ich Caleb auf.

»Und wenn schon. Ich müsste blind und total

verbohrt sein, um die Anziehung zwischen euch nicht zu bemerken.«

Ja, die spürte ich schon sehr lange. Alle spürten sie zwischen uns, als ob wir im Spotlicht stehen würden. Ich hatte so etwas noch nie erlebt.

»Macht es dir nichts aus, dass Ruby zurückgeht?«

Natürlich tat es das, sonst würde ich sie mir nicht an meiner Seite vorstellen. Aber vielleicht konnte ich mich auch nur auf sie einlassen, weil unsere Romanze ein Ablaufdatum besitzen würde. Ich würde vom Ende nicht überrascht werden. Wir konnten uns weiterhin zu unseren Nicht-Dates treffen, uns küssen und vielleicht auch noch mehr tun. Ich wollte auf jeden Fall mehr, mein Körper hatte in Flammen gestanden, als sie mich berührt hatte. Ihr Kuss hatte mich kopflos handeln lassen. Wenn sie mich nicht daran erinnert hätte, dass wir uns in der Öffentlichkeit befanden … So außer Kontrolle hatte ich mich noch nie gefühlt. Von einer Lust getrieben, die ich nicht zähmen konnte. Doch ich hatte noch mehr gespürt. Eine Sehnsucht, die ich nicht beschreiben konnte. Das Einzige, das ich wusste, war, dass ich mehr Zeit mit Ruby verbringen wollte.

»Nein, es macht mir nichts aus«, belog ich meinen Bruder.

»Wenn du meinst.« Er glaubte mir kein Wort. »Kann ich hier schlafen?«

»Klar.«

Caleb räumte die Bourbonflasche und die Gläser weg, ehe er die Stufen in den oberen Stock erklomm, wo sich die Schlafzimmer befanden. Ich ließ meinen Blick durch meine Wohnung schweifen. Eine Innenarchitektin hatte sie eingerichtet. Ich mochte es gemütlich und gleichzeitig modern: dunkler Holzboden, helle Möbel mit klaren Formen, die sich mit der rustikalen Variante abwechselten. Dazu flauschige Teppiche und samtene Verdunkelungsvorhänge an den bodentiefen Fenstern.

Sie hatte genau meinen Geschmack getroffen, dennoch hing ich an nichts außer ein paar persönlichen Dingen: Familienfotos, Bilder vom College. Meinen ersten Baseballschläger samt Handschuh, der mir inzwischen viel zu klein war. Meine Sammlung an Bällen von den verschiedenen Spielen, die ich mit meinem Dad besucht hatte.

Auf jeden Fall musste ich nicht viel packen, wenn ich nach L.A. zog und in Brads Haus wohnte. Der Gedanke gefiel mir immer besser. Und was den Job bei meiner Mom anging, könnte ich ja eine Probezeit zur Bedingung machen. Niemand konnte von mir verlangen, dass ich von heute auf morgen eine so tiefgreifende Entscheidung traf, ohne ganz genau zu wissen, worauf ich mich einließ.

»Hey, Caleb!« Ich erklomm die Stufen, indem ich

immer zwei auf einmal nahm, und platzte nach einem kurzen Klopfen direkt in sein Zimmer. Er saß mit aufgeklapptem Laptop auf dem Bett. »Kannst du Moms Angebot für dich behalten? Ich will nicht für zusätzlichen Stress sorgen, jedenfalls nicht, bis ich nicht noch einmal mit Mom gesprochen habe.«

»Was in den nächsten Tagen passieren wird, oder?«

»Sobald es geht. Ich möchte eine Probezeit, dann werde ich es auch Brad mitteilen.«

»Gut, ich sage nichts. Aber pass auf, dass Mom dir nicht zuvorkommt. Wobei sie womöglich Brad schon längst über ihre Pläne aufgeklärt hat. Du weißt, wie nahe sie sich stehen.«

»Ich rede so rasch es geht mit ihr.«

Zuerst wollte ich Ruby Bescheid geben. Ich hoffte, sie würde nicht gleich kündigen und dadurch sofort aus meinem Leben verschwinden. Ich war noch nicht bereit dafür.

Als ich am Samstagmorgen in den Flieger nach L.A. stieg, packte mich die Vorfreude. Südkalifornien übte seinen eigenen Reiz aus. Doch die Location war fast schon zweitrangig, denn ich spürte, wie eine Last von mir abfiel. Das Gefühl verstärkte sich noch, sobald ich gelandet war, in meinen gemieteten Ferrari stieg und nach Santa Monica brauste. Die Sonne strahlte von einem wolkenlosen Himmel. Ich hatte in San Antonio alles Liegengebliebene erledigt, sodass ich nur noch meine E-Mails durchgehen musste und am frühen Abend meine Mom und Ruby pünktlich abholen konnte.

Das Gespräch mit meiner Mom vertagte ich auf Montag. Denn wenn ich schon heute mit ihr über eine Probezeit diskutierte, würde sie sicherlich zustimmen und mich dann gleich auffordern, auf der heutigen Veranstaltung zu bleiben und Kontakte zu knüpfen.

Ohne mich! Den heutigen Abend wollte ich mit Ruby verbringen. Darauf freute ich mich schon seit Tagen. Gut gelaunt kam ich gefühlt in Rekordzeit in Santa Monica an, stellte den Wagen in Brads Garage ab und ging im Haus ins Hauptschlafzimmer. Auf der Terrasse angekommen, atmete ich tief durch und schloss sogar kurz die Augen. So fühlte es sich an, frei zu sein. Ich wollte das Gefühl in Flaschen abfüllen oder noch besser teilen. Spontan wählte ich auf meinem Handy Rubys Nummer.

»Hey, bist du gelandet?«, beantwortete sie den Anruf erfreut.

»Ja. Ich bin schon im Haus.«

»Und weil du pausenlos an mich denkst, rufst du mich auch gleich an«, sagte sie schlagfertig.

»Selbstredend«, gab ich zu. »Es war viel los, ich hatte keine Zeit, mich unter der Woche zu melden.«

»Das musst du auch nicht. Wir sind kein Paar. Hauptsache, es geht dir gut.«

Keine Vorwürfe. Aber ich hatte Ruby vermisst. Wie sehr, war mir nicht klar gewesen.

»Es geht mir gut, ich hoffe, dir auch.«

»Natürlich! Wir gehen heute tanzen. Ich freue mich wirklich sehr. Müssen wir noch besprechen, wie es weitergeht? Hast du dich entschieden, ob du das Angebot deiner Mutter annimmst?«

»Was hältst du davon, wenn wir einfach das Wochenende genießen?«

»Nur du und ich? Ah, nein, wir treffen deine Mom, und ich bin ja auch noch verabredet.«

»Mit wem denn?«

»Eifersüchtig?«

Sie hatte also die Schärfe in meiner Stimme gehört? Mist. Ich wollte keiner dieser eifersüchtigen Freunde sein. Freunde?

»Nein, natürlich nicht«, antwortete ich betont heiter.

»Dann ist ja gut. Ich treffe mich mit Kenneth. Er dreht einen Dokumentarfilm. Heute will er die Ladenbesitzer an der Promenade in Venice Beach interviewen und filmen.«

»An einem Samstag? Da ist doch kein Durchkommen.«

»Sie haben bestimmt vorab zugesagt, sonst würde er es ja nicht tun.«

»Hast du Lust, im Anschluss vorbeizukommen?« Es war nicht mal Mittag, somit hätte Ruby noch genügend Zeit.

»Um auf deiner Terrasse in der Sonne zu baden oder nochmals zu knutschen?«

»Dich zu küssen, klingt immer gut, mit oder ohne Bikini.«

Ruby lachte auf. »So forsch, Mr. Johnson.«

»Keine Ahnung, was du jetzt wieder denkst.«

»Natürlich nicht. Also dann, bis später.«

»Bis später.«

Ich legte auf und beschloss, joggen zu gehen. Mir noch etwas die Gegend anzusehen. Wie weit war es bis Venice Beach? Natürlich würde ich nicht nach Ruby und Kenneth Ausschau halten, sie waren jetzt noch gar nicht dort. Außerdem war ich nicht eifersüchtig. Gut, ich hätte nichts dagegen gehabt, wenn sie ihre Zeit mit mir und nicht mit Kenneth verbracht hätte.

Du bist ganz schön verschossen in Ruby. War es so? Mein debiles Lächeln sah zum Glück keiner.

Nachdem ich mich umgezogen hatte, verriegelte ich das Haus und machte mich auf den Weg zur Marina del Rey fünf Meilen entfernt. Ich wäre in einer, falls ich länger dortbleiben wollte, in anderthalb Stunden zurück.

In San Antonio trainierte ich häufig im Gym oder auf dem Laufband. Auf dem Dach des Apartmenthauses, in dem ich wohnte, gab es einen Pool, wo ich meine Bahnen schwimmen konnte. Unser Büro befand sich mit dem Auto fünf Minuten entfernt.

Meine Welt dort beschränkte sich auf wenige Quadratmeilen. Hier war der Himmel das Limit. Der Ozean war so groß und weit, dass ich dachte, alles schaffen zu können. Oder lag es an Ruby und dass sie mir keinen Druck machte? Ich hoffte, im umgekehrten Fall war es ebenso.

Morgen würde ich ihr erzählen, wie ich mir die nächsten Wochen vorstellte. Auch wenn unsere Arbeitssituation nicht optimal sein würde, würde ich auf keinen Fall ihr Chef werden. Selbst wenn ich dafür Moms Firma komplett umstellen müsste, damit es nicht passierte. Es war mir egal. Aber noch war es nicht so weit.

Unterwegs ließ ich den Strand und das Meer auf mich wirken. Die Spaziergänger und Radfahrer. Und ich überlegte, ob ich die Restaurants, an denen ich vorbeilief, bald mal ausprobieren oder mit Ruby zum Pier gehen sollte. Am Ende staunte ich nicht schlecht, als ich in Rekordzeit bereits am North Jetty ankam. Ich atmete tief durch, schlenderte bis zum äußersten Punkt des Steges, kletterte auf die großen Steine und blickte zurück. Mit meinem Handy schoss ich ein Selfie und schickte es Ruby. Es wurde zugestellt, aber nicht angesehen. Das machte nichts, ich erwartete es nicht.

Stattdessen ließ ich mir die Sonne aufs Haupt brennen und die Seele baumeln. Schade, dass Ruby nicht hier war. Ich würde auf jeden Fall einmal mit ihr zurückkommen. Jetzt hätten wir ja Zeit dafür.

Langsam machte ich mich auf den Rückweg. Ich hatte noch keine Idee, was wir zwischen unserem Abgang vom roten Teppich und dem Beginn der Party machen könnten. Zurück zu mir fahren wäre eine Idee. Nur würde ich dann ganz bestimmt nicht meine Hände von Ruby lassen können. Und ob wir dann überhaupt noch das Haus verlassen würden, stand in den Sternen. Dabei dachte ich nicht daran, dass wir französische Filme in Originalsprache schauten, sondern wild auf dem Sofa knutschten und womöglich zusammen im Bett landeten. Ich wollte Ruby so nah sein, dass wir eins wurden.

Gar keine gute Idee, beim Joggen darüber nachzudenken. Ich erhöhte mein Tempo, um mich auszupowern und die sexy Bilder von Ruby aus dem Kopf zu bekommen. Es nutzte nichts, ich würde gleich sehr kalt duschen müssen.

Atemlos kam ich an Brads Haus an, umrundete es

und blieb verdattert vor der Eingangstür stehen. Ruby war da. Sie lehnte in der Einfahrt an ihrem klapprigen Subaru und trug dabei ein rotes Shirt und wieder diese winzigen Shorts.

Verdammt, ich wurde augenblicklich steinhart. Etwas, das Ruby nicht entging, was mir ihr amüsiertes Auflachen augenblicklich klarmachte.

»Du freust dich, mich zu sehen.«

»Nein, wie kommst du denn darauf?«, fragte ich ertappt, streifte mein verschwitztes Shirt ab und band es mir um die Hüften. »Hi, das ist ja eine nette Überraschung.«

RUBY

»Das finde ich auch. Aber ist das dein Ding? Dein Shirt auszuziehen, wenn du mich siehst?«, zog ich Luke auf. Verdammt, er sah zum Anbeißen aus. In der Laufhose noch mehr als in seiner Cargohose. Dazu die aufgepumpten Muskeln und seine verschwitzte Haut. O ja, auch ich war erregt, konnte mich kaum beherrschen, mich ihm nicht an den Hals zu werfen.

»Heute ist es reiner Selbstschutz. Ich will nicht verhaftet werden.«

»Ja, ich habe schon bemerkt, dass du ein kleines

Problem hast.« Ich stieß mich vom Wagen ab, hakte meine Sonnenbrille im Ausschnitt meines Shirts ein und wiegte meine Hüften besonders stark, als ich zu ihm schritt.

»Lass das«, stöhnte er. »Und mein Problem ist groß und nicht klein.«

»Natürlich, mein Fehler.«

Ich stellte mich auf die Zehenspitzen, legte meine Arme um Lukes Hals und wartete, dass er mich küsste.

»Ich bin verschwitzt«, gab er zu bedenken.

»Leider habe ich nicht so viel Zeit, mit dir zu duschen. Das nächste Mal.«

»Das nächste Mal …« Und dann verschlang er mich wieder mit seinen Lippen, seiner Zunge, seiner Leidenschaft. Als er meine Pobacken ergriff und mich noch näher zog, spürte ich genau, wie erregt er war. Da war nichts klein, sondern groß und sehr hart.

»Wann musst du los?« Luke unterbrach unseren Kuss.

»Äh.« Mein Gehirn war wieder komplett leer gefegt. »Was?«

Sein sehr zufriedenes Lächeln entging mir nicht.

»Du willst sichergehen, dass ich die ganze Zeit, wenn ich mit Kenneth unterwegs bin, an dich denke, oder?«

»Ich weiß nicht, wovon du sprichst.«

»Davon, dass du doch ein klitzekleines bisschen eifersüchtig bist.«

Er zuckte mit den Achseln, das war kein Nein. »Kommst du noch mit rein?«

»Ja, aber Moment, ich habe meine Sachen im Auto. Eigentlich bin ich deswegen schon hier. Also nicht nur deswegen.« Meine Wangen brannten. »Jedenfalls ist mir eingefallen, dass ich mich ja für die Party umziehen sollte. Und dafür müsste Ty, oder wer auch immer dein Auto zum Veranstaltungsort fährt, meine Kleidung mitbringen.«

»Stimmt.« Luke folgte mir zum Auto, um mir die beiden Kleidersäcke abzunehmen. Ich griff nach dem Schminkköfferchen, schloss meinen Wagen ab und folgte Luke danach ins Haus. Er brachte alles wie selbstverständlich in ein Gästezimmer im ersten Stock. Es schien unbenutzt. Jedenfalls befand sich nichts Persönliches darin. Ich mochte den mediterranen Stil in Weiß und Blau. Es wirkte so frisch, und der Ausblick aufs Meer war traumhaft.

»Mach es dir im Wohnzimmer bequem, ich bin gleich wieder zurück.«

»Danke.«

Nachdem Luke in das Zimmer nebenan verschwunden war, befreite ich das Abendkleid für die Veranstaltung aus dem ersten Kleidersack. Ich hatte es wie auch das Minikleid für die Party bei *Love Your Style* gefunden. Die Preisklasse gefiel mir viel besser als bei den Haute-Couture-Kleidern, die mir Celia gekauft hatte. Und falls Sadie wirklich Secondhandmode anbieten wollte, würde ich sie auf jeden Fall anrufen. Mein Kleiderschrank zu Hause platzte aus allen Nähten.

Dieses Kleid war wunderschön. Schulterfrei wurde es im Nacken und Rücken geschnürt, dazu bestach es mit einem Federrock. Das Kleid war nachtblau, ich würde außer Creolen keinen weiteren Schmuck dazu tragen. Meine goldenen Sandalen, die am Knöchel geschnürt wurden, und eine goldene Clutch, die ich auch umhängen konnte, waren die einzigen weiteren Farbtupfer.

Das zweite Kleid war ein typisches Siebzigerjahre-Kleid mit langen Ärmeln und einem sehr kurzen Rock. Der Grundton war beige, aber es besaß pastellfarbene Streifen in Gelb, Rosa, Hellgrün und Hellblau. Ich würde dieselben goldenen Sandalen und die Clutch dazu tragen.

Die Kleider wieder wegzugeben, würde mir nicht leichtfallen, aber sie bloß einmal zu tragen, war in meinen Augen eine absolute Verschwendung.

»Hey, ist alles in Ordnung?« Luke stand in der Tür. Er hatte sich ein graues Shirt und eine tief sitzende Jeans angezogen. Seine Haare waren noch feucht und er war barfuß. Die Temperatur im Raum stieg rasant.

»Ja, alles bestens«, behauptete ich. »Ich trauere bloß den schönen Kleidern nach, die ich noch nicht mal zurückgegeben habe. Was ziemlich dumm ist. Erst recht, wenn ich bedenke, dass ich sie mir nie selbst gekauft hätte.«

Statt mir zu sagen, dass ich sie natürlich auch behalten könnte, trat Luke zu mir, um sich die Kleider näher anzusehen. Als er die Federn berührte und dabei schluckte, wusste ich, dass ihm das Kleid ebenfalls gefiel. Oder eher der Gedanke daran, dass ich es später tragen würde?

»Es ist wunderschön, oder? Sadies App ist unglaublich. Darin verbergen sich richtige Schätze. Ich sollte ihr mal schreiben.«

»Bestimmt würde sie sich freuen. Du kannst die Kleider auch ein zweites Mal tragen«, sagte er auf einmal.

»Meinst du, weil ich in der zweiten Reihe nicht auffalle? Wird dann niemand mehr schreiben, dass sich der begehrteste Junggeselle der Filmbranche und die Assistentin seiner Mom besser jemanden in ihrer jeweiligen Liga suchen sollten?« Es war ein Scherz und zum Glück lachte Luke hell auf. »Wie gut, dass ich keines dieser Klatschblätter lese, das habe ich noch nie gemacht. Du?«

»Nein, ist nicht nötig. Meine Brüder haben sie mir

das letzte Mal brühwarm zitiert. Also nur die Schlagzeilen über uns, das hat mir gereicht.«

»Wieso haben sie das gemacht?«

»Weil sie uns verkuppeln wollen.«

»War ja klar.«

»War nicht schwer zu erraten, oder?«

»Ich muss leider los.«

»Ist auch besser so. Wir stehen in deinem Schlafzimmer und du trägst noch immer diese verboten kurzen Shorts. Meine Selbstbeherrschung hängt am seidenen Faden«, gestand Luke.

»Dann gehe ich besser. Und was meine Aufmachung angeht, ich bin jung und in Venice Beach verabredet, da trage ich doch keinen Jutesack.«

»Ich wette, du würdest auch darin umwerfend aussehen.«

Das hatte definitiv noch kein Mann zu mir gesagt. »Danke.« Ich rückte näher, stellte mich auf die Zehenspitzen und …

»Was machst du?« Seine Stimme klang ganz rau.

»Mich richtig bedanken. Für dein Kompliment.« Sanft küsste ich ihn auf die linke Wange. »Ist das in Ordnung?« Und auf die rechte Wange.

Ich zog mich nur so weit zurück, dass ich sein Nicken sah. Sein »Ja« ging in meinem Kuss unter, den ich gleich darauf vertiefte. Luke legte seine Hände an meinen Hinterkopf und seine Zunge begann wieder mit meiner zu spielen. Mal neckisch, mal fordernd, ich zerfloss genauso rasch wie das letzte Mal. Nur konnte ich hier mein Bein um Lukes Hüften legen und mich so dicht an ihn pressen, dass ich dachte, ich könnte seinen Herzschlag spüren.

Als Luke mich hochhob, schlang ich beide Beine um ihn. Unser Ziel war offenbar das Bett hinter mir, auf das er sich setzte. Seine Hände wanderten unter mein Shirt, mein BH-Verschluss stellte keine Herausforderung für ihn dar. Denn im nächsten Moment knetete Luke meine Brüste, zwirbelte meine Nippel und stöhnte dabei genauso laut wie ich.

»So gut«, murmelte ich an seinen Lippen und ging jetzt selbst auf Erkundungstour. Während ich über seinen Rücken strich, verlegte Luke seine Küsse von meinem Mund zu meiner Halsbeuge. Ich legte den Kopf in den Nacken, glitt gleichzeitig mit meinen Händen zu seinen Bauchmuskeln. Er zischte und hielt in seiner Bewegung inne.

»Was ist?«

»Ich will keine schnelle Nummer.« Gekonnt schloss er meinen BH wieder und rückte von mir ab. Sein Daumen strich über meine Lippen, sein Blick wirkte verträumt.

»Sollen wir darüber reden? Was wir hier tun oder nicht tun? Und was es bedeuten könnte?«, fragte ich.

»Oder einfach sehen, wohin es führt?«

»Es?«

»Diese Anziehung zwischen uns. Ich kann sie nicht erklären und genauso wenig länger ignorieren.«

Sanft strich er mir über das Haar. Bestimmt hatte es sich komplett aus dem Zopf gelöst, den ich geflochten hatte. Doch das war egal, aber nicht, dass Luke mich so liebevoll betrachtete, dass mir klar wurde, dass er es mit uns ernst meinte. Das ging nicht. Wir konnten kein richtiges Paar werden. Er würde womöglich mein Chef werden. Mein Wegzug stand auch bald bevor.

»Hey, wir können hier stoppen. Keine Panik.«

»Ich bin nicht panisch«, behauptete ich.

»Doch, dein Blick wirkt gehetzt. Und du machst dir Sorgen. Die Falte zwischen den Augen verrät dich, genau hier.« Er fuhr darüber und ich entspannte mich. »Schon besser.«

»Ich bin nicht panisch. Das sind die Kontaktlinsen.«

»Ich wette, ich würde die Falte auch sehen, wenn du deine Brille tragen würdest. Ich mag sie, sie steht dir.«

»Ach ja?« Ich trug sie nur bei der Arbeit und auch immer seltener.

»Ja. Du wirkst damit autoritär.«

»Autoritär? Klingt ganz gut. Irgendwie dachte ich immer, ich sehe damit wie eine Lehrerin aus.«

»Oh, wenn meine Lehrerin wie du ausgesehen hätte …«

Ich verpasste Luke einen spielerischen Klaps. Er grinste, bevor er fortfuhr: »Wobei, wenn ich es mir recht überlege, liegt das nicht an der Brille, sondern deinem strengen Blick und an den Listen, die du immer abhakst.«

»Ich arbeite sorgfältig und erwarte es auch von meinem Gegenüber.«

»Kein Wunder, dass meine Mom dich im Produktionsteam haben will. Du würdest für Ordnung sorgen.«

»Ich glaube, du verwechselst mich mit dir. Du wärst der Chef, du sorgst für Ordnung, ich bin nur die Assistentin.«

»Eine verdammt gute Assistentin. Trotz der Tatsache, dass du den Job bloß wegen des Geldes machst.«

»Es ist nicht bloß wegen des Geldes. Ich mag die Arbeit. Vor allem das Drehbuchsichten. Und das Organisatorische ist auch nicht weiter schlimm, es geht mir sehr leicht von der Hand. Und ich mag Ordnung.«

»Und du magst Geschichten.« Seine Augen weiteten sich, als ob er gerade ein Aha-Erlebnis hätte. »Nicht nur genau wie deine Mom, sondern auch dein Dad.«

»Ja, das stimmt.«

Luke schien einen Moment weit weg. Er setzte an, etwas zu sagen, presste dann aber seine Lippen aufeinander, ehe ein Lächeln sein Gesicht zierte. Zu gerne hätte ich gewusst, was er gerade gedacht hatte. Ein Blick auf meine Armbanduhr und ich ließ es bleiben, ihn zu fragen.

»Ich muss leider los.« Viel lieber würde ich hierbleiben und mich weiter mit Luke unterhalten. Aber Kenneth so kurzfristig abzusagen, kam nicht infrage. Außerdem würde es mir bestimmt guttun, mal zu sehen, wie er seine Dokumentarfilme drehte. Ich rutschte von Lukes Schoß, eilte ins angrenzende Bad und versuchte, mich wieder in Ordnung zu bringen. Gegen meine geschwollenen Lippen konnte ich nichts machen, aber sehr wohl meine Haare neu flechten und meinen BH geraderücken.

»Ich kann dir später mit deinem Kleid helfen«, bot Luke an, der mir gefolgt war und jetzt im Türrahmen zum Bad stand.

»Helfen? Ja, klar, ich kann mir vorstellen, was ›helfen‹ genau bedeutet. Wir würden die Veranstaltung verpassen.«

»Das könnte allerdings passieren.«

»Dasselbe gilt übrigens, wenn ich dir in den Smoking helfen würde. Ich hätte nicht gedacht, dass ich auf als Pinguin verkleidete Männer stehe.«

»Du stehst auf mich, nicht auf alle Männer«, berichtigte Luke mich.

»Ja, oder so«, neckte ich ihn. »Wobei, wenn ich es mir recht überlege, ich habe gar keinen Vergleich zu dir, wenn du gar nichts trägst. Womöglich mag ich den nackten Luke am liebsten.«

Lukes lustverhangenen Blick würde ich nie mehr vergessen. Ich wollte mich an ihm vorbeidrücken, doch er hielt mich auf, küsste mich tief und innig und sagte, nachdem er den Kuss beendet hatte: »Damit du mich nicht vergisst.«

»Puh, nein, wie könnte ich?« Ich fächerte mir kühle Luft zu, kniff ihn in den Po und rannte dann lachend die Wendeltreppe hinunter. Luke hätte mich ganz bestimmt einholen können, stattdessen lehnte er sich über die Brüstung und rief: »Viel Spaß! Ich werde ihn haben. Auf der Terrasse beim Sonnenbaden. Habe ich dir schon erzählt, dass ich keine hellen Stellen auf der Haut besitze?«

Mein Stöhnen ging in seinem teuflischen Lachen unter. Als ob ich einen nackten, sonnenhungrigen Luke für mein Kopfkino gebrauchen könnte. Hatte Luke wirklich keine Ahnung, wie sehr er mir gefiel und dass ich am liebsten das ganze Wochenende mit ihm verbringen würde? Vielleicht sollte ich es ihm sagen, wenn ich zurück war, und das könnte ganz rasch der Fall sein.

KAPITEL 12

LUKE

Am liebsten wäre ich Ruby gefolgt. Verdammt, sie ging mir unter die Haut. Egal, wie offen wir miteinander umgingen, wie sehr ich unser Geplänkel liebte und dass wir beide wussten, dass nie etwas Ernstes aus uns werden könnte, veränderten sich meine Gefühle für sie. Oder anders gesagt: Sie wurden intensiver. Aus einer simplen Anziehung wurde rasend schnell mehr. Ich wollte mit ihr schlafen, natürlich, ich wurde bereits wieder hart, wenn ich bloß daran dachte. Selbst wenn es alles zwischen uns verkomplizieren würde. Es war mir egal. *Mit allen Konsequenzen?*

Aber das war ja der Punkt: Es würde keine Konsequenzen geben. In ein paar Wochen oder Monaten würde sie nach Philadelphia zurückkehren. Und was die Arbeit anbelangte, würde ich immer professionell bleiben. Dass das Leben kein Wunschkonzert war, klammerte ich aus.

Mein Kopf aber wohl nicht, denn am liebsten hätte ich Ruby angerufen und sie gefragt, ob sie gut in Venice Beach angekommen war. Lächerlich, mit dem Auto dauerte es nur fünf Minuten bis dorthin. Ich schüttelte die Beklemmung ab, die sich sogleich eingeschlichen hatte. Lieber erinnerte ich mich daran, dass ich hier frei war, keine Verpflichtungen besaß.

Mein Telefon klingelte, Vander war dran. »Hey, Caleb hat mir von deinem Reinfall erzählt. Hättest du besser mal ein Restaurant von seiner Liste genommen. Oder mich gefragt. Habe ich dir schon von Memphis erzählt? Als Jacky dort aufgetreten ist, habe ich für den Abend dieses tolle Hotel mit Dachterrasse gefunden …«

»Stopp, wenn es um dich und meine Schwester geht, bin ich raus, verstanden?«

»Wir haben getanzt, ganz harmlos.« Sein Tonfall ließ mich etwas anderes vermuten. »Ich sage nur, dass auch ich einiges draufhabe.«

»Unser Essen war kein Reinfall, es war … lustig und sehr aufschlussreich.«

»Aufschlussreich? Du klingst, als ob ihr bei einem Geschäftsessen gewesen wärt.«

»Nein, es war ein schöner Abend.«

»Wenn du meinst. Aber wie gesagt, wenn du Hilfe brauchst …«

Ich würde Hilfe in San Antonio gebrauchen können, wenn ich einen Nachfolger suchte. Leider war Vander der Falsche dafür, mehr als die Ausbildung der neuen Mitarbeiter würde er neben seiner Tätigkeit als Bodyguard für Jacky gar nicht schaffen.

»In Liebesdingen, dem romantischen Kram halt«, fuhr er fort, als ich nichts sagte.

»Wieso denkt ihr alle, dass ich nichts von der Liebe verstehe?«

»Du hattest noch keine feste Freundin, seit wir uns kennen. Und davor doch auch nicht.«

»Wieso soll ich mich so jung schon festlegen? Und außerdem hast du keine Ahnung, was ich alles draufhabe. Habe ich dir nie erzählt, dass ich auf dem College die erste Adresse war, wenn es darum ging, meine Kommilitonen in Liebesdingen zu beraten?«, fragte ich Vander. »Ich habe sogar Liebesbriefe für sie geschrieben. Da bist du jetzt baff, was?« Mein Ego war so richtig in Fahrt.

»Liebesbriefe? Warum erzählst du mir das erst jetzt?«

»Wieso? Du hast bei Jacky ja keine Hilfe gebraucht.«

»Natürlich hätte ich die gebrauchen können.«

»Es ist mir erst kürzlich wieder eingefallen«, gestand ich.

»Weil du Ruby einen Liebesbrief schreiben möchtest?« Leise pfiff er durch die Zähne. »Das ist ganz großes Kino. Und somit gibst du euch eine Chance und bleibst in L.A.? Ruft Hollywood deinen Namen?«

»Ich möchte es versuchen, aber vorher mit Mom eine Probezeit aushandeln.«

»Klingt vernünftig. Und Ruby? Seid ihr euch nähergekommen?«

Also hatte Caleb nicht erzählt, dass wir uns geküsst hatten. »Muss ich darauf antworten?«

»Das ist kein Nein. Tut mir leid, es ist mir schon klar, dass wir dich bedrängen. Nimm es uns nicht übel. Wir würden uns einfach alle für dich und Ruby freuen. Wenn du möchtest, kann ich mich mal nach einem Haus oder einer Wohnung für dich umsehen. Ich schätze, du willst nicht unbedingt in Brads Haus bleiben, sondern dir etwas Eigenes suchen? Nach deinen Vorstellungen? Selbst für die Probezeit?«

»Ja, das sollte ich wohl.« Vander hatte recht. So schön Brads Haus auch war, es war nicht meins. Ich war hier Gast und entsprechend versuchte ich, alles so zu lassen, wie es war, und nicht in Brads oder Taylors Privatsphäre einzudringen. Das war zugegebenermaßen etwas anstrengend.

»Ich kümmere mich darum. Ich habe da ein paar Kontakte.«

»Tom Kane? Ist schon toll, mit einem Rockstar befreundet zu sein«, zog ich ihn auf.

»Ist es, vor allem, wenn Jacky und Tom wieder zusammenarbeiten. Sie treten zusammen in Las Vegas auf«, raunte mir Vander zu.

»Was? Nicht wahr!«

»Das Datum steht noch nicht fest, also behalte es für dich.«

Verdammt, Las Vegas. Jackys Karriere war nicht zu stoppen.

»Natürlich bekommst du Karten für das Konzert, ihr alle.«

»Danke. Wow, ich bin baff. Meine Schwester tritt in Las Vegas auf. Mit einem Superstar.«

»Sie ist verdammt talentiert und wird bald selbst der Superstar sein.«

»Sehe ich auch so. Hey, ich muss los, danke für den Anruf.«

»Warte, hast du nur Liebesbriefe geschrieben oder deinen Freunden auch Tipps gegeben?«

»Auch Tipps gegeben, wieso?«

»Was würdest du dir denn selbst raten? In Bezug auf Ruby.«

»Nichts zu überstürzen. Sich Zeit für den anderen zu nehmen. Versuchen, ehrlich zu sein und auch die unschönen Seiten zu zeigen. Keine vorgefertigte Meinung zu haben, sondern mit einem unbeschriebenen Blatt zu beginnen und es gemeinsam auszufüllen«, sprudelte es aus mir heraus. Dabei hatte ich kurzzeitig vergessen, dass nichts Ernstes zwischen uns entstehen konnte, denn sie würde gehen.

Vander pfiff bereits anerkennend durch die Zähne. »Hast du Geld für deine Ratschläge bekommen? Oder Einladungen zu Hochzeiten? Du musst der beliebteste Student auf dem Campus gewesen sein.«

»Nein, das war alles kostenlos.« Ich stand mit keinem meiner ehemaligen Kommilitonen in Kontakt. Hatte keine Ahnung, was aus ihnen geworden war.

»So oder so weißt du ja jetzt, was zu tun ist. Du befolgst deinen eigenen Rat. Und ich kümmere mich um dein neues Liebesnest. Bis dann.«

»Bis dann, danke.«

Nachdem wir aufgelegt hatten, ging ich in die Küche und schlug mir ein paar Eier auf. Als mein spätes Frühstück fertig war, setzte ich mich damit an den Esstisch und fing an, nebenher eine Liste aufzustellen: *Zehn Dinge über mich selbst, von denen ich will, dass Ruby davon erfährt.* Das versprach ein sehr interessanter Abend zu werden. Und ich erwartete nicht einmal, dass Ruby im Gegenzug etwas von sich selbst erzählte.

KAPITEL 13

RUBY

Ich parkte gleich um die Ecke des *Sidewalk Cafés,* in dem ich mich mit Kenneth verabredet hatte. Es befand sich in der Nähe des Skateparks. Da ich etwas zu früh dran war, machte ich einen kleinen Umweg, schoss ein Foto einer Halfpipe, die im Moment nicht genutzt wurde, und schickte es Anna. Die antwortete prompt.

Das willst du für Olis Geburtstag nachbauen?

Nein, so viel Platz habt ihr doch gar nicht im Garten. ;-)

Ihr könnt auch einfach in den Park. Hauptsache, du lässt dich bald mal wieder blicken.

Ich komme nächstes Wochenende. Versprochen.

Super! Wir freuen uns.

Na und ich erst.

Der Vorteil von arbeitsfreien Wochenenden für mich war, dass ich verreisen konnte. Und am nächsten stand keine Veranstaltung an. Zudem waren Abendflüge nach Texas unter der Woche spottbillig. Ein Ticket kostete nicht mal zweihundert Dollar, für den Hin- und Rückflug wohlgemerkt. Ich buchte gleich den Hinflug für Freitagabend und den Rückflug für Sonntagabend. Und wo ich schon dabei war, rief ich auch die Verbindungen nach Harrisburg auf.

Die Ernüchterung folgte auf dem Fuß. Zu meiner Mom zu fliegen, war weder günstig noch ideal, denn ich musste einen zusätzlichen Stopp in Chicago einlegen. Ich packte mein Handy wieder weg und ging zum Café. Kenneth wartete davor. Als er mich sah, winkte er. Auch er trug ein T-Shirt und eine kurze Hose.

»Ein ganz ungewohnter Anblick«, begrüßte ich ihn mit einem Lächeln. »Hi.«

»Hi, das wollte ich auch gerade sagen. Möchtest du noch einen Eiskaffee oder was anderes trinken, bevor wir starten?«

»Haben wir dafür Zeit? Und wo ist denn deine Kamera?«

»Im Wagen. Das erste Interview fängt erst in einer halben Stunde an.«

»Ja, wenn das so ist, können wir gerne noch etwas trinken. Am besten erzählst du mir dabei, wie es nachher abläuft.«

»Gerne.« Kenneth hielt mir einladend die Tür zum Café auf.

»Wow, hier sieht es ja toll aus. Säulen und eine Stuckdecke hätte ich nie erwartet.«

»Lass mich raten, die weiß-rot gestreifte Markise hat dich abgelenkt.«

»Ja, das muss es gewesen sein«, bestätigte ich lachend. Die Tische waren alle aus Holz, der Boden sah abgetreten aus, als ob hier über die Jahre viele tausend Gäste ihren Kaffee getrunken hätten. Ich konnte es mir bildlich vorstellen, zumal eine ältere Frau Mitte fünfzig, die eine gelbe Bluse, Fransenjeans und eine rote Schürze trug, bereits mit offenen Armen hinter dem Tresen hervortrat. Er war ebenfalls aus dunklem Holz und nahm die ganze Länge des Lokals ein, die ich locker auf dreißig Meter schätzte.

»Hi, Ken, schön, dich wiederzusehen. Wen hast du denn heute mitgebracht?« Ihre braunen Augen glitzerten neugierig. Mir gefiel vor allem ihr rotes Kopftuch, das die schwarzen Locken kaum in Schach hielt.

»Meine Kollegin Ruby. Ruby, das ist Sally.«

»Freut mich sehr. Ruby ... so wie in diesem berühmten Lied von den Rolling Stones?«

»*Ruby Tuesday*, genau.«

»Mein Dad war vernarrt in den Song *Mustang Sally*.« Sie lachte auf.

»Das ist ja eine tolle Geschichte, die kannte ich noch gar nicht.« Kenneth strahlte über das ganze Gesicht.

»Ach du. Jetzt ist erst mal Schluss mit den Geschichten, was kann ich euch bringen?«

»Einen Eiskaffee mit einem Schuss Milch bitte«, bestellte ich.

»Ich nehme eine kalte Schokolade.«

»Natürlich, so wie immer, Ken. Setzt euch, ich bringe euch gleich beides.«

Wir nahmen am Fenster Platz. Es war herrliches Wetter, aber das Café beeindruckte mich noch mehr.

»Gehe ich richtig in der Annahme, dass du Sally schon interviewt hast?«

»Ja, ihr Café war mein Startpunkt. Ganz bewusst, denn ich habe im Vorfeld etwas recherchiert.« Kenneth lehnte sich vor. »Neunzehnhundertfünf hat ein gewisser Abbot Kinney bei einem Münzwurf das Land, das heute Venice ist, gewonnen. Alles, was du hier siehst, die Kanäle, die Piers und Fahrgeschäfte, Wasserrutschen, die ganze

Promenade ist damals entstanden. Ein Riesenerfolg.«

»Oh, das glaube ich dir sofort.«

»So, bitte schön, einmal Eiskaffee mit Milch und der Schokoshake.« Sally stellte beides zusammen mit einem Tellerchen mit zwei Butterkeksen vor uns ab. »Hat dir Ken schon erzählt, dass das hier mal eine Spielhölle war? Bingo, sag ich da nur.« Sally nickte mit großen Augen, bevor sie schmunzelnd die anderen Gäste bedienen ging.

»Während der Prohibition wurde in unterirdischen Gängen Alkohol geschmuggelt«, ergänzte Kenneth.

»Das sind ja tolle Storys.«

»Es geht noch weiter. In den Fünfzigern und Sechzigern hatten Künstler diesen Raum hier gemietet, aber danach stand er lange leer, ehe ein Buchladen einzog. Der Raum war dafür aber zu groß und so wurde aus dem nicht benötigten Teil ein Imbiss, das *Sidewalk Café*. Der Buchladen befindet sich nebenan.«

Ken hob sein Glas hoch, um mit mir anzustoßen. »Auf tolle Geschichten, die das echte Leben schreibt.«

»Darauf trinke ich gerne.« Der Kaffee schmeckte sehr lecker. »Und du gehst jetzt von Shop zu Shop und stellst Fragen?«

»Ich habe mich im Vorfeld erkundigt, wer mir erzählen möchte, warum er hier ist. Es geht also eher um die Motivation, warum sie hier einen Shop führen, als nur ein paar Fakten. Ich finde es viel spannender, die Beweggründe zu erfahren, Rückschläge und Erfolgsmomente gehören gleichermaßen dazu. Und auch, wann der Wunsch aufkam, an der Promenade einen Shop zu betreiben. Ob es ganz spontan geschah oder schon früh im Leben, vielleicht sogar in der Kindheit.«

»Das ist toll. Wer steht denn für heute alles auf der Liste?« Meine feuchten Hände wischte ich an einer Serviette ab. Bestimmt war kein Blumenladen dabei.

»Ein Souvenirladen, ein Tattoo-Studio und eine Bildergalerie. Oh, und eventuell klappt auch noch das Süßwarengeschäft.«

Alles ganz harmlos, sehr schön.

Nachdem wir unseren Kaffee und Shake ausgetrunken hatten, ging ich mich kurz frisch machen. Luke hatte mir nicht geschrieben, was in Ordnung war. Nur hätte ich zu gerne gewusst, ob er wirklich nackt sonnenbadete. Warum nicht fragen?

Hey, schickst du mir ein Foto von deinem sonnengeküssten Adoniskörper?

Er antwortete mir sofort.

Ich schicke keine Nacktselfies herum. Das solltest du doch wissen.

Schade ;-), dann eben später live.

Ist es mit Kenneth so langweilig oder kannst du einfach nicht aufhören, an mich zu denken?

Unser dritter Stopp wird eine Galerie sein. Je nachdem, was für Kunst die ausstellt, könnte dein Foto doch perfekt dazupassen.

Träum weiter. Bis später.

Bis später.

Sollte ich noch ein paar Küsschen oder ein Herz schicken? Besser nicht. Ich steckte mein Handy wieder ein und ging zurück ins Café.

»Bis dann, ihr beiden, viel Spaß!«, verabschiedete uns Sally.

»Bis dann, hat mich gefreut.« Ich winkte zurück.

Kenneth holte seine Kamera aus dem Wagen, bevor wir zu unserem ersten Stopp schlenderten. Der Souvenirladen hieß *Lucky*. Der Besitzer Mateo war in zweiter Generation in L.A. aufgewachsen.

»Ich war fünf, als mich meine Abuela zum ersten Mal nach Venice Beach mitnahm. Zum Pier. Es war laut, es gab Clowns und Zuckerwatte, ich war im Paradies. Als ich älter wurde, habe ich mein Taschengeld gespart, um mit dem Bus herzufahren. Wir wohnten eine Stunde entfernt«, erzählte er uns, während ich mir seinen Laden ansah. Es gab den üblichen Kram: T-Shirts, Mützen, Regenschirme, Poster, Kühlschrankmagnete, kleine Surfbretter, Bücherstützen, Geldbörsen, Tassen, Trinkgläser und, und, und. Ich überlegte, Luke etwas mitzubringen, aber ich wusste nicht was, bis mein Blick auf das Regal mit der Sonnencreme fiel. Perfekt!

»Eine gute Idee, der Tag wird wieder heiß werden«, bemerkte Kenneth mit Blick auf die Tube, die ich mir griff. Schutzfaktor fünfzig.

»Ja, Vorsicht ist besser als Nachsicht.«

Ich konnte es nicht erwarten, zu Luke zurückzufahren und sie zu benutzen.

Unser nächster Halt war das Tattoo-Studio. Es war voll und der Besitzer hatte leider gar keine Zeit, deswegen beschloss Kenneth, es später noch einmal zu versuchen. Also weiter zur Galerie.

»Oh, warte, da sind ja Heidi und ihre Tochter. Hast du Hunger?«

»Auf eine Currywurst?«, fragte ich mit Blick auf das Schild über dem Fast-Food-Restaurant.

»Ja, kennst du die?«

»Nein, ich hatte noch nie eine. Aber ja, warum nicht?«

Ich folgte Kenneth in den kleinen Laden mit Plastikstühlen, Gartentischchen und einer winzigen Theke.

»Ken! Hi, wen bringst du denn da mit?« Heidi und ihre Tochter sahen aus wie Zwillinge. Ich musste blinzeln. Sie trugen beide ein blaues Kleid mit weißem Gürtel. Die blonden Haare hatten sie zu Zöpfen geflochten und eine weiße Haube aufgesetzt.

»Das ist Ruby. Heidi und Nicole. Ihre Vorfahren sind aus Deutschland.«

»Nicht aus Bayern, wir tragen auch keine Tracht, es ist eher ein Kompromiss«, erklärte Nicole mit Blick auf ihre Mutter.

»Ja, ja, du hattest recht. Wir probieren verschiedene Stile aus«, erklärte uns Heidi. »Wenn wir wie das doppelte Lottchen aussehen, verkaufen wir am meisten. Was möchtet ihr denn gerne essen?«

»Zwei Currywürste mit Pommes, bitte«, bestellte Kenneth für uns beide. »Was möchtest du trinken?«, fragte er nach.

»Ein Wasser, bitte. Oder lieber eine Cola.« Mich interessierte die Fotowand links neben dem Eingang. Sie war voll mit Bildern von Nicole und Heidi.

»Die sind vom Oktoberfest von vor ein paar Jahren. Kennst du das? In München?«, fragte Nicole. Sie musste in meinem Alter sein.

»Nein, ich kenne es nicht.« Die beiden Frauen trugen Trachten und hatten Herzen um den Hals hängen. Auf einem der Fotos bissen sie in Brezeln und prosteten einander mit riesigen Bierkrügen zu.

»Fahr mal hin, wenn du kannst. Es ist spaßig«, versprach Heidi.

»Ich bin noch nie gereist, schon gar nicht nach Europa«, gestand ich, holte unser Essen und die Getränke und setzte mich damit zu Kenneth, der uns einen Tisch freigehalten hatte.

»Warum nicht? Europa ist toll. Du kannst mit einem Bahnticket über dreißig Länder bereisen. In deinem Tempo«, schwärmte Nicole. »Wie alt bist du denn?«

»Achtundzwanzig.«

»Ach schade, mit siebenundzwanzig wäre es noch billiger gewesen, aber auch so kommst du mit fünfhundert Dollar schon weit.«

»Fünfhundert Dollar für über dreißig Länder? Da kostet ja das Flugticket zu meiner Mom nach Pennsylvania mehr.«

»Sag ich doch. Es ist ein tolles Angebot.«

»Ich plane es für nächstes oder übernächstes Jahr ein«, gestand Kenneth.

»Du möchtest durch Europa reisen?«

»Ja. Und durch Asien, Südamerika. Überallhin.« Seine Augen leuchteten. Er war nur ein paar Jahre jünger als ich, aber gerade fühlte ich mich wie eine alte Frau, deren Leben bereits vorbei war.

Dabei war das Quatsch, ich arbeitete und sparte für meinen Lebenstraum. Der auch wieder nur aus Arbeit bestehen würde, wenn er sich erfüllte. Hm, das Gefühl gefiel mir überhaupt nicht.

»Schmeckt dir die Currywurst?«

»Ja, sehr würzig und total lecker, danke. Wie lange betreiben die beiden schon diesen Imbiss?«, fragte ich Kenneth. Die Schlange vor dem Verkaufstresen wuchs, aber Heidi und Nicole ließen sich nicht aus der Ruhe bringen.

»Etwas mehr als zwei Jahre. Sie hatten die Idee spontan, als sie hier zu Besuch waren und das Vermieten-Schild gesehen haben. Sie sind aus der Nähe von Sacramento.«

»Ganz spontan, wow. Sehr beeindruckend.«

»Wenn du mich fragst, sind das die besten Entscheidungen. Frei aus dem Bauch heraus. Sobald sich das Gehirn einschaltet, alle Pros und Kontras analysiert, wird doch meist nichts draus.«

»Denkst du das wirklich? Ist die Wahrscheinlichkeit nicht viel zu groß, dass du ohne fundierten Geschäftsplan auf die Nase fällst? Geld und womöglich deine Existenz verlierst?«

»Ich habe nicht gesagt, dass du kopflos handeln sollst. Sondern dass dein Herz dir sagt, was richtig ist, und dein Gehirn dir hilft, keine dummen Fehler zu begehen. Dennoch überwiegt bei all deinen Entscheidungen dein Bauchgefühl. Wenn es nicht passt, dann mach es passend.«

»So einfach?«

»Natürlich nicht. Aber nimm mal Heidi und Nicole und ihre Aufmachung. Sie haben alle Kleider, die sie während ihres Tests ausprobiert haben, selbst genäht. Nach Feierabend. Und sieh dir an, wie gut das Endresultat ankommt.« Ich folgte Kenneths Blick. Nicole stand mit einem Gast für ein gemeinsames Foto vor dem Verkaufstresen und lächelte. Es wirkte absolut echt und authentisch.

Offenbar schlug mir die Erkenntnis, dass ich noch nichts im Leben erreicht oder verwirklicht hatte, auf den Magen. Ich schob das Essen von mir.

»Hast du keinen Hunger mehr?«

»Nein, leider nicht. Möchtest du meine Wurst?«

»Klar, ich habe immer Hunger.«

»Ich muss dann leider schon los.«

»Dich für den Abend vorbereiten, klar. Ich hoffe, ich darf Celia auch mal begleiten.«

Ich verzichtete darauf, Kenneth darüber aufzuklären, dass es nicht so spannend war, wie er dachte. Aber was wusste ich schon? Womöglich traf es auf ihn gar nicht zu und er mochte solche Events. Jeder war anders. Und vielleicht würde es mir ebenfalls besser gefallen, Celia zu begleiten, wenn ich mich komplett darauf einlassen würde. Aber so, wie es war, stand ich immer mit einem Fuß in Pennsylvania, mein Job war bloß Mittel zum Zweck. Dass ich mir privat nichts gönnte, war ein Teil vom großen Plan. Die Belohnung würde später kommen. Aber was, wenn ich mich irrte?

Als ein Gast zu jodeln begann, ergriff ich die Flucht. »Also dann. Bis Montag. Danke, es war wirklich toll, dich zu begleiten.«

»Jederzeit wieder, wie du Lust dazu hast.«

Ich winkte Heidi und Nicole zum Abschied und wäre am liebsten den Weg nach Santa Monica zurückgelaufen, um den Kopf freizubekommen. Nach einer kurzen Fahrt parkte ich das Auto wenige Minuten später wieder in Lukes Einfahrt. Ich beschloss, Kenneths Rat zu befolgen und mein Bauchgefühl bestimmen zu lassen. Ich riskierte nichts dabei, wenn ich die Zeit mit Luke genoss. Wir hatten die Grenzen klar abgesteckt: kein Drama, keine Erwartungen. Also los, es wurde Zeit, Lukes Geschenk auszuprobieren.

KAPITEL 14

LUKE

War gar nicht so leicht, mir zu überlegen, welche zehn Dinge ich Ruby von mir erzählen wollte. Einiges wussten wir schon voneinander, wie unsere Sportvorlieben, Filme oder Musik. Sollte ich so etwas Triviales wie meine Lieblingsfarbe erwähnen? Ich hatte keine – oder anders: Sie hing von dem jeweiligen Kleid ab, das Ruby trug. Das klang abgedroschen, würde jedoch sehr gut in einen Liebesbrief passen. Was wohl aus meinem Kumpel Aaron geworden war? Oder aus Zane? Das nächste Klassentreffen würde ich nicht schwänzen, und wenn ich es mir aussuchen könnte, würde ich Ruby einladen, mich zu begleiten.

Ich sollte meine Zukunft nicht mit Ruby planen.

Aber sie dachte offenbar auch die ganze Zeit an mich, da sie mir Nachrichten schickte. Im Moment blieb mein Handy leider stumm. Statt weiter über meiner Liste zu brüten, beschloss ich, wirklich auf die Terrasse zu gehen. Sie war dank des Sichtschutzes zu beiden Seiten von den Nachbarhäusern nicht einzusehen. In Richtung des Strandes war die Sicht jedoch frei, denn nach oben in den vierten Stock konnte keiner hinaufsehen. Zudem spendete das Sonnendach genug Schatten, sodass ich mir keinen Sonnenbrand holte. Ich zog mich aus und legte mich auf den Bauch. Gerade als ich mir überlegte, die Skripte zu lesen, die mir meine Mom Anfang der Woche mitgegeben hatte, ging eine Nachricht von Ruby ein:

Liegst du noch immer nackt auf der Terrasse?

Der Gedanke lässt dich wohl nicht mehr los?

Ja oder nein?

Ja. Zufrieden?

Sehr. Ich habe nämlich ein Geschenk für dich gekauft, das ich unbedingt ausprobieren möchte. An dir …

Du liebst es, mich zu quälen, was? Gratuliere, du hast dein Ziel erreicht. Ich gehe duschen, sehr, sehr kalt.

Mach mir lieber die Tür auf. Ich stehe unten.

Du bist schon hier?!

Ja! Also, was ist? Lässt du mich noch lange warten?

Mist, ich konnte doch nicht mit einem ausgewachsenen Ständer die Tür öffnen gehen. Denn so rasch würde ich den nicht loswerden.

Moment.

Ich würde die Tür per Fernsteuerung entriegeln müssen. Auf meinem Handy loggte ich mich zuerst in die Überwachungskameras ein, damit ich sicher war, dass auch wirklich nur Ruby vor der Tür stand. O ja, sie winkte mir sogar. Was hielt sie denn da in der Hand? Ich entriegelte die Tür und griff bereits nach meinen Boxerbriefs, als sie aus der Ferne rief: »Bleib liegen!« Schmunzelnd legte ich meine Unterwäsche wieder weg.

»Besitzt du einen sechsten Sinn?«, fragte ich Ruby, als sie auf die Terrasse kam und sich keuchend auf die zweite Liege plumpsen ließ.

»Nein. Aber … ich dachte … puh, es geht gleich wieder.« Sie atmete tief durch. »Ich dachte, dass du dich wieder anziehen würdest. Oder vielleicht geflunkert hättest.« An ihrem Zeigefinger baumelte eine Tüte, die sie mir jetzt unter die Nase hielt. Sie war neutral, hatte kein aufgedrucktes Logo.

»Was ist da drin?«

»Es wird dir gefallen, keine Angst.«

»Du warst in einem Shop für Sexspielzeug?«

Ruby kicherte, während sie mit einem lasziven Hüftschwung meine Liege umrundete. Dabei ließ sie ihre freie Hand über meine nackte Haut gleiten, bis sie vor mir stand. Dort legte sie sie auf meine Schulter und drückte sie leicht. »Entspann dich und mach es dir ruhig wieder bequem.« Ihre Hand wanderte über meine Schulterblätter zu meiner Taille und kam meinem Po verdächtig nahe. »Keine weißen Stellen, du hast nicht gelogen. Jedenfalls habe ich Sonnencreme mitgebracht. Als ich sie im Souvenirladen gesehen habe, musste ich an dich denken.«

»Sonnencreme?«

»Klar, auch im Schatten kann man sich verbrennen, wusstest du das nicht?«

»Danke für deine Fürsorge.« Ich stützte meine Stirn auf meinen Handrücken ab und versuchte, stillzuhalten. Tief zu atmen und mich irgendwie davon abzulenken, dass Ruby mich gleich anfassen würde. Unter diesen Umständen würde meine Erektion auf keinen Fall verschwinden. Das wusste diese kleine Hexe doch bestimmt.

»Gerne«, wisperte sie an meinem Ohr und küsste mich auf die Schulter, das Schulterblatt und den unteren Rücken. Ich konnte mich kaum noch beherrschen, als ich hörte, wie sie die Tube öffnete und kurz darauf die kühle Creme auf meine erhitzte Haut traf. Ein Schauder erfasste mich.

»Bist du erregt?«, fragte sie, als sie sich vor mich stellte und als Erstes meine Schultern eincremte. Ich brannte lichterloh, musste meine Finger ins Badetuch krallen, auf dem ich lag, und von hundert rückwärts zählen, um mich abzulenken. Es nutzte nichts.

Ich presste ein »Ja« hervor, das in ein Stöhnen überging, als Rubys Hände immer tiefer wanderten. Verdammt, war das erotisch. Es lag an ihr, ganz allein an ihr.

Sie stellte sich wieder vor mich, wischte ihre Hände an dem Tuch ab, auf dem ich lag, und zog sich im Anschluss das T-Shirt aus.

»Gut. Ich bin es auch.« Rubys aufgestellte Nippel waren unter dem schwarzen schlichten BH nicht zu übersehen. Ich wollte daran saugen, sie zwirbeln und Ruby damit in den Wahnsinn treiben. Doch sie machte mir einen Strich durch die Rechnung, indem sie abermals hinter mich trat.

»Ich liebe es, dich zu berühren. Deine Muskelstränge nachzufahren, jeden einzelnen davon.« Ihre Hände wanderten immer näher an meinen Po heran.

Sie begann, ihn zu kneten, während ich die Zähne zusammenbiss. Ich wollte mich umdrehen, sie auf mich ziehen und mich tief in ihr versenken. In meiner Fantasie, denn ich versuchte, weiterhin stillzuhalten.

»Ruby«, keuchte ich auf, als sie begann, die Innenseiten meiner Oberschenkel einzucremen.

»Ja?« Sie klang atemlos. »Ist dir auch so warm? Also mir schon.«

Als ich meinen Kopf drehte, konnte ich Ruby dabei beobachten, wie sie aus ihren Shorts schlüpfte. Sie trug einen zum BH passenden schwarzen Slip. Verdammt, würde sie einen vollständigen Striptease hinlegen, bis sie mich fertig eingecremt hatte?

»Bist du kitzelig?«

»Was?«

»Ob du kitzelig bist. In den Kniekehlen oder an den Fußsohlen? Hattest du mal eine Fußmassage? Ich einmal, aber es war mir zu intensiv. Also nicht, weil ich kitzelig bin, sondern weil mich die Massage so erregt hat. Das war peinlich, sag ich dir.«

»Schlimmer kann es kaum werden«, murmelte ich zu mir selbst.

»Was hast du gesagt?« Den unschuldigen Tonfall konnte sie sich sparen.

»Ich bin dir sehr dankbar, dass du deine Arbeit so gründlich verrichtest«, erklärte ich so ruhig, wie ich konnte. Danach presste ich meine Zähne wieder zusammen und begann erneut, von hundert rückwärtszuzählen.

»Sehr gern geschehen. Ich bin auch gleich fertig. Hast du Lust, dich zu revanchieren?« Sie trat wieder vor mich, ging in die Hocke, damit sie auf Augenhöhe war, und öffnete ganz langsam den BH-Verschluss. Dabei hielt sie meinen Blick. Ihr Mund schien so trocken zu sein wie meiner, denn sie leckte sich über die Lippen. Immer wieder.

Ein Träger fiel, dann der andere und zu guter Letzt warf Ruby das Stückchen Stoff auf die zweite Liege. Bevor ich ihre Brüste berühren konnte, erhob sie sich, trat einen Schritt zurück, drehte sich und streifte auch das Höschen ab. Wunderschön, sie war einfach wunderschön. Cremige Haut, endlose Beine und mein Untergang. Sie drehte sich zurück, hielt wieder die Tube in der Hand. Ich streckte eine Hand danach aus und richtete mich auf.

»Oh, da fällt mir ein, ich habe ja ganz vergessen, deine Vorderseite einzucremen. Drehst du dich bitte auf den Rücken?«

Ich konnte mir nicht vorstellen, Ruby falsch verstanden zu haben. Dennoch griff ich betont langsam nach meiner kurzen Hose und fischte nach meiner Geldbörse. Ruby sah mir zu, wie ich ein Kondom hervorholte, schluckte, als ich es auspackte, nickte aber, als ich mich umdrehte und es über meine bereits schmerzhaft harte Erektion stülpte. Ich konnte mich nicht erinnern, wann ich das letzte Mal so nah an einem Orgasmus gewesen war, ohne mich selbst oder die Frau berührt zu haben.

Die Liege war breit genug für zwei, also rutschte ich zur Seite, um für Ruby Platz zu machen. Nachdem sie sich zu mir gelegt hatte, küsste ich sie auf den Mund. »Ist das in Ordnung?«

»Ja.«

Ich rutschte tiefer, küsste sie seitlich auf den Hals und freute mich darüber, dass sie aufkeuchte und mir dabei ihre Brüste entgegenstreckte.

»Du hast mich an meine Grenze gebracht«, hauchte ich an ihrer erhitzten Haut.

»Das habe ich vermutet. Dein bester Freund steht sehr stramm.«

»Ganz schön frech.« Ich verteilte Küsse auf ihrem Schlüsselbein, ihrem Dekolleté, wanderte noch tiefer und umfasste ihre rechte Brust, während ich am Nippel ihrer linken saugte. Sie hielt sich den Mund zu, um einen Aufschrei zu dämpfen. Das nächste Mal wollte ich, dass sie meinen Namen rief. Wenn wir allein waren und keine Nachbarn uns hören konnten.

»Ich brauche kein Vorspiel mehr, wirklich nicht.« Sie stöhnte auf, aber ich hatte noch lange nicht genug davon, sie auf Touren zu bringen. Vielleicht war es aber besser, bis zur zweiten Runde damit zu warten, denn sobald sie mich wieder berührte, würde ich explodieren. Also lenkte ich meine Aufmerksamkeit zurück auf Ruby.

»Ich muss mich selbst davon überzeugen, dass du bereit bist.«

Meine Hand glitt tiefer, während ich gleichzeitig meine Aufmerksamkeit Rubys rechtem Nippel widmete. Sie begann, sich unter mir zu winden, stöhnte immer wieder auf. O ja, Ruby war mehr als bereit für mich. Sie war so feucht, dass ich zwei Finger in sie eintauchen konnte und bereits spürte, wie Ruby leicht zuckte. Ich wollte nicht länger warten.

Deswegen brachte ich mich in Position und küsste Ruby, während ich komplett in sie eintauchte.

»So gut, so unglaublich gut.« Sie stöhnte an meinen Lippen, legte die Arme um meinen Nacken und die Fersen auf meinen Po, um mich tief in sich zu halten.

»Das kann ich bestätigen, verdammt, bist du eng.« Und ich würde nicht lange durchhalten. Ich begann, mich zu bewegen, und Ruby kam mir mit ihren Hüften entgegen. Vor meinen Augen tanzten bereits weiße Punkte, Rubys Atem stockte, sie zitterte unkontrolliert.

Getrieben vom Drang nach Erlösung bewegte ich mich immer rascher, gleichzeitig rieb ich Rubys Klit. Sie bäumte sich auf, hielt sich erneut eine Hand vor den Mund, ehe sie sich um mich zusammenzog. Immer und immer wieder. Zu gerne hätte ich sie die ganze Zeit dabei beobachtet, aber mein Höhepunkt überrollte mich und sorgte dafür, dass ich einen Moment lang diese Welt verließ. Rubys Mitte zog sich ein weiteres Mal um mich zusammen, keuchend blieb ich auf ihr liegen. »Nur eine Minute«, murmelte ich. Hoffentlich war ich Ruby nicht zu schwer.

»Kein Problem, ich bin sowieso der Kuscheltyp.« Sie streichelte mich sanft.

Ihre Liebkosung fühlte sich wunderbar vertraut an, ich küsste sie auf die Nasenspitze. »Ich bin gleich zurück.« Ich musste das Kondom entsorgen. »Kommst du mit mir duschen?«, rief ich ihr zu, als ich schon fast aus dem Zimmer war.

»Gerne! Bei dir oder bei mir?«, fragte sie und rannte an mir vorbei die Treppe in den ersten Stock.

»Bei mir!«

Denn in meiner Schublade lagen weitere Kondome. Ich hatte noch lange nicht genug von Ruby und sie hoffentlich auch nicht von mir.

KAPITEL 15

RUBY

Sex mit Luke war genauso berauschend wie seine Küsse. Hemmungslos, alles verzehrend, ungefiltert und ein bisschen rau. So wie ich es mochte. Es fühlte sich verboten, aber auch sehr erregend an, dass Luke und ich eine geheime Beziehung führten. Gut, Beziehung war vielleicht etwas hochgegriffen, aber Affäre klang nach etwas rein Sexuellem und ich fühlte mich ihm viel verbundener. Ich verbrachte gerne meine Zeit mit ihm, mochte unser Geplänkel genauso wie die Tatsache, dass wir einander besser kennenlernten.

Als es Zeit wurde, zu Celia zu fahren, verabschiedete ich mich von Luke, stieg in meinen Wagen und hielt fünf Minuten später bereits vor Celias Villa. Ich gab den Code für das Tor in das Zahlendisplay ein, winkte in die Kamera und wartete, dass ich durchgelassen wurde.

Gleich müsste ich Lukes Mom, eine der größten Schauspielerinnen Hollywoods, täuschen. *Nichts leichter als das.* Nachdem ich vor Celias Haus geparkt hatte, straffte ich meine Schultern, nahm meine Tasche und stieg aus.

Im Haus angekommen, glaubte ich, Kenneths Stimme aus unserem Büro zu hören. Die Tür stand offen. Irritiert sah ich zurück zum Parkplatz. Stimmt, da stand ja sein Auto. Das war mir nicht mal aufgefallen. Ui, ich war ja gehörig abgelenkt.

Ich schloss die Haustür, ging gleich weiter zum Büro und klopfte, ehe ich eintrat.

»Hey, du siehst ja umwerfend aus«, begrüßte mich Kenneth überschwänglich und stand auch gleich auf, um mich zu umarmen.

Celia saß auf der kleinen Couch gegenüber seines Schreibtischs, ihr Lächeln wirkte etwas kühl.

»Du siehst sehr hübsch aus«, bemerkte sie.

»Danke, gleichfalls.« Celia sah in meinen Augen immer umwerfend aus. Das konnte durchaus an ihrer Ausstrahlung und nicht an ihrem dunkelroten Kleid mit dem weiten Rock und den Goldapplikationen liegen. Darin wirkte sie wie eine Königin.

»Das Kleid ist von *Love Your Style*. Von einem Designer aus Chicago«, antwortete ich Kenneth in einem gespielt theatralischen Tonfall, so als ob *ich* auf dem roten Teppich interviewt werden würde. »Eine Nachbarin hat mir geholfen, es anzuziehen. Ich wusste nicht, ob ich im Verkehr stecken bleiben und am Ende keine Zeit mehr haben würde, mich hier anzuziehen«, flunkerte ich. Ich zog mich sonst immer bei Celia um.

»O ja, da hattest du offenbar Glück. Gut, dass du so früh zurückgefahren bist. Auf der Interstate 5 staut sich der Verkehr bis nach Bakersfield«, stimmte mir Kenneth zu.

»O ja, da hatte ich wirklich Glück.« Auf der Interstate musste ich nur ein kleines Stück fahren, aber auch so hatte ich das Gefühl, dass Celia mich sofort durchschaute. »Was machst du hier?«, fragte ich Kenneth.

»Ich habe Celia einen Teil meiner Aufzeichnungen gezeigt. Heidi und Nicole grüßen dich. Du sollst ihnen eine Postkarte aus Europa schicken.«

»Klar, mache ich. Du wirst aber bestimmt vor mir hinfliegen.«

»Mal sehen.«

Die Haustür schlug zu. Wenig später betrat Luke unser Büro. Wie erwartet saß sein Smoking wie angegossen, und ich durfte mir nicht anmerken lassen, dass ich ihn zur Begrüßung am liebsten vernaschen wollte.

»Guten Abend.« Er nickte mir zu. Mit seiner eher

kühlen Art wirkte er sehr geschäftsmäßig. »Was habe ich verpasst?«

»Interrail«, antwortete ich prompt.

»Ja, wir planen beide, Europa per Bahn zu bereisen. Ich habe Ruby heute auf den Geschmack gebracht«, erklärte Kenneth stolz und richtete sich gleich noch mehr auf.

»Sehr schön. Mom, du siehst wundervoll aus. Der Chauffeur wartet bereits.« Luke streckte seiner Mom eine Hand entgegen, die sie ergriff.

»Danke, mein Junge. Kenneth, wir sehen uns Montag.«

»Bis Montag, es war toll heute. Danke, dass ich dich begleiten durfte«, wandte ich mich an Kenneth. Ich meinte es ernst, und so, wie sich Celias Mundwinkel nach unten bogen, gefiel ihr dieser Umstand keineswegs. Mich freute es umso mehr, weil sie dadurch nicht auf die Idee kommen würde, dass Luke und ich uns mittlerweile sehr nahegekommen waren.

»Du bist jederzeit willkommen. Viel Spaß heute Abend.«

»Danke schön.«

Kenneth und ich folgten Celia und Luke aus dem Haus, der es hinter uns verriegelte.

Celia wirkte auf der Fahrt zum Veranstaltungsort in Beverly Hills sehr nachdenklich. »Du und Kenneth versteht euch gut«, sagte Celia. Es war keine Frage, sondern eine Feststellung.

»Ja, er ist ein sehr interessanter Mann. Inspirierend. Da hast du tolle Arbeit geleistet, ihn einzustellen«, lobte ich Luke.

»Danke.« Luke wirkte jedoch sehr nachdenklich.

Es war die Wahrheit, ob Luke es wahrhaben wollte oder nicht, er hatte ein Händchen für gute Mitarbeiter. Sein Posten bei *Johnson Security* war kein Trostpreis gewesen.

»Was macht ihr im Anschluss?«, fragte Celia.

»Wir gehen tanzen. In einem Club in Hollywood«, gab Luke bereitwillig Auskunft, jedoch so unmotiviert, dass ich mir auf die Zunge beißen musste, um nicht loszuprusten.

»Darauf freue ich mich schon sehr«, unterstrich ich, was Celia mit einem wohlwollenden Nicken quittierte.

Als wir vor dem Hotel ankamen, in dem die heutige Veranstaltung stattfand, konnte Luke nicht rasch genug aussteigen. Sein Lächeln erreichte seine Augen nicht, als er zuerst mir aus dem Wagen half und danach seiner Mom. Wie immer hielten wir etwas Abstand, ließen Celia allein ins Rampenlicht treten. Soweit ich wusste, waren drei Bodyguards von *Johnson Security* vor Ort. Aber da Luke besonders konzentriert wirkte, ließ auch ich meinen Blick schweifen. War

Celia in Gefahr? Ich konnte nichts Ungewöhnliches erkennen.

»O ja, nicht wahr?«, hörte ich Celia sagen, die sich jetzt zu uns drehte. »Das Kleid ist von James Jonathan aus Boston.« Sie deutete auf mich. »Ruby, kommst du mal bitte?«

»Ich soll zu ihr gehen?« Celia hatte mich noch nie zu sich gebeten.

»O ja. Showtime«, murmelte Luke und führte mich am Ellbogen zu seiner Mom.

»Ruby, zeig einmal dein Kleid.«

Ich lächelte, drehte mich einmal um mich selbst und sah dabei keck über eine Schulter.

»Danke sehr. Ein Traum«, antwortete die blonde Reporterin. »Ich bin vom *Marie Josephine*-Magazin.« Sie zeigte auf ihr Namensschild, ließ Luke jedoch nicht aus den Augen. Dieser legte eine Hand auf meinen unteren Rücken, was jedem hier klarmachte, dass wir ein Paar waren. Das Lächeln der Reporterin gefror und meines gleich mit.

»Die beiden sind ein besonders bezauberndes Paar, nicht wahr?«, toppte Celia die ganze Angelegenheit noch.

Bevor ich es abstreiten konnte, schob Luke mich mit den Worten »Entschuldigen Sie uns« aus dem Blitzlichtgewitter. Sein Lächeln saß bombenfest, während mein Puls bis zum Hals schlug. Am liebsten hätte ich die Veranstaltung sofort verlassen, doch ich zwang mich, zu lächeln und mir mein Unwohlsein nicht anmerken zu lassen.

Celia gab weiter bereitwillig Interviews, sah jedoch davon ab, uns noch einmal zu sich zu rufen. Luke kochte vor Wut, er rührte nicht mal den Champagner an, als Celia vor der Veranstaltung mit uns anstoßen wollte. Meiner schmeckte fahl.

»Viel Spaß, ihr zwei.« Gut gelaunt verabschiedete sich Celia von uns, und Luke stellte mir kurz darauf nicht mal den Bodyguard vor, der seinen Ferrari am Hinterausgang abgestellt hatte. Der Abend war ein Reinfall. Mit ihrer kleinen Aktion hatte Celia genau das Gegenteil von dem erreicht, was sie bezweckt hatte. Dass sie sich einmischte, ärgerte mich mehr, als ich zugeben wollte.

KAPITEL 16

LUKE

»Meinst du, deine Mom ahnt etwas?«, fragte Ruby mich auf dem Weg zurück nach Santa Monica.

»Weil sie uns als *besonders bezauberndes Paar* bezeichnet hat?«, fragte ich spöttisch nach.

»Oder weil du mich intimer berührt hast, als es angebracht gewesen wäre?«

»Tut mir leid, das war ein Versehen.«

»Schon gut, hätte ich mal lieber nicht so begeistert über Kenneth gesprochen. Das war bestimmt ihre Retourkutsche.«

»Sie hat sich nicht einzumischen«, antwortete ich verstimmt. »Ich rede morgen mit ihr und mache ihr klar, dass sie mit ihren Verkuppelungsversuchen aufhören muss.«

»Danke. Ich liebe nämlich unsere Heimlichtuerei.«

»Ach ja?« Ich warf Ruby einen feurigen Blick zu, prompt begann sie, nervös auf dem Sitz herumzurutschen.

»Ja. Ich hätte es nicht für möglich gehalten. Aber es ist toll.«

»Ist deine Mom wie meine? Ruft sie dich regelmäßig an und will wissen, wann du heiratest und Kinder kriegst?«

»Nein, gar nicht. Ist Celia etwa so extrem?«

»Bis jetzt nicht. Aber was noch nicht ist, kann noch werden. Ich bin schließlich der letzte Single in der Familie.« Ich sprach »Single« mit einer so tiefen Stimme aus, als ob wir uns in einem Gruselfilm befänden.

Ruby kicherte. »Einen Moment lang war ich wirklich nervös. Aber jetzt nicht mehr.«

»Ich schon.« Ich warf ihr einen Blick zu. »Für dein Kleid brauchst du einen Waffenschein.«

»Nervös oder erregt?«

Diesen unschuldigen Tonfall kaufte ich Ruby keine Sekunde ab.

»Was glaubst du denn?« Ertappt lachte ich auf. Ruby war eine Teufelin, und ich liebte es.

»Ich glaube, dass wir kein Problem haben werden,

die Stunden zu überbrücken, bis wir zur Party fahren.«

»Ich habe andere Pläne, als mit dir ins Bett zu steigen.«

»Das Haus gehört deinem Bruder, somit nehme ich jetzt nicht an, dass wir die anderen Zimmer einweihen?«

»Nein, das können wir später bei dir machen.«

»Ich hoffe, du hältst dein Versprechen.«

Oh, das würde ich. Genauso, wie ich weiter mit Ruby flirten würde, was das Zeug hielt. Sie sah aus dem Fenster auf die Lichter der Stadt, schien einen Moment lang in Gedanken zu sein.

»Sag mal, können wir mein Auto holen? Es wäre mir lieber, wenn es bei dir stehen würde und nicht bei deiner Mom.«

»Ich kann das veranlassen.«

»Danke.«

»Gerne.«

Der Verkehr war zum Glück gnädig, sodass wir eine halbe Stunde später bereits zurück in Santa Monica waren.

»Wie hast du die Haustür von der Terrasse aus entriegelt?«, fragte mich Ruby, nachdem ich das Auto in der Garage abgestellt hatte.

»Ich kann über mein Handy alle Schlösser und auch die Alarmanlage bedienen. Wir können alle

Häuser, die von *Johnson Security* aus überwacht werden, zudem von der Zentrale aus in San Antonio steuern.«

»Sind hier Kameras installiert?«

»Natürlich, aber hier drinnen habe ich sie ausgeschaltet. Keine Angst, du bist auf keiner Aufzeichnung drauf. Dafür habe ich gesorgt.« Ich beugte mich zu Ruby, umfasste sanft ihren Kopf und strich ihr eine verirrte Strähne hinter das Ohr. »Du siehst absolut umwerfend aus.« Sie kam mir entgegen und küsste mich.

»Der Ferrari lässt keine Nähe zu«, murmelte sie an meinen Lippen und versuchte es dennoch.

»Dann lass uns hochgehen. Ich habe eine kleine Überraschung geplant. Die magst du doch.«

Sie nickte, auch wenn ich das Gefühl hatte, dass sie einen Moment gezögert hatte. Aber ihre Augen strahlten, als sie sich von mir löste und die Autotür öffnete. »Los, beeil dich.«

Ich stieg aus, wartete, bis Ruby den Wagen umrundet hatte, und streckte ihr einladend meinen Ellbogen hin, so wie vorhin. Sie fühlte sich sehr gut an meiner Seite an, das dachte ich schon länger.

Nachdem wir das Haus betreten hatten, fragte Ruby aufgeregt: »Wohin?«

»In den zweiten Stock.«

Ich ließ sie vorgehen, blieb aber dicht hinter ihr. Im

ersten Stock rief Ruby entzückt: »Wow, wo hast du denn die Teelichter her? Die sind nicht echt, oder?«

»Nein, LEDs.« Ich hatte natürlich nicht riskiert, das Haus in unserer Abwesenheit mit echten Kerzen abzufackeln.

Sie trat in den Wohnbereich. »Wow!«

Ich hatte an den Fenstern Lichterketten aufgehängt und den Esstisch feierlich mit Platztellern, Stoffservietten und silbernen Serviettenringen gedeckt. Eine einzelne rubinrote Rose steckte in einer filigranen Vase. Ich nahm sie und überreichte sie Ruby.

Rote Rosen standen für Liebe. Auch wenn das Ambiente, das ich geschaffen hatte, so wirkte, hatte ich nicht vor, Ruby eine Liebeserklärung zu machen, als ich sagte: »Die Rose ist die Königin unter den Blumen und du siehst heute genau wie eine aus.«

»Danke, ich hatte bis jetzt keine Lieblingsblume. Das ändert sich gerade.«

Ich mochte ihre roten Wangen und ihre funkelnden Augen, aber vor allem, dass sie glücklich wirkte.

»Ich fühle mich gerade ein wenig wie Cinderella.«

»Warum? Ich hoffe, du wirst um Mitternacht nicht verschwinden. Ich werde es ganz bestimmt nicht.«

»Nein, aber … keine Ahnung, der Tag heute war sehr schön. Danke.«

»Ich danke dir. So und jetzt mixe ich uns noch

kurz einen Aperitif.« Ich rieb mir auf dem Weg in die Küche die Hände. Ruby würde gleich Augen machen.

»Einen Aperitif? Kann ich helfen?«

»Ja, du musst mir noch sagen, was du auf deine Pizza möchtest, damit ich sie bestellen kann.«

»Wir essen Pizza? Yeah!« Ruby hüpfte auf und ab, was mich kurzzeitig ablenkte, denn ich wartete nur darauf, dass ihre Brüste aus der Korsage sprangen. »Entschuldige.« Sie klimperte mit den Wimpern. Offenbar war sie sich bewusst, welche Wirkung sie auf mich hatte. »Können wir eine Pizza mit allem nehmen?«

»Klar, ich bestelle eine Familienpizza. Setz dich.«

»Lass mich wenigstens die Pizza bestellen.«

»Gut, danke.«

Während Ruby telefonierte, kümmerte ich mich um den Aperitif. Ich plante einen ganz besonderen. Und zum Glück hatte ich ihn ebenfalls vorbereiten können. Passend zur Pizza wählte ich Biergläser und schenkte uns zwei voll.

Als Ruby zurückkam, stutzte sie. »Was ist das?«

»Koste und dann sag du es mir. Auf einen schönen Abend.« Ich hielt ihr mein Glas zum Anstoßen hin.

»Auf die besten Nicht-Dates, die ich jemals hatte«, ergänzte sie.

Während ich an meinem Glas nippte, beobachtete ich Ruby. Sie schnupperte zuerst am Getränk, ehe sie vorsichtig davon trank. Ihre Augen weiteten sich nach ein paar Sekunden. Sie nahm einen größeren Schluck. »Cold Brew Sangria mit weißem Tee, nicht wahr? Er schmeckt wie im Restaurant.«

»Falls du ein Glas Pinot Noir zur Pizza möchtest, kann ich auch damit dienen.«

»Klingt sehr gut. Danke.« Sie stellte ihr Glas auf dem Küchentresen ab, beugte sich zu mir und küsste mich. Dabei strich sie mir mit dem Daumen über die Wange. Zärtlich, liebevoll. Ruby schlich sich von Tag zu Tag tiefer in mein Herz. Und wenn ich ehrlich war, hoffte ich, sie würde noch lange in L.A. bleiben.

»Wollen wir uns auf die Couch setzen, bis die Pizza kommt?«, schlug ich vor.

»Sehr gerne.«

Ich stellte mein Glas auf dem Couchtisch ab und wartete, dass Ruby es mir gleichtat, bevor sie neben mir Platz nahm.

»Ein Freund hat mich heute auf eine Idee gebracht«, begann ich. »Kennst du das klassische Frage- und Antwortspiel?«

»Ja. Natürlich. Ich hoffe, ich muss nichts Verrücktes tun, wenn ich eine Frage nicht beantworten will. Oder funktioniert deine Version wie Strip-Poker?« Anzüglich wackelte sie mit den Augenbrauen.

»Auch eine Idee, eine sehr gute sogar«, antwortete

ich grinsend. »Aber in meiner Version gibt es nur Antworten. Zehn an der Zahl. Ich erzähle dir zehn Dinge von mir. Du darfst nachfragen, aber ich muss nicht darauf antworten.«

»Und ich erzähle dir zehn Dinge von mir? Und muss ebenfalls keine weitere Frage beantworten, wenn ich nicht möchte?«

»Falls du mitspielen möchtest, ansonsten kannst du auch einfach zuhören.«

»Nein, ich möchte mitspielen. Kann ich erzählen, was ich will?«

»Ja, von deiner Lieblingsblume bis zu deiner Lieblingsmusik gibt es keine Limits.«

»Nun, ich hoffe, dass ich etwas Neues über dich erfahre.« Sie nippte an ihrem Glas und wirkte dabei sehr entspannt.

»Ich habe noch nie einer Frau Blumen geschenkt, außer meiner Mom«, begann ich. Ich hatte Ruby nur eine einzelne rote Rose geschenkt, aber die hatte ich sehr sorgfältig ausgesucht.

»Weil du noch niemand so Besonderen wie deine Mom getroffen hast?«, hakte Ruby direkt nach.

»Kann schon sein.«

»Ich habe noch von keinem Mann Blumen geschenkt bekommen«, gestand Ruby.

»Nicht mal von deinem Dad?«

»Doch, stimmt, von meinem Dad schon. Er hat mir

ab und zu ein Gänseblümchen mitgebracht. Kennst du das Er-liebt-mich-er-liebt-mich-nicht-Spiel?«

Ich nickte.

»Ich wollte immer mal wieder wissen, ob er mich so lieb hat wie ich ihn. Wenn ich nach dem letzten Blütenblatt die falsche Antwort bekam, dass er mich nicht liebte, hat er immer behauptet, ich hätte aus Versehen zwei auf einmal abgezupft.« Nachdenklich strich Ruby über die Federn ihres Kleides. »Ich vermisse ihn noch immer. Nach so langer Zeit. Meine Mom hat irgendwann wieder angefangen, nach vorne zu sehen. Ich war ihr nicht böse, schließlich war sie noch so jung gewesen, als er gestorben ist. Oder ich habe einfach geahnt, dass sie niemanden finden würde, der meinen Dad ersetzen könnte. Vielleicht war ich auch deswegen so irritiert, fast wie vor den Kopf gestoßen, als sie doch jemanden getroffen hat. Oh, wie viele Antworten waren das?«

»Drei?« Zu gerne hätte ich Ruby weiterreden lassen, aber sie blockte ab, griff nach ihrem Glas auf dem Couchtisch und trank einen großen Schluck.

Ich wartete, bis sie sich wieder entspannte, um ein großes Geheimnis zu teilen: »Als ich im vorletzten Jahr auf dem College war, ist mein Dad spurlos verschwunden.«

»Was?« Sie stellte das Glas wieder ab und beugte

sich zu mir. »Für wie lange? Ich meine, sprich weiter, entschuldige, ich wollte dich nicht unterbrechen.«

»Für sieben Jahre. Er ist erst seit Anfang des Jahres wieder da. Wir hatten keine Ahnung, ob er tot ist. Er war Agent bei der NSA. Wohl sehr lange. *Johnson Security* war ein Hobby, eine Tarnung, ein Versuch, ein normales Leben aufzubauen.« Meine Stimme wechselte von verletzt zu sarkastisch. *Johnson Security* war heute die Nummer eins in Cyber-Security. Brad und Caleb hatten das erreicht. Dennoch überschattete in meinen Augen das Verhalten unseres Dads ihren Erfolg. Es überschattete alles, und ich konnte ihm nicht verzeihen. Aber ich wusste, dass ich es tun musste. Um meines eigenen Seelenfriedens willen und dem meiner Familie. Mich zurückzuziehen, würde auf Dauer nicht funktionieren.

»Das ist schrecklich. Diese Ungewissheit war doch bestimmt kaum zu ertragen.« Ruby streckte eine Hand nach mir aus und drückte meine, als ich sie ergriff. »Es tut mir so leid. Ich habe nichts gemerkt. Celia war damals nicht anders als heute. Wie kann das sein?«

»Sie hatte schon länger wieder Kontakt zu unserem Dad, aber aus Sicherheitsgründen wurden wir nicht eingeweiht.«

»Ihr habt euch nicht einmal verabschieden können, oder?«

Es war geraten, doch Ruby traf genau ins Schwarze.

»Nein, ich war damals auf dem College. Brad ist zu mir geflogen und hat mich vor vollendete Tatsachen gestellt.« Ich schüttelte den Kopf, als könnte ich damit diese Erinnerung endlich loswerden. »Es war ein guter Tag gewesen«, fuhr ich bitter fort. »Wir waren alle noch ganz high, weil wir die Brown im Baseball geschlagen hatten. Am Abend wollten wir unseren Triumph bei einem Kumpel feiern. Wir waren so euphorisch gewesen, hatten uns unbesiegbar gefühlt …«

Ich wurde vom Klingeln der Türglocke unterbrochen. »Die Pizza ist wohl schon da.« Wenn ich Rubys Mimik richtig deutete, war nicht nur ich dankbar für die Unterbrechung. Hoffentlich hatte ich mit meiner Geschichte nicht den Abend verdorben.

KAPITEL 17

RUBY

Luke sprang auf und polterte im nächsten Moment die Treppen hinunter, so als wollte er vor seinem Geständnis davonrennen. Er war wütend und verletzt, frustriert, hilflos, bestimmt auch dankbar und dennoch … Wollte auch er die Zeit zurückdrehen? So wie ich? Versuchte auch er, ein Geschehen zu korrigieren, an dem er gar nicht beteiligt gewesen war? Ich versuchte verzweifelt, Julio und seine Taten vergessen zu machen. Versuchte Luke das Gleiche mit den letzten sieben Jahren?

Wir waren uns ähnlicher, als ich gedacht hatte. War unsere Anziehung deswegen so stark? Weil wir dieselben Emotionen teilten? Logisch wäre es, gleichzeitig wusste ich jedoch, dass das nicht die volle Wahrheit war. Denn Luke besaß noch viele andere Seiten und offenbar auch die Gabe, von einer Minute auf die andere die trüben Gedanken wegzuschieben. Denn als er mit der Pizza zurückkam, wirkte er unbeschwert.

Sein Lächeln ließ mein Herz schneller schlagen. Er gefiel mir so unglaublich gut, auch weil er sich so viel Mühe gab und es nur für mich tat. Für niemanden sonst.

»Ich suche uns noch Musik aus«, beschloss ich, während Luke die Pizzaschachtel auf dem Küchentresen abstellte und nach zwei Tellern griff.

»Ich bin gespannt.«

Aus einem Impuls heraus stellte ich Jacky ein, koppelte mein Handy mit den Lautsprechern im Haus und freute mich, als Luke verdutzt rief: »Das ist ja meine Schwester.«

»Ja, du magst doch ihre Stimme. Ich finde sie fantastisch. Stell dir vor, ich war noch nie auf einem ihrer Konzerte. Umso besser, dass immer mal wieder jemand aus deiner Familie heiratet und sie dann auftritt.«

Ich nahm die vollen Teller und brachte sie zum Esstisch, während Luke mir mit zwei Gläsern Pinot Noir folgte.

»Sie ist gerade auf Tour, aber nur in Texas«, erklärte er, sobald wir uns gesetzt hatten. »Guten Appetit.«

»Guten Appetit, die Pizza sieht köstlich aus.« Ich biss ab und stöhnte im nächsten Moment auf.

Luke musterte mich mit einem verschleierten Blick.

»Tut mir leid, das Essen ist zu gut. Aber zurück zu Jacky«, wechselte ich das Thema. »Sie hat mir die Tourdaten geschickt. Ich muss sie mir nochmals ansehen, vielleicht klappt es ja nächstes Wochenende, dass ich mir einen ihrer Auftritte ansehen kann. Da wollte ich meine Freundin Anna besuchen.«

»Ist das die Freundin, die in der Nähe von Dallas lebt? Mit ihrem Sohn Oli?«

»Ja, genau. Ich wollte ihm zum Geburtstag eine Halfpipe bauen, damit er nicht extra zum Skatepark fahren muss, um zu üben.«

»Eine Halfpipe? Ich wusste gar nicht, dass du handwerklich begabt bist.«

»Du weißt einiges nicht«, flirtete ich und schickte ihm einen Luftkuss. »Aber möglicherweise ziehen sie weg. Das muss ich noch abklären und somit wohl ein wenig warten.«

»Ja, das wäre dann sicher besser. Aber falls du Hilfe brauchst …« Luke zeigte auf sich.

Er wollte mir helfen? Und dabei Anna und Oli kennenlernen?

»Danke, das ist sehr nett.« Und viel mehr, als wir

vereinbart hatten. Dennoch gefiel mir der Gedanke, Luke Anna vorzustellen. Er gefiel mehr sehr.

»Mal sehen, was ich noch erzählen könnte. Ah, ich weiß …« Er hob eine Hand und streckte den Daumen aus. »Ich habe keine Lieblingsfarbe, hatte nie ein Haustier und besitze auch keinen grünen Daumen. Darum findest du keine Grünpflanzen in meiner Wohnung«, zählte er auf.

»Das stimmt nicht. Du hast eine Lieblingsfarbe.«

»Du hast recht, grün. So wie deine Augen.«

»Ui, so romantisch.«

»Ich kann sehr romantisch sein. Ich habe auf dem College meinen Kommilitonen Tipps gegeben, wie sie Frauen beeindrucken können, und … nun ja … Liebesbriefegeschrieben.«

»Was? Warte … Moment.« Ich kaute rasch, legte das Pizzastück ab, das ich in der Hand hielt, und wischte mir den Mund mit der Serviette ab, bevor ich mich zu ihm rüberlehnte. »Sag das noch mal. Aber so, dass ich es verstehen kann.«

Er zuckte mit den Schultern, als versuchte er herunterzuspielen, was er gleich sagen würde: »Ich habe Liebesbriefe geschrieben. Aber nur den ersten. Wenn sie mehrere haben wollten, habe ich ihnen stattdessen Tipps gegeben. Ihre Beziehung sollte ja nicht auf einem Betrug basieren.«

»Eigentlich ist der erste Liebesbrief schon ein

Betrug. Außer die Jungs haben deine Hilfe gebeichtet. Aber egal, ich persönlich hätte mich auch so gefreut. Wow, das ist ja toll, dass du ebenfalls schreiben kannst.« Sofort fiel mir das Drehbuch ein, das auf Lukes Nachttisch lag. Sollte ich ihn darauf ansprechen, dass wir es zusammen umschreiben könnten? Nein, das war lächerlich. Ich verwarf den Gedanken wieder. »Übrigens, deine Lieblingsfarbe ist Rot, ob du es zugeben willst oder nicht«, sagte ich überzeugt.

»Rubinrot.« Er zwinkerte mir zu, während er zur Rose nickte, die wieder in der Vase stand.

Sie war wunderschön, mit riesigen Blütenblättern und herrlich duftend.

»Was könnte ich noch erzählen? Dass ich Pizza mag, weißt du bereits. Oh, ich habe heute zum ersten Mal Currywurst gegessen. Und gelernt, dass man für fünfhundert Dollar über dreißig Länder in Europa mit der Bahn bereisen kann.«

»Interrail, das habe ich schon verstanden.«

»Ja, aber ich werde es nicht tun.«

»Weil du für die Gärtnerei sparst?«

»Genau.« Heute fuhren meine Gefühle Achterbahn, denn ich war in gewisser Weise darüber enttäuscht, dass ich nicht wie Kenneth nach Europa reisen würde. »Die beiden Besitzerinnen der Imbissbude haben so von diesem speziellen Ticket geschwärmt. Ich kam mir vor wie eine Verliererin. Ich bin achtundzwanzig und habe noch nichts wirklich gemacht. Meine Mom war in dem Alter verheiratet, hatte ein Kind und einen Blumenladen. Die Gärtnerei hat sie sich nach dem Tod meines Dads von dem Geld seiner Lebensversicherung gekauft. Er hatte sie immer angespornt zu expandieren, aber sie hatte Angst, sich zu übernehmen. Als mein Dad tot war, hatte sie wohl nichts mehr zu verlieren.« Mir war der Appetit vergangen.

»Du konntest dich auch nicht verabschieden?«

»Nein.« Ich griff nach dem Weinglas, brauchte Alkohol für meine Nerven. Ich würde sonst was dafür geben, wenn mein Dad plötzlich wieder da wäre. Oder wäre ich so wütend wie Luke? Wahrscheinlich … und gleichzeitig unbeschreiblich erleichtert. »Hast du dich mal mit deinem Dad ausgesprochen?«

»Nein.«

»Und deine Brüder? Sind sie so wütend wie du?«

»Brad war sehr wütend. Er hatte Dad eine Teilhaberschaft angeboten, stattdessen hat er ohne eine Erklärung den Schlüssel zu *Johnson Security* von ihm bekommen. Mein Dad ist einfach gegangen.« Lukes Kiefer mahlte, als er mir die Geschichte erzählte. »Nachdem Dad zurück war, ist Brad mit ihm in den Boxring gestiegen. Hat wohl funktioniert, seine Wut loszuwerden. Am Ende hat Brad unseren Dad wieder eingestellt. Er wäre dumm gewesen, es nicht zu tun, denn Dad ist top ausgebildet und besitzt Kontakte, von denen wir nur träumen können.«

»Und die anderen?«

»Waren wohl einfach froh, dass er zurück ist. Hazel liebt ihren Großvater und somit ist zum Beispiel für Gavin der Rest nicht wichtig.«

»Hast du deswegen zugestimmt, bei *Johnson Security* zu arbeiten? Weil du die anderen nicht enttäuschen wolltest? Du dich verpflichtet gefühlt hast? Wobei ich nicht gelogen habe, du besitzt eine tolle Menschenkenntnis. Oder du hast ausgezeichnete Mitarbeiter, denn die Bodyguards, Chauffeure und selbst Kenneth sind diskret, zuverlässig und kompetent. Ich kann das neidlos anerkennen.«

»Danke, nur wie gesagt war es bloß eine Notlösung.«

»Das finde ich nicht. Aber wir müssen auch nicht derselben Meinung sein.«

Luke kommentierte es nicht weiter. Im Hintergrund sang Jacky einen meiner Lieblingssongs von ihr. »Ich liebe das Lied *My Man*. Vor allem auch das Duett mit Tom Kane. Ein echter Rockstar. Er ist aus Texas, oder?«

»Genau. Du bist aber kein Fan. Er passt nicht zu deiner Vorliebe für Grunge und französische Chansons«, folgerte Luke richtig.

»Das stimmt. Ich erkenne jedoch Talent. Und Jacky und Tom sind musikalisch ein Traumpaar.«

»Vander hat jahrelang für ihn gearbeitet.«

»Ja, ich weiß.« Vander war auch ein toller Bodyguard und Mensch. Und Luke hatte ihn eingestellt, doch darauf wies ich ihn nicht hin.

»Sag mal, beeindrucken dich die Hollywoodstars wirklich nicht?«, fragte er mich.

»Nein, eigentlich nicht.«

»Weder die, die bei Mom ein und aus gehen, noch die, die wir bei den Veranstaltungen treffen?«

»Nein, wirklich nicht. Ich mag gute Geschichten, aber ich mag auch gute Musik. Und leckeres Essen. Ich bewundere harte Arbeit, Höflichkeit und Loyalität. All das hat nichts mit Ruhm oder Geld zu tun.«

Luke nickte und legte ebenfalls sein Besteck zur Seite. Wo war er in Gedanken? Bei seinem »neuen« Job? Er wäre bestimmt gut darin, einen Film zu produzieren. Ich wünschte, ich hätte ihn mal vor der Kamera gesehen. Wenn er in einen fremden Charakter schlüpfte. Ich war mir sicher, er würde mich umhauen.

»Was wolltest du eigentlich mit deinem Studium anfangen? Finanzwesen, Französisch und Film. Das klingt fast so, als ob du selbst einen Film hättest produzieren wollen.«

»In Paris … ja, vielleicht. Nur hat sich die Frage nie

gestellt.« Celia hatte mir jedoch genau das angeboten. Und jetzt hätte ich die Chance, mit Luke zu arbeiten. Ich musste dennoch ablehnen und war mir nicht sicher, ob ich eine Närrin war, auf diese Chance zu verzichten. Ich wollte Luke aber noch etwas anderes erzählen. »Ich hatte ja vorhin erwähnt, dass meine Mom jemanden kennengelernt hat.«

»Ja, ich erinnere mich.«

»Nun, als ich im vorletzten Collegejahr war, ist sie auf einen Heiratsschwindler reingefallen. Julio aus Florida. Er hat sehr wahrscheinlich einen falschen Namen benutzt, und wer weiß, wo er tatsächlich lebt. Dieser Julio hat meine Mom dazu gebracht, nach Florida ziehen zu wollen, alles zu verkaufen, was sie besitzt, und das Geld in ein Immobilienprojekt zu investieren. Als meine Mom in Fort Lauderdale ankam, war weit und breit kein Julio und auch kein Immobilienprojekt zu finden. Einfach nur leeres Land. Er hat sie reingelegt. Sie hat nie mehr etwas von ihm gehört.«

»Das heißt, dieser ›Julio‹ konnte nie gefunden und für seinen Betrug belangt werden?«

»Nein.«

»Was weißt du noch über ihn?«

»Offenbar haben sie nur Fotos ausgetauscht, keine Videos.«

»Hast du ein Foto von ihm?«

»Klar, meine Mom hat es mir geschickt. Es gehört zu einem Lehrer aus Mexiko-Stadt. Mit der Bildersuchfunktion war er ganz leicht zu finden.«

»Ich kann ein paar Nachforschungen anstellen. Obwohl der Betrug bereits eine Weile zurückliegt, gibt es sicher noch andere Opfer, die von Julio geschädigt worden sind.«

»Musst du dazu meine Mom befragen?«

»Ja, das wäre ganz hilfreich.«

»Nein, dann besser nicht. Sie war sehr enttäuscht, obwohl sie versucht hat, es zu überspielen.« Sie hatte sogar behauptet, erleichtert zu sein, dass sie jetzt wieder von vorn anfangen könnte. Das war doch totaler Unsinn, als ob ich ihr das jemals glauben könnte. »Das Geld bekommen wir nie wieder. Da mache ich mir keine Illusionen.«

Da Luke ebenfalls satt war, begann ich, den Tisch abzuräumen.

»Schickst du mir trotzdem sein Foto und das Social-Media-Profil deiner Mom?«

Das erledigte ich sofort.

»Wie viel Geld hat deine Mom verloren?«, fragte er nach, als er alles bekommen hatte.

»Fast eine halbe Million Dollar.«

Luke pfiff durch die Zähne.

»Es war nicht nur die Gärtnerei. Der Verkaufspreis lag bei meiner letzten Anfrage bei knapp hundertsechzigtausend. Sondern es waren auch Wertpapiere von meinem Dad, die über die Jahre einen schönen Gewinn abgeworfen haben. Ihr Haus hatte sie auch zum Verkauf angeboten, aber nicht sofort einen Käufer dafür gefunden. Zum Glück.« Sonst hätte sie am Ende wirklich ohne einen Cent dagestanden.

»Hundertsechzigtausend Dollar für eine Gärtnerei?«

»Ja, ich weiß.« Müde rieb ich mir die Stirn. »Sie ist überhaupt nicht so viel wert, sondern das Grundstück. Und was das angeht, habe ich den Fehler gemacht, es zu verzweifelt haben zu wollen. Der jetzige Besitzer hat das bemerkt und mich in der Hand. Er weiß ganz genau, dass ich das Geld irgendwie zusammenbekommen werde, und wartet einfach ab. Oder auch nicht. Das letzte Mal hat er gesagt, er überlegt sich, alles an einen Immobilienspekulanten zu verscherbeln.«

»Ein Bluff?«

»Ich vermute es.«

»Weiß deine Mom, dass du für *Janis & Ruby Flowers* sparst?«

Ich schluckte und schüttelte den Kopf. »Nein.«

»Wieso nicht?«

»Weil ich am Anfang nicht abschätzen konnte, wie lange ich sparen muss. Ich habe zuerst als Analystin im Finanzwesen gearbeitet. Aber da war ich frisch vom

College, ein unbeschriebenes Blatt. Es gab zu viele von uns, die rasch Karriere machen wollten, und das bedeutete, dass Achtzig-Stunden-Wochen ganz normal waren. Ich habe es nicht ausgehalten. So gerne fertige ich dann doch keine Hochglanzheftchen an.«

»Kann ich verstehen. Wie kamst du auf die Idee, dich bei meiner Mom zu bewerben?«

»Über einen Bekannten. Und da mich die Filmbranche interessiert, vor allem Drehbücher, war es eine gute Entscheidung.« Eigentlich. »Erzähl mir mehr über die Liebesbriefe. Hast du auch Leute verkuppelt? So wie deine Mom es bei uns versucht?«, lenkte ich die Aufmerksamkeit zurück auf Luke.

»Das war auf dem College nicht nötig. Allerdings …« Er räusperte sich, als er unsere leeren Weingläser zur Spüle trug. »Ich habe Gavin und seine erste Frau zusammengebracht.«

»Sie war Polizistin.«

»Ja. Und leider war sie zur falschen Zeit am falschen Ort.«

»Ich hoffe, du machst dir keine Vorwürfe.«

Ich könnte schwören, dass Luke es doch tat. Das war absoluter Unsinn, er konnte nichts dafür, dass sie im Dienst erschossen worden war. Leider war zu dieser Zeit auch sein Dad verschwunden gewesen. Das war ganz bestimmt nicht einfach für ihn gewesen. Ich begann Luke besser zu verstehen.

Es erstaunte mich immer weniger, dass keiner von uns beiden je eine längere Beziehung eingegangen war, wir uns aber nach dem ersten Nicht-Date in Rekordzeit aufeinander eingelassen hatten.

Wir gingen miteinander kein Risiko ein. Das machte den ganzen Unterschied. Keiner von uns stellte an den anderen irgendwelche Erwartungen. Dazu passte auch Lukes Spiel, in dem es darum ging, zehn Dinge über sich zu erzählen, und dass er nicht gefordert hatte, dass ich mich ihm ebenfalls öffnete. Es spielte keine Rolle. Womöglich war es mir genau aus dem Grund so leichtgefallen, ihm von Julio zu erzählen. Bisher hatten nur Anna und ich davon gewusst, wie übel er meiner Mom mitgespielt hatte.

Wir hatten noch Zeit, bis wir zur Party fuhren, aber ich hatte erst einmal genug geredet. Jetzt wollte ich etwas anderes tun. Nachdem wir das Esszimmer und die Küche fertig aufgeräumt hatten, öffnete ich die Kette um meinen Hals. Ich musste danach nur die Schleife an meinem Rücken aufziehen und den Reißverschluss auf der Seite und das Kleid würde herunterrutschen.

Ich warf Luke einen auffordernden Blick zu und verließ den Raum in der Hoffnung, er würde mir folgen. Als ich ihn hinter mir hörte, spürte ich bereits, wie meine Haut zu kribbeln begann. Mein Ziel war Lukes Schlafzimmer. Dort stellte ich mich ans Fenster.

Nur der Mond erhellte das Zimmer, ich hatte kein zusätzliches Licht gemacht. Ich wartete und schloss dabei die Augen, um meine anderen Sinne zu schärfen. Die Vorfreude auf Luke beschleunigte meinen Puls. Meine Lippen wurden bereits trocken und ich konnte kaum stillhalten.

Ich glaubte, ihn hinter mir zu hören, aber ich war mir nicht sicher. Ich wartete und wusste plötzlich, dass er bereits hinter mir stand. Ein Schauder erfasste mich, dabei hatte er mich noch gar nicht berührt. Luke ließ mich weiter warten, bis ich von einem Fuß auf den anderen trat, meine Hände lockerte und tief durchatmete. Die Spannung war kaum zu ertragen. Meine aufgestellten Nippel drückten unangenehm gegen den integrierten BH. Ich hätte das Kleid am liebsten ausgezogen. Doch ich übte mich in Geduld.

Als Luke meine Schultern federleicht berührte, biss ich mir auf die Unterlippe, um nicht laut aufzustöhnen. Mit einer Hand umfasste er sanft meinen Nacken, mit der anderen fuhr er meine Wirbelsäule entlang. Mein Atem stockte, als er meinen Nacken küsste, dann schlang er einen Arm um meinen Körper und legte eine Hand auf meinen Bauch.

Luke hatte wohl die Schleife am Rücken geöffnet, denn auf einmal saß mein Kleid viel lockerer. Im nächsten Moment glitt es in einer fließenden Bewegung zu Boden. Ich ergriff Lukes Hand und trat aus dem Kleid heraus. Luke war noch vollständig bekleidet, ich hingegen trug bloß ein Spitzenhöschen und hohe Sandalen. Somit war ich groß genug, um Luke bequem zu küssen, während ich sein Hemd aufknöpfte. Ich fand es ungemein erotisch, uns im Halbdunkel auszuziehen. Doch immer mal wieder schob sich eine Wolke vor den Mond und ich konnte fast nichts mehr erkennen, sondern bloß Lukes Atem und seine Hände auf meiner Haut spüren. Mir war heiß und gleichzeitig erfasste mich immer wieder ein Schauder. »Jedes Mal, wenn ich denke, ich brauche kein Vorspiel, lassen wir uns extra viel Zeit.«

»Es gefällt dir«, behauptete Luke, bevor er mir sanft ins Ohrläppchen biss.

»Genau so, wie es dir gefällt.« Ich öffnete den letzten Knopf, küsste ihn gleichzeitig auf die Brustmuskeln. Unglaublich, wie gut er roch und sich sogar noch besser anfühlte. Ich wurde nicht müde, ihn zu berühren.

Wir tanzten miteinander, fiel mir auf. Statt zur Musik taten wir es zu unserer Lust. Wir berührten und küssten uns, bis mir schwindelig wurde. Denn wir ließen wohl beide absichtlich zwei wichtige Zonen aus. Ich fasste seine ausgewachsene Erektion nicht an, er ließ dafür meine pochende Mitte komplett links liegen. Doch irgendwann fiel das letzte Kleidungsstück und Luke war nicht mehr in der Lage, noch länger zu warten.

Er ergriff meine Hand, führte mich zum Bett und forderte mich auf, mich hinzulegen. Die Nachttischschublade knarzte, als Luke sie öffnete. Das Rascheln der Kondomverpackung steigerte meine Lust weiter. War Luke so erregt wie ich? Ich dachte, ich würde zerspringen, sobald er mich berührte. Gleichzeitig konnte ich es kaum erwarten, und Luke enttäuschte mich nicht.

Er legte sich auf mich, stützte sich auf einen Arm auf, während er mit seiner freien Hand seine Schwanzspitze führte und über meine feuchte Mitte gleiten ließ. Hier musste ich nicht leise sein und so stöhnte ich hemmungslos auf, als Luke wenige Zentimeter in mich eintauchte, sich etwas zurückzog und das Ganze wiederholte.

»Ich liebe es, wie du dich anfühlst. Aber ich befürchte, ich werde nicht lange durchhalten«, wisperte er an meinem Ohr.

»Macht nichts«, presste ich hervor und spürte bereits, wie sich meine Beine verkrampften. Ich war schon so nahe an meinem Höhepunkt, wie ich es nicht für möglich gehalten hätte.

Während Luke an meinem Ohrläppchen knabberte, tauchte er abermals ein paar Zentimeter in mich ein, bevor er sich wieder komplett zurückzog. Er neckte mich immer und immer wieder. Doch dann versenkte er sich endlich komplett in mir, ehe er sich kraftvoll in mir zu bewegen begann. Ich kam ihm entgegen. Meine Nerven waren bereits zum Zerspringen gespannt. Wir jagten beide unseren Höhepunkt.

Als ich ihn in mir pulsieren spürte, zog sich meine Mitte zusammen. Luke erzitterte, unser Stöhnen mischte sich. Alles drehte sich, weiße Blitze tanzten vor meinen Augen und mir entwich mit einem Mal alle Kraft. Lukes Atem kitzelte mich am Ohr, als er neben mir zu liegen kam. Statt sich gleich zurückzuziehen, legte er beide Arme um mich und zog mich dicht an seine Brust.

»Kuscheln nicht vergessen«, murmelte er so leise, dass ich dachte, er würde im nächsten Moment einschlafen.

»Es gehört dazu«, bestätigte ich und platzierte einen Kuss auf seinem Bizeps. Er war ein Traummann, Luke war *mein* Traummann. Ich hätte ewig hier liegen können.

»Ich werde meiner Mom zusagen, allerdings mit einer Probezeit«, hörte ich Luke plötzlich sagen.

»Was?« Ich richtete mich auf und griff zum Lichtschalter der Nachttischlampe. Panik schwang in meiner Stimme mit. Luke musste sie herausgehört haben, denn er setzte sich auf, griff nach meiner Hand und verschränkte seine Finger mit meinen.

»Ich werde nicht dein Chef, keine Angst. Wir finden eine andere Lösung. Und ich zwinge dich auch nicht, zu bleiben. Aber du wirst mehr Verantwortung übernehmen müssen, bis du gehst.« Er deutete mit dem Kopf zum Stapel Skripte auf seinem Nachttisch.

»Ich glaube nicht …«

»Es wird funktionieren. Du verpflichtest dich zu nichts, außer Spaß an der Arbeit zu haben. Aber das sollte kein Problem sein, oder?«

»Nein, natürlich nicht«, bestätigte ich. »Wieso möchtest du denn hierbleiben?« Tat er es wegen uns? Es gab kein Uns.

»Es ist meine Chance auf einen Neuanfang. Hier fühle ich mich frei. Es ist nicht dasselbe Gefühl wie mit einundzwanzig, dafür ist in der Zwischenzeit zu viel passiert, aber es ist das erste Mal, dass ich wenigstens in die Nähe davon komme. Allein aus diesem Grund kann ich nicht ablehnen.«

Ich verstand Luke, doch er irrte sich. Er musste sich mit seinem Dad aussprechen, womöglich auch den Verlust seiner Schwägerin noch besser verarbeiten, denn sonst würde er nicht das finden, was er suchte. Nur lag es nicht an mir, ihn darauf hinzuweisen. Außerdem war ich mir sicher, dass Luke all das längst wusste.

KAPITEL 18

RUBY

Ich wachte davon auf, dass mich das Morgenlicht kitzelte. Wie spät war es? Statt die Augen zu öffnen, kuschelte ich mich an den warmen Körper neben mir. Wie lange hatte ich nicht mehr so eng umschlungen geschlafen? Ich hatte es vermisst. Moment … wir waren eingeschlafen? Ich blinzelte. Als ich halbwegs wach war, löste ich mich vorsichtig aus Lukes Umarmung. Er lächelte im Schlaf und wirkte dabei so friedlich und jung, sorglos. Am liebsten würde ich ihn mit einem Kuss wecken. Aber ein Blick auf seinen Wecker und ich beschloss, es nicht zu tun. Es war erst kurz vor sieben. Stattdessen stand ich auf, schnappte mir Lukes Hemd von gestern Abend und tapste leise in das Gästezimmer, um dort das Bad zu benutzen. So schlimm, wie ich befürchtet hatte, sah ich zum Glück nicht aus. Abschminktücher hatte ich dabei. Frische Unterwäsche hatte ich in weiser Voraussicht ebenfalls eingepackt. Ich bürstete mir auch gleich die Haare und putzte mir die Zähne.

Was nun? Sollte ich schon Frühstück machen? Oder Luke ausschlafen lassen? Er hatte mir nichts von irgendwelchen Terminen an diesem Sonntagmorgen erzählt. Also ließ ich ihn schlafen und entschied, in der Zwischenzeit zu lesen. Zurück in Lukes Zimmer nahm ich vorsichtig den Stapel Drehbücher vom Nachttisch. Luke rührte sich nicht, obwohl ich für meinen Geschmack viel zu laut war.

Im Wohnzimmer setzte ich mich auf das Sofa. Die Fan-Fiction, die obenauf lag, legte ich beiseite und widmete mich stattdessen dem Skript darunter. Es handelte sich um eine klassische Liebesgeschichte, genauer um eine Zufallsbegegnung im Flugzeug. Darauf folgte eine gemeinsame Woche in Paris und das Versprechen, sich in einem Jahr wiederzusehen. Mir gefiel nicht, dass der Hauptdarsteller diese Masche offenbar immer wieder abzog. Ich verstand nicht, warum er das tat. Und dass er es witzig fand, machte ihn mir noch unsympathischer als ohnehin schon. Natürlich traf er im Verlauf der Geschichte auf seine Traumfrau … und so weiter und so fort. Ich legte das Skript beiseite.

Das nächste beschrieb ein Drama ähnlich dem von Romeo und Julia, es konnte mich nicht überzeugen. Das dritte war eine Reise zu sich selbst. Eine junge Frau begab sich mit dem Tagebuch ihrer Großmutter auf die Suche nach deren Jugendliebe. Frustriert legte ich auch dieses Skript weg.

»Hey, du arbeitest?« Luke kam nur in Boxerbriefs gekleidet ins Wohnzimmer.

»Ich dachte, ich mache mich nützlich, bis du aufwachst. Habe ich dich doch geweckt?«

»Nein. Normalerweise stehe ich sogar früher auf.« Luke beugte sich zu mir herunter und küsste mich. Sein Atem schmeckte nach Pfefferminz.

»Die Nacht war kurz.«

»Und dein Lächeln gefällt mir viel besser als die gekrauste Stirn.« Er strich über die Falte, die sich auf meiner Stirn gebildet haben musste. »Es liegt nicht an den Linsen.«

Nein, ich trug meine Brille, denn ich hatte die Linsen mitten in der Nacht noch rausgenommen. Aber auch so wäre mir Lukes liebevoller Blick nicht entgangen, selbst wenn mich sein halb nackter Körper gehörig ablenkte. »Du hast kaum was an.«

Er nahm die Skripte vom Sofa und legte sie auf den Couchtisch, bevor er mir die Brille abnahm und sie ebenfalls in Sicherheit brachte. Danach nahm er neben mir Platz und zog mich auf seinen Schoß. »Ich mag es, wenn du nur mein Hemd trägst.«

»Weil es mir zu groß ist und du ungehindert deine Hände darunter schieben kannst?«

»Wenn du mich so nett einlädst, kann ich nicht Nein sagen.« Ein schelmisches Lächeln umspielte seinen Mund, als er mich absichtlich falsch verstand und im nächsten Atemzug bereits meine Brüste massierte. Aber eigentlich hatte er alles richtig verstanden, denn ich liebte es, wenn Luke mich berührte. Ich drohte bereits zu zerfließen, zumal Luke genauso erregt war wie ich.

»Ich sollte meinen Slip ausziehen, ich habe nur diesen einen als Ersatz mit«, raunte ich und knabberte an Lukes Ohrläppchen. Als Antwort knurrte er leise.

»Huch.« Dass er mit mir im Arm aufstehen würde, hatte ich nicht erwartet. Er trug mich zurück in sein Schlafzimmer, setzte mich auf dem Bett ab und zog mir auch gleich das Hemd aus. Noch während er ein Kondom holte, schlüpfte ich aus meiner Unterwäsche. Dass Luke mich küsste, als er sich wenig später zu mir legte, hatte ich erwartet. Aber nicht, dass ich dachte, dass er sich noch besser anfühlte als das letzte Mal.

Meine Gefühle für Luke wuchsen rasant. Bestimmt war es kein guter Zeitpunkt, ihm zu sagen, dass ich mich in ihn verliebt hatte, selbst wenn ich es kaum für mich behalten konnte.

»Du denkst wieder zu viel.« Er küsste mich sanft.

»Ich kann gar nicht anders.«

»Das macht nichts, ich werde dich einfach immer wieder ablenken.«

O ja, denn das konnte Luke wirklich sehr gut. Nicht nur die ganze Nacht, sondern auch den halben Morgen. Wir verließen sein Bett erst, als mein Magen knurrte. »Ich geh Frühstück machen.«

»Ich komme gleich.«

Während Luke im Bad war, schnappte ich mir meinen Slip und ging mich in meinem Zimmer anziehen. Das Shirt und die Shorts von gestern mussten noch einmal herhalten.

Ich schlug bereits ein paar Eier auf, als Luke in T-Shirt und Jeans in die Küche kam.

»Was ist mit den Skripten? Hat dich eines davon überzeugt?« Er nickte zum Stapel, der auf dem Couchtisch lag.

»Nein, nicht auf Anhieb.« Früher hätte ich Luke bereits eine Liste an positiven und negativen Punkten herunterrattern können, aber ich merkte, dass mich die Geschichten nicht interessierten. Sie waren fiktiv, ich wollte selbst etwas erleben. Es waren nicht nur die wenigen Stunden gestern mit Kenneth gewesen, es lag vor allem auch an Luke, dass ich mich plötzlich so lebendig fühlte. Als ob ich wiedererwacht wäre. Mein Leben davor war nicht schlecht gewesen, aber eben auch nichts Besonderes. Ich hatte mir die letzten Jahre kaum etwas gegönnt, darum waren mir die Kleider, die Celia mir geschenkt hatte, auch die ganze Zeit so verschwenderisch vorgekommen. Sie lägen auch im Normalfall nicht in meiner Preisklasse. Aber die Spanne zwischen sich gar nichts gönnen und verschwenderisch zu sein war groß. Ich durfte mir ab und zu etwas gönnen und Spaß zu haben musste nichts kosten.

»Wir haben die Party verpasst. Wir können sie gerne nachholen«, bot Luke an.

»Das würde mir gefallen.«

Einfach Zeit mit ihm zu verbringen, gefiel mir. Dennoch verabschiedete ich mich nach dem Frühstück. Luke sah mir auch dieses Mal hinterher, bis ich aus seinem Blickfeld verschwand. Mein Lächeln begleitete mich den ganzen Weg nach Hause.

LUKE

Nachdem Ruby weg war, fuhr ich zu meiner Mom. Es wurde Zeit, ein paar Dinge zu besprechen. Danach würde ich Caleb bitten, Nachforschungen über diesen Julio anzustellen. Wäre doch gelacht, wenn wir Ruby nicht würden helfen können.

Ich fand Mom im Garten ihres Hauses. Mein Dad war bei ihr. Ich hatte keine Ahnung gehabt, dass er herfliegen wollte, und ich konnte nicht behaupten, dass ich ihn sehen wollte.

Aber einfach wieder zu gehen, war nicht meine Art. Also atmete ich durch und vergrub meine Wut wieder tief in mir. Meine Mutter entdeckte mich durch die bodentiefen Fenster und winkte.

Ich trat nach draußen. »Mom, ich wollte dich sprechen. Aber ich kann auch später wiederkommen.«

»Was redest du denn für einen Unsinn? Möchtest du einen Kaffee? Oder ein Glas Zitronenwasser?« Der Krug stand auf dem Gartentisch. Genauso wie eine Platte mit Früchten und ein Stapel Drehbücher.

Ich schenkte mir ein, bevor ich meiner Mutter in ruhigen Worten erklärte: »Ich würde dein Angebot gerne annehmen, mit einer Bedingung: Ich möchte eine Probezeit.«

»Warum nicht. Sagen wir vier Wochen?« Meine Mom wirkte sehr zufrieden, während mein Dad mich mit undurchdringlicher Miene musterte. Was dachte er jetzt? Dass ich einen Fehler beging? Dass ich meine Brüder im Stich ließ? Es sollte mir egal sein, aber das war es nicht.

»Das sollte reichen.«

»Kenneth hat mir einen Stapel Drehbücher für eine Zweitmeinung dagelassen. Möchtest du ein paar mitnehmen?« Meine Mom trat näher, das Glitzern in ihren Augen war nicht zu übersehen. Sie liebte eine gute Geschichte. Ich eigentlich auch. Früher. Bevor ich mich komplett auf *Johnson Security* eingelassen und fortan nur noch Bewerbungen und Motivationsschreiben gelesen hatte.

Dass ich zögerte, wertete meine Mom wohl als Zustimmung, denn sie verkündete: »Sehr gut, ich hole den Stapel, wir können sie gleich zusammen durchgehen. Du nimmst die mit, die dich am meisten interessieren.« Ohne eine Antwort von mir abzuwarten, machte sie auf dem Absatz kehrt und rauschte zurück ins Haus.

So blieben nur Dad und ich zurück.

»Du denkst, ich mache einen Fehler, oder?«

»Ich denke, du lässt dich von deiner Wut und Enttäuschung auf mich lenken. Ich kann es verstehen.« Er wirkte ganz ruhig, während meine Emotionen innerlich hochkochten.

»Schrei mich an, wenn es dir hilft. Oder wir steigen zusammen in den Boxring.«

»Du glaubst ernsthaft, wenn wir uns prügeln, wird alles gut?! Dann werden die letzten Jahre ausradiert, als wären sie nie geschehen?!« Meine Kiefer mahlten so stark, dass ich mir wahrscheinlich Sorgen darum machen sollte, dass meine Zähne sich bis auf die Wurzeln aneinander abschliffen, wenn ich nicht damit aufhörte. Aber verdammt, kapierte Dad denn nicht, dass wir ihn gebraucht hatten? Dass *ich* ihn gebraucht hatte? »Es spielt keine Rolle. Was passiert ist, ist passiert.«

»Natürlich spielt es eine Rolle. Ich kann nichts ungeschehen machen. Aber ich möchte, dass du weißt, wie stolz ich auf dich bin. Auf jedes meiner Kinder. Ihr habt aus meiner Firma die beste Version gemacht, die ich mir hätte vorstellen können. Ihr seid zu tollen Menschen geworden, obwohl ich es euch schwer gemacht habe.« Er trat einen Schritt näher.

»Nein, du verstehst gar nichts! Es spielt keine Rolle, weil du alles, was wir hatten, kaputt gemacht hast! Jede schöne Erinnerung wird für immer davon überschattet sein, dass wir sieben Jahre lang keine Ahnung hatten, ob du tot bist. Weißt du, was das für ein Gefühl ist, keinen Abschluss zu finden? Es zerreißt dich innerlich. Und dann passiert das Schrecklichste, was du dir vorstellen kannst, und jemand, der dir nahe steht, stirbt. Und da ist immer wieder diese eine Frage, die scheinbar niemand beantworten kann: Lebt er noch oder ist er tot?« Ich stand mittlerweile so dicht vor meinem Dad, dass ich jede Falte in seinem Gesicht deutlich sehen konnte. Genauso wie das Bedauern in seinen hellen Augen.

»Ich habe euch nie allein gelassen, Luke. Keine

Sekunde. Aber ich konnte nicht riskieren, dass euch etwas passiert. Das hätte *ich* nicht verkraftet.«

Alles zum Wohle des Vaterlandes. Bestimmt hatte mein Dad in seiner Laufbahn Dutzende von Leben gerettet. Und ich verstand auch, dass wir, seine Kinder, seine Familie, seine größte Schwachstelle gewesen waren. Und dennoch war ich egoistisch und wünschte mir einen ganz normalen Dad.

»Ich liebe dich, Luke. Ich würde mein Leben für dich geben. Ich hoffe, das weißt du.«

Ich drehte mich weg. Wollte nicht, dass mein Dad meine Tränen sah, die ich versuchte zurückzudrängen.

»Es tut mir leid. Vielleicht kannst du mir ja eines Tages verzeihen.«

Das tat ich bereits, auch wenn ich noch immer wütend sein wollte. Aber so funktionierte ich nicht. Egal, wie verletzt ich war, ein großer Teil von mir suchte die Harmonie. Und dass mein Dad wohlbehalten wieder zurückgekehrt war, war ein Geschenk. Ruby hatte ihren Dad für immer verloren, ich hatte eine zweite Chance bekommen. Ich gab mir einen Ruck.

»Dad?«, hielt ich ihn auf, als er bereits an der Tür war, die ins Haus führte.

»Ja?«

»Ich … ich suche jemanden. Vielleicht kannst du mir dabei helfen.«

»Natürlich.« Hoffnung und Erleichterung. Ich erkannte sie deutlich in Dads Lächeln.

»Es handelt sich um einen Heiratsschwindler«, fuhr ich fort. »Der einzige Fall, den ich kenne, liegt sechs oder sieben Jahre zurück. Er hat sich als Julio aus Florida ausgegeben. Ich habe ein Foto, das natürlich nicht echt ist. Das Opfer hat Geld in ein fiktives Immobilienprojekt gesteckt. Mehr weiß ich nicht.«

»Nicht gerade viel, aber ich höre mich mal ein wenig um. Die Masche ist ja nicht unbekannt und bestimmt wurde mehr als eine Person geschädigt. Wie hat er seine Opfer gefunden?«

»Über Social Media.« Janis' Profil bestand noch. Ich hatte es bereits überprüft. »Ich schicke dir die Daten. Es ist wichtig, dass du es für dich behältst.«

»Gut.«

Mein Dad wartete, dass ich ihm das Profil weiterschickte. Es dauerte nicht lange, bis sich seine Augen weiteten. Die Verbindung zwischen Janis Denver und Ruby herzustellen, war nicht weiter schwer.

»Um wie viel Geld handelt es sich?«

»Etwa eine halbe Million Dollar.«

»Es wird nicht leicht werden, ihn zu finden, und selbst dann müssen wir ihn erst noch überführen. Das Geld wird wahrscheinlich weg sein. Einen Betrüger zu betrügen ist keine Option, auch wenn wir für die

Geschädigte damit ein zufriedenstellendes Resultat bewirken könnten.«

»Ja, ich weiß.« Julio eine halbe Million Dollar abzuluchsen und es Ruby zu geben, war eine Straftat, die keiner von uns begehen würde. Dennoch wollte ich, dass Julio gefasst wurde.

»Gut, ich melde mich, wenn ich etwas habe.«

»Danke.«

Mein Dad verabschiedete sich, bestimmt würde er gleich seine alten Kontakte anrufen. Es dauerte nicht lange, bis Mom in den Garten zurückkam.

»Hast du das Skript gelesen, das Ruby markiert hatte?«

»Das mit der Fan-Fiction-Geschichte? Ja, habe ich.«

Und es machte einen großen Unterschied, dass ich sie jetzt besser kannte. Denn sonst hätte ich nicht so herzhaft gelacht, als ich vom Hockeyspieler und seiner Agentin gelesen hatte.

Meine Mom wusste nicht, dass ich plante, mit Ruby ein Spiel ihrer Lieblingsmannschaft zu besuchen. Und wenn ich ehrlich war, sollte es ein echtes Date sein, denn ich hatte mich in Ruby verliebt. Wohl schon vor einer Weile, doch jetzt konnte ich es mir auch eingestehen.

»Den Drehbuchautor laden wir auf jeden Fall ein. Er wollte unsere Aufmerksamkeit, jetzt hat er sie und muss beweisen, was er kann. Und mal sehen, wie er auf Rubys Anmerkungen reagiert. Ich bin mir sicher, ihr werdet ein gutes Team sein.«

Meine Mom hatte keine Ahnung, dass ich ihre Aussage nicht nur prompt unterschreiben würde, sondern dass sie sich genauso auf mein Privatleben bezog. Aber da Ruby vorhatte wegzuziehen, war ich mir nicht sicher, ob ich ihr meine Gefühle für sie gestehen wollte.

KAPITEL 19

RUBY

Der Sonntag verging wie im Schneckentempo. Mein Haus hatte ich bereits vor einer Woche von oben bis unten geputzt. Die kleine Rasenfläche hinter dem Haus, die einen winzigen Garten darstellen sollte, brauchte nicht gemäht zu werden. Und nochmals zurück an den Strand zu fahren, ergab keinen Sinn. Ich könnte Anna anrufen, doch ich kannte bereits ihren Rat: Rede mit Luke, rede mit deiner Mom und überlege dir, was du tun möchtest.

Was wollte ich wirklich tun? Reisen? Mit Luke *Jacob Productions* führen? Oder etwas ganz anderes? Ich saß gefühlt eine Stunde auf meinem Sofa und starrte ins Leere. Was Luke wohl gerade machte? Wäre es sehr aufdringlich, wenn ich jetzt schon wieder anrief? Nicht, um ihm zu sagen, dass ich mich in ihn verliebt hatte, sondern weil ich einfach seine Stimme hören wollte. »Oh, Ruby.«

Stattdessen suchte ich die Nummer meiner Mom heraus. Bei ihr war es bereits früher Abend. Hoffentlich war sie zu Hause.

»Ruby, das ist ja eine nette Überraschung«, begrüßte sie mich erfreut. »Moment, ich schalte auf Video.« Sobald wir verbunden waren, winkte sie mir zu. Im Gegensatz zu mir besaß sie blonde Haare, die sie mit den Jahren immer heller gefärbt hatte. Ihre blauen Augen hatten mich immer an Veilchen erinnert. Sie sah gut aus, glücklich.

»Hey, ist alles in Ordnung, Schatz? Du wirkst niedergeschlagen.«

»Nein, es ist alles gut. Es tut mir leid, dass ich keine Zeit habe, dich zu besuchen.«

»Oh, das war mir schon klar, ehe du mich angerufen hast.« Sie zwinkerte mir zu. »Ich habe dich auf dem roten Teppich gesehen und nicht nur einmal. Die Klatschmagazine liegen beim Friseur aus. Aber keine Angst, niemand weiß, dass die entzückende junge Frau, die wie ein Hollywoodstar aussieht, meine Tochter ist. Somit muss ich dir nicht peinlich sein.«

»Du bist mir doch nicht peinlich.«

»Na dann ist ja gut. Ich wollte mir gerade einen

Tee machen und später die Wintersachen hervorholen. Es ist ganz schön kühl geworden.«

Ja, der Oktober in Pennsylvania war locker zehn Grad kühler als bei mir in Südkalifornien. »Ich mache mir auch einen Tee«, beschloss ich spontan. »So können wir zusammen eine Tasse trinken, so wie früher.«

»Eine schöne Idee.«

In der Küche lehnte ich mein Handy wie immer an den Pfeffer- und Salzstreuer, bevor ich den Wasserkocher auffüllte und ihn einschaltete.

Grüntee hatte ich immer zu Hause, genau wie auch ein Töpfchen mit Honig. Während ich den Tee zubereitete, versuchte ich, nicht den Mut zu verlieren, meiner Mom ein paar wichtige Fragen zu stellen. Vielleicht musste ich aber etwas ausholen.

Als meine Tasse Tee fertig war, setzte ich mich an den Küchentisch. Mom wartete bereits.

»Mom, habe ich dir jemals erzählt, warum ich damals die Stelle bei Celia Jacob angenommen habe?«

Sie stutzte. Kein Wunder, meine Frage kam ja auch aus heiterem Himmel.

»Ich gehe jetzt nicht davon aus, weil du mit ihr und ihrem Sohn über den roten Teppich spazieren wolltest.« Sie betrachtete mich amüsiert. »Er ist sehr attraktiv, findest du nicht auch?«

Meine roten Wangen verrieten mich. Ich besaß

kein Foto von Luke und mir. Doch ich hätte gerne eines. Ein privates.

Meine Mom wartete meine Antwort gar nicht erst ab, sondern fuhr bereits fort: »Es war mir immer klar, dass du nicht in eine Bank passt. Geschichten haben dich als Kind viel mehr fasziniert.«

Als Kind schon, aber als Jugendliche hatten sich meine Interessen erweitert.

»Der Job wird sehr gut bezahlt«, ging ich auf einen wichtigen Teil ein. »Ich konnte in den letzten Jahren ein hübsches Sümmchen sparen.« Ich räusperte mich. »Für unser Herzensprojekt, denn ich möchte deine alte Gärtnerei und den Blumenladen zurückkaufen. Mit dir *Janis & Ruby Flowers* endlich zum Leben erwecken. Mein Erspartes reicht noch nicht ganz, aber ich wollte es dir trotzdem jetzt schon erzählen.«

Meine Mutter sah mich mit aufgerissenen Augen an. »Du sparst?«

Ich nickte.

»Für unser altes Geschäft?«

»Ja.«

Sie erhob sich vom Tisch, ging ein paar Schritte, ehe sie wieder stehen blieb.

»Mom? Ist alles in Ordnung?«

»Ja, ich …« Ihre Stimme brach.

Weinte sie etwa? »Mom? Mom!«

»Ich komme gleich zurück.«

Sie verschwand aus dem Bild. Wahrscheinlich wäre es besser gewesen, ich hätte das Geld bereits komplett zusammen. Jetzt war sie sicher enttäuscht.

»Entschuldige.« Als sich Mom zurück an den Küchentisch setzte, waren ihre Augen gerötet.

»Ich wollte dich nicht aufregen oder gar enttäuschen. Wenn wir uns zuerst nur auf den Blumenladen beschränken, können wir sofort starten. Er muss auch nicht in Philly sein, falls du in oder in der Nähe von Harrisburg bleiben möchtest.«

»Nein, nein, du verstehst mich falsch. Ich bin sehr gerührt und habe nie damit gerechnet, dass du für uns sparst und diesen alten Traum verwirklichen möchtest. Es ist nur so …« Sie ließ den Kopf hängen und knetete das gebrauchte Taschentuch, das sie in der Hand hielt.

»Es ist nicht mehr dein Traum, oder?«, riet ich und wusste, dass ich mit meiner Vermutung genau ins Schwarze getroffen hatte, noch bevor sie nickte. Anna hatte recht gehabt. So oft, wie sie mich dazu gedrängt hatte, meine Mom zu fragen, hatte sie es geahnt. Vielleicht hatte sogar ich selbst es längst vermutet. Nur hatte es mir die ganze Zeit ein Gefühl von Sicherheit gegeben, ein Ziel zu haben. Doch das hatte mich leider gleichermaßen daran gehindert, stehen zu bleiben und genau hinzusehen. Auf mich und mein Leben. Insgeheim hatte ich wohl Schiss gehabt, dass meine Zeit ebenfalls ablief, mir etwas in jungen Jahren passieren könnte.

Auf einmal verstand ich meine Mom sehr gut. Sie muss sich ähnlich gefühlt haben, als sie fünfundvierzig Jahre alt geworden war. So alt wie mein Dad, als er von uns gegangen war. Damals war sie davongerannt, um sich ihren Ängsten nicht stellen zu müssen.

Auf meine Art tat ich genau dasselbe. Und ich ging noch weiter. Es war nicht die Bank gewesen oder mein Job dort, der mir nicht gefallen hatte, sondern die Tatsache, dass die Welt zu real gewesen war. Hollywood war eine Illusion. Ein Versteck vor der echten Welt. Geschichten waren schon immer eine gute Ablenkung gewesen. Und ich hatte mich abgelenkt, aber ich wollte es nicht mehr, denn sonst würde ich am Ende das Leben verpassen. Und das war noch viel schlimmer, als früh gehen zu müssen.

»Es war mal mein Traum, vor langer Zeit«, begann Mom zu erzählen. »Die Idee, dass wir zusammen die Erinnerung an deinen Dad am Leben erhalten könnten, hat mir nach seinem Tod die Kraft gegeben, weiterzumachen. Genau wie die weiße Rose, die ich jeden Tag für ihn ins Fenster gestellt habe. Aber als du weg warst, am College, habe ich gemerkt, dass ich mir etwas vormache. Dass ich feststecke und aus meinem selbst auferlegten Gefängnis rauswill. Tatsache war doch, dass er nicht plötzlich in meinem Laden oder

der Gärtnerei auftauchen würde. Er war tot und ich konnte nichts dagegen tun.«

Ich hatte nicht gewusst, dass meine Mom gewartet hatte. Dieses Mal stand ich auf, um mir Taschentücher zu holen. Nachdem ich mich geschnäuzt hatte, setzte ich mich zurück an den Küchentisch. Meine Tränen wollten aber nicht so rasch versiegen. Gerne hätte ich mich in die Arme meiner Mom geschmiegt, damit wir uns gegenseitig trösten konnten.

»Auf dieser Datingplattform habe ich mich nicht in den erstbesten Mann verliebt. Es hat zwei Jahre gedauert, bis ich überhaupt einem geantwortet habe«, gestand sie und zupfte imaginäre Fusel vom Tischtuch. »Ich bin auf Julio reingefallen. Das ist wahr. Aber weißt du, am Ende war ich einfach froh, dass ich das Haus noch hatte und dein Geld fürs College auf einem separaten Konto lag, das ich nie angerührt hätte. Ich bin noch mal mit einem blauen Auge davongekommen.«

»Du hast eine halbe Million verloren, Mom, das ist doch wohl etwas mehr, als mit einem blauen Auge davonkommen.«

»Es war am Ende weniger gewesen, und es geht mir gut. Ich bin gesund, ich kann arbeiten, ich treffe jeden Tag neue Menschen. Ich kann wieder frei atmen. Aus Philly wegzugehen, war die richtige Entscheidung. Hier erinnert mich nicht alles und jeder an deinen Vater. Aber du hast nicht umsonst gespart, du kannst dir mit dem Geld deine eigenen Träume verwirklichen«, ermutigte sie mich. »In Paris einen Film drehen …«, spann sie verträumt den Faden weiter.

»Nein, ich glaube nicht.«

»Du könntest auch einfach so nach Paris reisen. Dir die Stadt ansehen. Ich kann mich nicht erinnern, wann du das letzte Mal Urlaub gemacht hast.«

Ich machte nie Urlaub. Aber natürlich würde es mir gefallen, nach Paris zu reisen … mit Luke. Denn wenn *Janis & Ruby Flowers* niemals realisiert werden würde, standen uns wieder alle Möglichkeiten offen. Und somit auch, dass wir doch noch ein Paar werden könnten.

KAPITEL 20

LUKE

Ich hatte Ruby versichert, dass es kein Problem sein würde, wenn wir eng zusammenarbeiteten. Aber bereits am nächsten Tag merkte ich, dass es nicht stimmte.

Mom war mit Jacky am Nachvertonen ihrer neuesten Miniserie. Jacky war dafür extra aus Texas angereist. So übernahm ich in der Zwischenzeit ein paar Aufgaben, die Mom normalerweise erledigte, bevor ich später meine E-Mails für *Johnson Security* durchsehen würde. Einen Monat lang würde ich auf zwei Hochzeiten tanzen müssen.

»Ich habe dir die Veranstaltungen im Kalender markiert, die du in meinen Augen absagen kannst. Die

Mittagessen würde ich ebenfalls beschränken. Es ergibt keinen Sinn, dass du jeden Produzenten und Regisseur oder jeden Schauspieler, der irgendwann mal für *Jacob Productions* gearbeitet hat oder arbeiten möchte, kennenlernst. Bestimmt nicht in den nächsten vier Wochen«, erklärte Ruby und wirkte dabei verärgert. Doch ich hielt mich zurück, ihr die Stirn zu glätten. Genauso wenig erwähnte ich, wie hübsch sie in ihrem dunkelblauen Kleid aussah oder dass ich gestern gerne den Abend mit ihr verbracht hätte. Auch nicht, dass ich mit meinem Dad gesprochen hatte und er den Mann suchte, der ihre Mom betrogen hatte.

Nichts davon tat oder sagte ich. Schon gar nicht, dass ich sie küssen wollte. Ich hatte Ruby versprochen, professionell zu bleiben. Nur hätte ich nicht gedacht, dass es mir so schwerfallen würde. Wohl weil mir die Zeit davonlief. Ruby würde gehen. Womöglich eher, als ich gedacht hatte, je nachdem, was mein Dad herausfinden würde.

»Ja, das sehe ich genauso. Danke. Hast du schon ein Skript gefunden, das ich mir ansehen sollte? Ich beschränke mich auf deine Empfehlungen, für mehr habe ich keine Zeit.«

»Nein. Ich suche weiter. Am besten mache ich mich gleich an die Arbeit. Ansonsten habe ich keine weiteren Punkte zu besprechen.«

»Gut, danke.«

Ruby stand auf, doch an der Tür blieb sie stehen und drehte sich zu mir zurück. »Hast du nach der Arbeit mal Zeit? Es muss nicht heute sein«, schob sie rasch nach.

Ich hatte heute Zeit. Für sie hatte ich immer Zeit. »Mitte der Woche?«, bremste ich mich selbst.

»Ja, gut, Mittwoch passt.« Sie lächelte, doch es wirkte traurig. Oder bildete ich es mir nur ein? Nachfragen konnte ich jedoch nicht mehr, denn Ruby hatte bereits die Tür hinter sich zugezogen.

Am späten Nachmittag betrat Dad mein Büro.

»Mom ist mit Jacky noch im Tonstudio. Ich habe dir die Unterlagen von vier neuen Personenschützern geschickt. Bei dreien bin ich mir sicher, dass sie zu uns passen, aber prüf bitte Dustin Anderson, einunddreißig, aus Chicago. Er hat im Lebenslauf eine Lücke.«

»Mache ich.«

Ich suchte neue Sicherheitskräfte für die Clubs in San Antonio. Die Besitzer vom größten wollten expandieren. Nach Houston, Austin, Dallas und Fredericksburg.

Gleichzeitig wollte ich nur die besten Leute für Jackys und Toms Auftritt in Las Vegas. Zudem glaubte ich nicht, dass es ihr letzter gemeinsamer sein würde. Und je erfolgreicher sie wurde, desto besser wollte ich sie schützen.

Dad nahm am Sitzungstisch Platz, während ich hinter dem Schreibtisch sitzen blieb. »Du hast schon etwas gefunden.« Es war keine Frage, mein Dad arbeitete gründlich und verdammt schnell.

»Julio Rodriguez alias Tommaso De Luca alias Elijah Moore saß drei Jahre und fünf Monate wegen Steuerhinterziehung im Gefängnis in Georgia.«

»Ist er wieder auf freiem Fuß? Wo ist er jetzt? Und wurde er auch wegen des Heiratsschwindels belangt?«

»Er hat direkt nach der Haft das Land Richtung Mexiko verlassen. Niemand hat ihn bis jetzt wegen anderer Delikte belangt. Entweder hat er das Geld verprasst oder irgendwo versteckt. Ich könnte mir gut vorstellen, dass er jetzt die Damen in Cancún oder in einem anderen Ferienparadies prellt.«

Ich war davon überzeugt, dass mein Dad ihn dort finden könnte, doch er schlug es nicht vor und ich würde nicht danach fragen. Das Geld war weg, »Julio« eine Falle zu stellen, wäre Verschwendung von Ressourcen, außerdem hatte Rubys Mom nie sein wahres Gesicht gesehen und würde ihn nicht identifizieren können.

Dass mein Dad ihn trotzdem gefunden hatte, überraschte mich kein bisschen. Daten hinterließen immer Spuren: Kreditkarten, Bankkonten, Social Media. Wir waren alle zu einem gewissen Grad transparent.

»Danke.«

»Was wirst du jetzt tun?«

»Ruby reinen Wein einschenken.« Ich hielt seinen Blick.

»Ich könnte noch etwas weiterbohren«, schlug er nach einer Weile vor. Mein Puls beschleunigte sich. Wollte ich, dass er weitersprach? Als er fragend eine Augenbraue hob, nickte ich.

»Alles, was ich finde, geht an meine Kontakte.«

FBI? CIA? NSA? Das wollte ich ganz sicher nicht wissen.

»Was bedeutet, sobald Julio einen Fuß zurück in die USA setzt, wird er verhaftet werden.«

»Und du meinst, er wird zurückkommen?«, hakte ich nach. »Er könnte auch weiter nach Brasilien ziehen oder sonst wohin.«

»Mit dem richtigen Anreiz wird er auf jeden Fall zurückkommen. ›Julio‹ ist gierig, er wird zu einem ›guten‹ Geschäft nicht Nein sagen können, vor allem in der Immobilienbranche. Das Grundstück, das er Rubys Mutter als Investment genannt hat, gehört ihm wirklich. Es hat jedoch die behördlichen Auflagen nicht erfüllt, um als Bauland für Eigentumswohnungen genehmigt zu werden, und

Julio besitzt keine Kontakte an den richtigen Stellen.«

»Ist es etwa verseucht?«

»Das braucht uns nicht zu interessieren, nur, dass Julio zurückkommt.« Das teuflische Lächeln meines Dads war mir fast schon unheimlich.

»Okay.« Mir schlug das Herz bis zum Hals. Ich würde ganz bestimmt nicht nach Details fragen.

»Ruby bedeutet dir viel«, stellte Dad auf einmal in den Raum. »Keiner legt sich mit meiner Familie an und kommt damit ungeschoren davon«, fuhr er fort, ohne auf meine Bestätigung zu warten. »So, aber zuerst kümmere ich mich um diesen Dustin Anderson und seine Lücke im Lebenslauf. Bis später.«

Fröhlich pfeifend verließ Dad das Büro, während ich ihm perplex hinterhersah. Ruby und ihre Mom gehörten zu unserer Familie? Ich wünschte, es wäre so. Aber solange mein Dad für Gerechtigkeit sorgen konnte, wäre ich der Letzte, der ihn aufhalten würde.

Dass er sich in Gefahr begeben könnte, versuchte ich zu ignorieren. Es würde schon nichts passieren. Also weiter im Text, beschloss ich und rief Caleb an.

»Ich höre.«

Im Hintergrund war das klappernde Geräusch zu hören, das seine Finger auf der Tastatur verursachten.

»Ich möchte einen Scheck ausstellen. Er soll nicht auf mich zurückzuführen sein.«

Das Klappern stoppte.

»Kannst du mir helfen?«

»Wenn du mir sagst, wieso du das tun willst«, erwiderte er mit sehr ernster Stimme.

»Eine Freundin ist auf einen Betrüger reingefallen. Der hat sie eine Stange Geld gekostet. Ich möchte ihr einen Teil des Geldes geben. Aber da sie es nicht von mir annehmen würde, muss ich andere Wege finden.«

»Du willst sie belügen. Hältst du das wirklich für eine gute Idee?«

Es lag mir auf der Zunge, Caleb daran zu erinnern, dass er bei seiner Frau nicht anders gehandelt hatte. Aber erstens war Ruby nicht meine Frau, nicht mal meine Freundin, und zweitens wollte ich ihr auch keinen Millionenbetrag schenken, sondern hundertfünfzigtausend Dollar. Das war für mich nicht viel, aber für Ruby und ihre Mom machte es einen großen Unterschied. Sie sollten ihren Traum leben und damit glücklich werden können. Jetzt und nicht erst in ein paar Monaten oder gar Jahren.

»Es geht nicht anders«, antwortete ich Caleb.

»Auf wen soll ich ihn ausstellen?«

»Ich fülle den Empfänger selbst aus. Ist das ein Problem für dich?«, hakte ich nach. Da ich ihm keine weiteren Details gab, war es bestimmt ein Problem für ihn.

»Ich kann es bis heute Abend erledigen«, antwortete er zu meiner Erleichterung.

»Ich überweise dir gleich das Geld. Danke.«

Immerhin wusste Caleb, dass ich nichts Illegales tun würde, aber bestimmt war er enttäuscht, dass ich ihn nicht einweihte. Es war Rubys Story, und es reichte in meinen Augen aus, dass ich Dad eingeweiht hatte. Ein kleiner Schritt in die richtige Richtung.

KAPITEL 21

RUBY

Ich lief im Büro wie auf heißen Kohlen. Dass Luke jetzt die ganze Zeit hier war, wir aber nichts Persönliches besprachen, gefiel mir nicht. Fast wirkte es so, als ob er mir beweisen wollte, dass er kein Problem damit hatte, die Arbeit von Privatem zu trennen. Ich hingegen hatte daran ziemlich zu knabbern.

»Ich finde nichts Passendes, das kann doch nicht sein«, murmelte ich zu mir selbst.

»Du bist sehr streng«, bemerkte Kenneth. Sein Stapel an potenziellen Erfolgsgeschichten war hoch gewesen, doch ich hatte alle davon verworfen. »Das gilt auch für deine Telefonate.«

»Was meinst du? Dass ich mich darüber freuen soll,

dass unsere Telefone kaum stillstehen, seit die Presse Wind von Lukes Probezeit bekommen hat? Ich wüsste zu gerne, wie sie davon erfahren haben.«

»Bestimmt hat Celia es ihnen erzählt«, behauptete Kenneth ungerührt.

»Wie bitte?« Aber ja, er hatte sicher recht. Nur würde Celia Luke damit vertreiben. Außer sie war sich sicher, dass er bleiben würde. Setzte sie noch immer auf eine Romanze zwischen uns oder würde sie einfach länger in Chicago bleiben, wenn ihr zweites Enkelkind da wäre? Luke würde einspringen, so wie er es immer tat, wenn Not am Mann war.

Diese Woche war ein gutes Beispiel dafür. Dass er gleich mit der Probezeit starten wollte, hatte er nämlich nie gesagt. Weil es nicht geplant gewesen war. Natürlich!

Aber Luke war doch nicht dumm und er war erwachsen. Wenn es ihm wirklich nicht passen würde, würde er etwas sagen. Davon war ich überzeugt. Nur hatte er es nicht getan. Wieso nicht?

Mein Grübeln wurde davon unterbrochen, dass mein Telefon klingelte. Jacky war dran. Erfreut nahm ich ab.

»Hey, was kann ich für dich tun?«

»Mit mir zu Abend essen. Sadie ist ebenfalls in der Stadt. Wir wollten zum *Ocean View*-Restaurant am Manhattan Beach, das liegt etwa eine halbe Stunde südlich von Moms Haus. Um sechs? Schaffst du das? Bist du überhaupt frei?«

Jacky und Sadie wollten mit mir zu Abend essen? »Äh, ja, klar, natürlich, sehr gerne«, antwortete ich aufgeregt und erleichtert, dass ich den Abend nicht allein zu Hause verbringen musste.

»Wir freuen uns, bis dann.«

»Bis dann.«

Jacky schickte mir noch die Anschrift per Textnachricht und die Information, dass der Tisch auf Sadie Johnson reserviert war. Wie bedauerlich, dass ich heute kein Kleid von ihrer App *Love Your Style* trug.

»Gute Nachrichten?«, hakte Kenneth gleich nach. »Du strahlst ja förmlich.«

»Ja, ich treffe mich später mit zwei Freundinnen.«

»Meine Einladung steht übrigens weiterhin. Wenn du nächstes Wochenende Lust und Zeit hast, begleite mich gerne wieder.«

»Nächstes Wochenende bin ich in Dallas eine andere Freundin besuchen.«

»Dallas? Du kommst ja doch ganz schön rum.«

Nein, eigentlich nicht. Paris fiel mir wieder ein. Sollte ich Luke wirklich fragen, ob er mit mir verreisen wollte?

Leider sah ich ihn bis zum Feierabend nicht mehr. Meine Enttäuschung darüber sollte mir jedoch niemand anmerken und schon gar nicht seine Schwester. Ich hatte vierzig Minuten Zeit, an meinem Pokerface zu arbeiten, denn so lange dauerte es im Abendverkehr von Santa Monica nach Manhattan Beach.

Das Restaurant befand sich in einem zweistöckigen Gebäude aus Glas und dunklem Holz, das direkt an der Uferpromenade erbaut worden war. Auf einem nahe gelegenen Parkplatz stellte ich mein Auto ab und ging zuerst zum Meer, da ich ein paar Minuten zu früh war. Wie Luke vor ein paar Wochen setzte ich mich auf einen der Grenzsteine und atmete tief durch. Auch hier wurde Rollschuh gefahren, Freunde spielten Beachvolleyball und Romantiker wie ich warteten auf den Sonnenuntergang.

Als es sechs Uhr wurde, warf ich noch einen letzten Blick auf den ruhigen Ozean und schlenderte danach zum Restaurant. Das Erdgeschoss lag etwas erhöht, sodass man einen wunderschönen Ausblick genoss. Erfreut folgte ich der Platzanweiserin jedoch in den ersten Stock. Hier hatte ich das Gefühl, den Ozean umarmen zu können. Wow!

Sadie und Jacky saßen am Fenster und steckten die Köpfe zusammen. Als sie mich kommen sahen, sprang Jacky gleich auf. Sie trug eine rosafarbene Bluse und eine grüne Hose, dazu Sandalen. Die dunklen Haare hatte sie zu einem einfachen Pferdeschwanz gebunden. Ihre Augen waren genauso blau wie Lukes. Dass ich ihn vermisste, versteckte ich hoffentlich gut genug hinter meinem Lächeln, als wir uns mit einer Umarmung begrüßten.

»Ist das Kleid von deiner App?«, fragte ich Sadie, die heute ein gelbes Sommerkleid trug.

»Ja, genau. Ich freue mich riesig, dass wir uns endlich mal etwas länger als fünf Minuten sehen«, ergänzte sie. »Du und Gigi seid meine beste Werbung. Die Designer rennen mir inzwischen die Bude ein, alle wollen bei *Love Your Style* mitmachen.« Ihre dunklen Augen leuchteten.

»Das freut mich sehr.« Wir nahmen alle Platz, Jacky schob mir gleich die Cocktailliste zu. »Sie servieren auch die alkoholfreie Variante.«

»Sehr gut.« Mir fiel direkt der Cold Brew Sangria mit weißem Tee ein, den Luke mir erst vor wenigen Tagen serviert hatte. Er hatte sich so viel Mühe gegeben. »Ich glaube, ich nehme einfach ein alkoholfreies Bier.« Ich klappte die Karte wieder zu.

Weder Sadie noch Jacky schien mein Verhalten zu irritieren. Und um gar nicht erst Fragen über Luke und mich aufkommen zu lassen, stellte ich Sadie gleich die nächste: »Die Frage kam immer mal wieder auf. Bietest du auch Secondhandmode an?«

»Secondhandmode? Nein, aber das ist eine tolle Idee. Nur leider kaum umzusetzen, wir wachsen jetzt schon viel zu rasch.« Das Bedauern in ihrer Stimme war nicht zu überhören.

»Sadie und ihr Partner Milo sind enorm erfolgreich«, bekräftigte Jacky. »Oh, ich nehme den Burger«, verkündete Jacky ihre Essenswahl im nächsten Atemzug. Ich hatte gar keinen Blick auf die Menükarte geworfen, aber Burger klang lecker.

»Ich bin dabei!«

»Ich auch«, schloss sich Sadie an. Kaum hatte Jacky die Speisekarte zugeklappt, kam die Kellnerin, um unsere Bestellung aufzunehmen. Das gab auf jeden Fall Pluspunkte, dachte ich schmunzelnd.

»Und wenn du nach Secondhandmode fragst, bedeutet das, du möchtest deine Abendkleider jetzt doch verkaufen?« Mit Jacky hatte ich bereits vor Monaten dieses Gespräch geführt. Auch sie hatte behauptet, ich dürfe das Geld aus den Verkäufen behalten.

Ich wollte die Kleider nicht verkaufen, sondern ein zweites und drittes Mal tragen, aber wann und zu welchem Anlass? Und wenn ich kündigte, würde ich sie erst recht nicht behalten können. »Ich bin mir noch nicht sicher.«

»Sie stehen dir unglaublich gut«, versicherte mir Jacky.

»O ja, du bist das geborene Model«, fand auch Sadie. »Aber ich schreibe mir deine Idee auf jeden Fall auf.« Sadie holte ein Notizbuch aus ihrer Tasche und blätterte bis zur Hälfte, bevor sie leise murmelnd *Secondhandmode* aufschrieb.

»Stehen da alle Ideen für die App drin?«

»Nein, nur ein Bruchteil«, antwortete Sadie.

»Wobei, so rasch, wie Sadie und ihr Partner Milo die Ideen umsetzen, musst du dir keine Sorgen machen, dass du lange auf Secondhandmode warten wirst«, behauptete Jacky.

»Das kann durchaus sein. Die vorderen Seiten sind bereits durchgestrichen«, bestätigte Sadie und zeigte sie mir.

»Die Nachwuchsdesigner finde ich toll«, versicherte ich, während ich ihre Einträge durchblätterte. »Warum ist der Finanzteil rot unterstrichen?«, fragte ich ein wenig alarmiert. Sadies letzter Arbeitgeber hatte ebenfalls Finanzprobleme gehabt.

»Keine Angst, es ist alles in Ordnung. Ich versuche, einen alten Freund dazu zu bringen, mit uns zu arbeiten. Leider hat er sich aber inzwischen aus der Finanzwelt verabschiedet und betreibt jetzt mit einem Kumpel einen Surfshop in Santa Cruz. Milo und ich waren heute dort. Erfolglos.«

»Der wievielte Überredungsversuch war das?«, hakte Jacky nach.

»Ich habe aufgehört zu zählen«, gab Sadie zu.

»Beharrlichkeit zahlt sich aus, oder er ist der

Falsche«, überlegte ich laut. Mein alkoholfreies Bier wurde serviert, sodass ich direkt auf den beruflichen Erfolg der beiden anstoßen konnte.

»Wir müssen auf jeden Fall bald mal jemanden finden, der fest für uns arbeitet. Im Moment kümmert sich eine externe Firma um unsere Finanzen, aber es ist nicht ideal«, erklärte Sadie.

Anna hätte mich jetzt bestimmt gedrängt, mich zu bewerben. Stattdessen fragte ich nach: »Sucht ihr eventuell noch jemanden für PR? Meine beste Freundin Anna will sich selbstständig machen.«

»Im Moment nicht. Macht nichts, ich schreibe es mir auf.«

»Für PR?« Jacky biss sich auf die Unterlippe, als ob sie eine Idee hätte. »Ich glaube, ich wüsste da jemanden. Kennt sie sich im Showbiz aus?«

Im Showbiz? Wäre der Kunde ein Hollywoodstar? Wer?

»Ich kann dir gerne ihre Telefonnummer geben und er oder sie unterhält sich direkt mit ihr.« Viel lieber hätte ich Jacky ausgequetscht, aber bestimmt würde mir Anna sowieso alles erzählen. Falls sie dürfte.

»Ja, das wäre toll, danke.«

»Wer ist es denn?«, fragte Sadie.

»Ja, ich platze auch vor Neugierde.«

Jacky winkte ab. »Es ist nur eine Idee, besser, ich

erzähle nicht zu viel.«

»Damit kann ich leben. Ich gebe Anna kurz Bescheid.« Ich zückte mein Handy und schickte Jacky als Erstes Annas Nummer, ehe ich meiner Freundin schrieb.

Hey, ich habe Jacky Johnson deine Nummer gegeben. Sie kennt jemanden, der einen PR-Manager sucht. Am besten nehmt ihr direkt Kontakt auf.

Jacky Johnson? Wirklich? Sie kennt nicht zufällig auch jemanden, der einen Finanzexperten sucht?

Noch bevor ich antworten konnte, schickte sie eine weitere Nachricht.

Guck nicht so böse, ich hör schon auf, dich zu drängen. Tausend Dank. <3

Sie konnte mich nicht sehen, kannte mich aber einfach zu gut. Und im Normalfall hätte ich auch genervt reagiert, doch seit dem Gespräch mit meiner Mom nicht mehr. Deswegen fiel meine Antwort deutlich netter aus.

Gerne!

»Woher kennt ihr euch?«, fragte Sadie, nachdem ich mein Handy wieder weggelegt hatte.

»Anna und ich haben uns an der UCLA kennengelernt. Da ihr Freund aber aus L.A. weggezogen ist, ist sie nach dem Studium mitgegangen. Sie teilen sich das Sorgerecht für ihren Sohn. Im Moment wohnt und arbeitet Anna in der Nähe von Dallas, kann aber gut sein, dass sie bald nach Südtexas zieht.« Aus einem Impuls heraus holte ich nochmals mein Handy hervor. »Das ist Oli, er ist fünf und wird bald sechs.«

»Total süß«, bestätigte mir Jacky, als sie das Bild betrachtete. »Und er ist so alt wie meine Nichte Hazel.«

»Ja, stimmt. Oli fährt gerne Skateboard, ich wollte ihm zu seinem nächsten Geburtstag eine Halfpipe bauen. Aber besser, ich warte, bis ich weiß, ob sie umziehen oder nicht.«

»Ich wusste gar nicht, dass du handwerklich begabt bist, Respekt«, sagte Sadie.

»Falls deine Freundin nach San Antonio zieht, können wir ihr helfen. Meine Brüder würden bestimmt gerne mitmachen«, behauptete Jacky.

»Ich bin sicher, mit ihrer Hilfe würde die Halfpipe perfekt werden«, gab ich neidlos zu. Luke hatte es ja bereits angeboten. Was er wohl gerade machte? Auch an mich denken?

Unser Essen wurde serviert. »Dreimal den Burger mit Coleslaw-Salat und Pommes. Guten Appetit.«

»Vielen Dank.« Wow, der sah wirklich lecker aus, und dann war er auch noch auf Holzplatten angerichtet. Besser ging es nicht. Oder vielleicht doch, denn gleich würde die Sonne untergehen, und ich fragte mich, ob Luke auf seiner Terrasse stand und jetzt ebenfalls zum Ozean blickte.

»Guten Appetit«, wünschten wir uns gegenseitig. Das Essen war köstlich. Selig seufzte ich auf.

Doch als der erste Hunger gestillt war, wischte sich Jacky ihren Mund und ihre Finger an der Serviette ab und fragte: »Wie läuft es mit Luke?«

»Gut, wieso?«

»Er zieht sich von uns zurück. Eigentlich schon seit einiger Zeit. Er nimmt an keinem Wochenendbarbecue mehr teil, sagt die Freitagabendbiere mit Vander ab. Sei mir nicht böse und ich will mich auch nicht einmischen, aber ich wäre froh, wenn du mir jetzt sagen würdest, dass ihr die Zeit zusammen verbringt. Falls ihr die Zeit zusammen verbringt. Aber ansonsten …« Jacky wirkte sehr ernst. »Ich mache mir Sorgen.«

Ich ging nicht auf ihre Aussage ein. »Darf ich dich mal was fragen?«

»Klar.«

»Denkst du, Luke arbeitet gerne bei *Johnson Secu-*

rity? Er hat mir erzählt, dass er es nie geplant hatte und wohl auch nie wollte. Dass er durch das Verschwinden eures Dads ›reingerutscht‹ ist.«

»Nun, das klingt plausibel. Ich konnte mir Luke ebenfalls nie bei *Johnson Security* vorstellen. Brad sah das wohl anders und er hat recht behalten. Denn Luke ist in Rekordzeit Personalchef geworden, einfach weil er unglaublich gut in seinem Job ist, nicht, weil er bevorzugt wurde. Brad ist als CEO knallhart.« Sie lehnte sich vor. »Außerdem … Hast du die Bodyguards gesehen, die für uns arbeiten? Alle top ausgebildet, integer und zuverlässig.« Jacky kam voll in Fahrt, denn sie strahlte auf einmal. »Oh, und ich habe eine Assistentin, Sydney. Sie ist vierundzwanzig Jahre alt und aus San Antonio. Ihr Dad ist Musiklehrer, sie selbst spielt Keyboard und Saxofon. Sie spart für eine Reise nach Patagonien. Und was soll ich sagen? Sie ist effizient, freundlich und diskret. Luke hat sie gefunden. Und frag mich nicht, wie er das angestellt hat.«

Wieso erstaunte es mich nicht. Dennoch hatte Jacky mir die Frage nicht beantwortet, ob sie glaubte, dass er gerne für *Johnson Security* arbeitete. Nur weil man es gut konnte, hieß das nicht, dass man es gerne tat.

»Werde nicht sauer, Ruby, aber kann es sein, dass Luke wegen dir für Gigi arbeiten möchte?«, fragte Sadie.

»Und wir eine heimliche Beziehung führen und Luke darum keine Zeit mehr für Freunde und Familie hat?« Ich zwinkerte bei meiner Antwort, obwohl sie nicht scherzhaft gemeint war. Doch es war noch immer besser, sie im Dunkeln zu lassen, als dass die beiden nachbohrten.

»Also nein? Schade.«

»Frag ihn doch direkt«, schlug ich vor.

»Als ob Luke uns etwas erzählen würde. Er weiht ja nicht einmal Vander ein.« Seufzend schob sich Jacky eine Pommes in den Mund.

»Vielleicht braucht er einfach mal Zeit für sich. Es gibt solche Phasen«, überlegte Sadie laut.

»Ja, vielleicht. Jedenfalls ist er bei meinem Konzert in Las Vegas dabei.« Jacky lehnte sich vor und flüsterte verschwörerisch: »Und du hoffentlich auch, Ruby?«

»Las Vegas? Du trittst in Las Vegas auf?«, raunte ich zurück, während Sadie bereits eifrig mit dem Kopf nickte und genauso strahlte wie Jacky.

»Ja, und es wird noch besser. Ich trete mit Tom Kane auf.«

Wow, mit Tom Kane, dem Rockstar. Gänsehaut ergriff mich. Jacky hatte es geschafft. Vielleicht färbte etwas von ihrem Mut auf mich ab, denn ich beschloss in dem Moment, dass ich als Lukes Freundin zu Jackys Konzert fahren wollte. Was bedeutete, dass ich im Anschluss an unser Essen zu ihm fahren und ihm meine Gefühle gestehen würde. Und ich würde mir nicht erlauben, einen Rückzieher zu machen.

LUKE

Die Sonne verschwand als glutroter Ball im Ozean. Der Himmel färbte sich orange, pink und lila, danach wurde es dunkel. Ich stand die ganze Zeit auf der Terrasse und drehte und wendete den Scheck, den Caleb mir per Eilkurier geschickt hatte. Wie gewünscht stand der Betrag von hundertfünfzigtausend Dollar drauf, aber noch kein Empfänger. Morgen Abend würde ich Ruby den Scheck geben, obwohl ich wollte, dass sie hier bei mir in L.A. blieb. Ich wollte eine Chance, herauszufinden, ob wir eine gemeinsame Zukunft hatten.

Gleichzeitig wusste ich, dass ich eine Beziehung früher oder später sabotieren würde. Sonst würde ich doch längst eine führen. Aber Ruby war anders. Für sie lohnte es sich zu kämpfen. Das Teufelchen und der Engel auf meinen Schultern lieferten sich einen Schlagabtausch.

Ein Fakt war, dass ich mich unter anderen Umständen nie mit Ruby verabredet hätte. Sie nie geküsst oder gar mit ihr geschlafen hätte. Und schon gar nicht hätte ich ihr all die privaten Dinge über mich erzählt. Doch jetzt wusste ich, wie ein Leben mit ihr sein könnte, und ich wollte es. Sollte ich den Scheck zerreißen und nie mehr darüber reden. Aber was würde es ändern? Sie würde weiter sparen, sich nichts gönnen und dann gehen. Das wollte ich nicht. Aber noch länger hier grübelnd herumstehen ebenso wenig.

Ich verließ die Terrasse, ging ins Büro und vergrub mich in meiner Arbeit. Es war schon spät, als es an der Haustür klingelte. Ein Blick auf die Überwachungskamera und ich rannte die Treppen hinunter. Als ich die Tür etwas atemlos aufriss, begrüßte Ruby mich mit einem schiefen Grinsen.

»Komm rein.«

»Danke.«

Nachdem ich die Tür geschlossen hatte, zog ich Ruby an mich. Sie zu küssen, war mein Tageshighlight. Nein, das stimmte nicht, dass sie mich zurückküsste, war es. Und ich wollte niemals mehr damit aufhören. Das Zweitbeste war, sie zu halten und meine Nase in ihren Haaren zu vergraben. Sie strich mir über den Rücken, drückte sich noch enger an meine Brust.

Nach einer Weile hörte ich sie sagen: »Luke, wir müssen reden.«

»Ja, ich weiß. Lass uns hochgehen.«

Ungefragt holte ich uns zwei Gläser Wasser, als wir

im Wohnzimmer angekommen waren. Statt sich auf das Sofa zu setzen, folgte Ruby mir in die Küche.

»Ich war mit Jacky und Sadie essen. In Manhattan Beach. Es war toll«, fing sie an. Ihre Wangen waren gerötet. »Jacky hat mir erzählt, dass sie mit Tom Kane in Las Vegas auftritt.«

»Ja, ich weiß es auch erst seit Kurzem. Ich kümmere mich um das Sicherheitspersonal.«

Sie nickte und musterte mich lange. »Ich habe versprochen hinzufliegen. Zum Konzert.«

»Jacky freut sich bestimmt. Hör zu …«

»Ich wollte dich …«, sagte sie gleichzeitig. »Du zuerst.«

»Ladies first.«

»Also gut.« Sie schluckte und schien Mühe zu haben, meinen Blick zu halten. Aber dann straffte sie ihre Schultern und wirkte mit einem Mal entschlossen. »Die letzten Wochen waren ganz anders, als ich es erwartet habe. Ich hatte viel Spaß und gleichzeitig habe ich einiges über mich gelernt. Es fällt mir nicht leicht …« Sie räusperte sich.

Ich wollte nicht, dass Ruby ein schlechtes Gewissen hatte, wenn sie beschloss, früher zu gehen als geplant.

»Ich habe mit meiner Mom telefoniert und …«, fuhr Ruby bereits fort, schüttelte gleichzeitig den Kopf und schien irgendwie aufgelöst. Sie sollte sich nicht schlecht fühlen. Am Ende wollte ich nur, dass sie glücklich war.

»Wir haben ein paar Nachforschungen angestellt«, wechselte ich das Thema. »Hier, der ist für dich und deine Mom, du kannst den Empfänger selbst eintragen.« Ich holte aus meiner Hosentasche den Scheck hervor und legte ihn auf den Küchentresen vor Ruby ab.

Sie öffnete ihren Mund, aber kein Ton kam heraus, während sie mit zitternden Fingern nach dem Scheck griff. »Woher … habt ihr … Caleb?«, stammelte sie.

»Die Details kann ich dir nicht erzählen.«

Sie wirkte nicht besonders glücklich darüber. Eine Träne kullerte über ihre Wange. »Danke. Es ist nur so … ich habe mich in dich verliebt, Luke.«

Ja, ich hatte mich auch in sie verliebt. Ich schluckte es hinunter. Ich konnte sie nicht nach Philly begleiten, und Ruby sollte ihren Traum nicht für mich aufgeben. Für eine Beziehung, die scheitern könnte. Ich wollte nicht, dass sie mich am Ende hasste.

»Es tut mir leid, aber …« Der Teil, dass ich mich nur auf sie eingelassen hatte, weil ich gewusst hatte, dass sie wegziehen würde, kam mir nicht über die Lippen. Er sagte nichts über meine Gefühle für Ruby aus und ich wollte sie nicht verletzen.

»Du empfindest nichts für mich?« Ihr Tonfall klang herausfordernd.

»Nun ja, ich mag dich.«

»Ich glaube, du hast dich auch in mich verliebt. Ist es nicht so?« Sie lehnte sich vor, ihre grünen Augen bohrten sich in meine.

»Es spielt keine Rolle«, sagte ich, anstatt ihr recht zu geben. »Du hast von Anfang an klargemacht, dass du gehst, sobald du das Geld für *Janis & Ruby Flowers* zusammenhast.«

»Und was, wenn ich bleibe? Wir zusammen *Jacob Productions* führen und eine Beziehung eingehen?«

Hoffnung. Ich spürte sie überdeutlich, aber ich schüttelte sie ab.

»Wieso solltest du das tun?«, fragte ich fast schon desinteressiert. »Außerdem habe ich mich noch nicht entschieden, ob ich bleiben werde.«

»Dann komme ich eben mit nach San Antonio, ich finde schon einen Job«, behauptete sie und klang, als ob es ein guter Plan wäre.

»Kommt nicht infrage«, hielt ich barsch dagegen.

»Wieso nicht? Weil du mich nicht liebst?« Sie umrundete den Küchentresen und trat vor mich. »Oder weil du Angst hast?«

»Ich habe dir nie irgendetwas versprochen«, stellte ich klar, trat einen Schritt zurück und verschränkte meine Arme. »Du hast dein Geld, also kannst du jetzt gehen. Ich wünsche euch viel Erfolg.«

Doch Ruby rührte sich nicht. Sie wartete wohl,

dass ich meine Meinung änderte, ihr meine ewige Liebe schwor und wir bis ans Ende unserer Tage zusammenblieben. Ich tat nichts dergleichen, sondern beobachtete Ruby dabei, wie sich ihre Miene verfinsterte und ihre Lippen schmal wurden. Sie war wütend.

»Das war's also? Wow. Wie viel schulde ich *Johnson Security* für eure Dienste?«, fragte sie mit kühler Stimme.

Gar nichts. »Die Buchhaltung wird sich bei dir melden«, behauptete ich stattdessen.

»Gut. Schätze, das war es dann. Ich kündige. Leb wohl.«

Sie wartete auf eine Reaktion, die nie kommen würde. Am Ende ließ ich sie gehen und fühlte mich dabei so beschissen wie noch nie.

KAPITEL 22

RUBY

»Ich habe wirklich gedacht, dass er mir nachlaufen würde. Ich bin extrem langsam die Straße runtergefahren, weil ich die ganze Zeit in den Rückspiegel gesehen habe«, erzählte ich meiner Freundin Anna bereits zum zehnten Mal. Aber Luke war nicht aufgetaucht, und ich konnte es noch immer nicht fassen.

Wir saßen an Annas Küchentisch in ihrem Haus südlich von Dallas und quatschten. Das, was wir sonst per Videocall machten. Natürlich war ich nach meiner Kündigung sofort zu Anna geflogen.

»Es tut mir leid. Aber so ist es besser. Luke muss zuerst seinen persönlichen Kram regeln. Möchtest du auch einen Tee?«

»Nein, danke.« Dennoch stand ich mit Anna auf und folgte ihr zum Küchentresen. »Und was heißt zuerst? So funktionieren doch keine Beziehungen. Außerdem würde ich alt und grau darüber werden, wenn ich erst all meine Baustellen aufräumen müsste, bevor ich mich wieder verabreden würde.«

»Was?« Anna lachte auf. »Das stimmt doch gar nicht, wie kommst du denn darauf?«

»Du weißt, wie lange ich ein Telefonat mit meiner Mom aufgeschoben habe. Aus lauter Angst, dass du recht haben könntest. Denn ich hatte keine Ahnung, was ich tun würde, wenn der Traum von *Janis & Ruby Flowers* platzte.«

»Du warst eben noch nicht bereit, loszulassen. Jetzt schon. Du bist nach der Enttäuschung in keine zweite Trauerphase gefallen, bist nicht depressiv geworden. Du sitzt hier mit hundertfünfzigtausend Dollar und überlegst dir, dich mit mir selbstständig zu machen, oder?« Anna stupste mich sanft an. »Oder?«

»Kann sein«, gab ich zu. Ich konnte mir ein Lächeln nicht verkneifen. »Ich habe schon vorher darüber nachgedacht. Nach dem Gespräch mit meiner Mom. Ich wäre in L.A. geblieben, wenn Luke es auch getan hätte. Genauso wäre ich mit ihm nach San Antonio gegangen. Er wollte es nicht hören.«

»Lass ihm Zeit.«

»Du denkst, ich soll auf ihn warten?«

»Er ist in dich verliebt, da besteht für mich kein Zweifel. Ich habe doch Augen im Kopf und die Bilder von euch beiden gesehen. Aber ehrlich gesagt, wenn mich jeder in Richtung A drängen würde, würde ich allein aus Trotz Richtung B wählen. Und seine Mom drängt euch beide doch pausenlos.«

»Alle wollten uns verkuppeln, auch seine Brüder.«

»Wahrscheinlich, weil alle erkannt haben, dass ihr euch mögt. Gleichzeitig habt ihr euch nicht mal zu einem Kaffee verabredet.«

»Nein, haben wir nicht.« Ich war mir nicht sicher, ob ich auf Luke warten sollte. Wie lange denn? »Ich konzentriere mich besser auf einen neuen Job. Und auf die Frage, was ich mit hundertfünfzigtausend Dollar anfangen soll.«

»Deine Mom will sie bestimmt nicht?«

»Nein, ich hab sie angerufen. Sie meinte, sie hat alles, was sie braucht, und die Gärtnerei hätte sowieso einmal mir gehört.«

»Schlaf drüber, du musst nicht alle Antworten an einem Abend finden.«

»Ich bin seit einer Woche bei dir.«

»Und wenn schon.«

Anna brühte den Tee auf und stellte mir ungefragt eine Tasse hin. Sie wusste, ich würde ihn trinken.

»Hast du inzwischen von deinem potenziellen

ersten Kunden gehört? Den, den Jacky erwähnt hat?«, lenkte ich das Thema auf Anna.

»Jacky arrangiert ein Treffen. In ein oder zwei Wochen wahrscheinlich. Er muss jemand sehr Berühmtes sein. Oder sehr schüchtern. Ich weiß noch nicht, um wen es sich handelt.«

»Bestimmt jemand aus Hollywood. Also würdest du doch nach L.A. ziehen?«

»Es wäre nicht nötig, sie meinte, es wäre jemand aus Texas.«

»Aus Texas? Vielleicht ein Sportler?«

»Ja, vielleicht. Wir werden sehen. Immerhin schreckt ihn nicht ab, dass er mein erster Kunde wäre.«

»Du arbeitest seit sechs Jahren in der PR-Branche, also an Erfahrung mangelt es dir nicht.«

Anna zuckte mit den Schultern. Vielleicht schraubte sie ihre Hoffnung auch nicht so hoch, um nicht zu enttäuscht zu sein, wenn aus dem Auftrag nichts wurde. »Fährst du eigentlich zu Jackys Konzert nach Las Vegas? Ihr Auftritt mit Tom Kane wird bestimmt gigantisch werden.«

»Ich habe keine Eintrittskarte.«

»Die liegt bestimmt bei dir zu Hause in L.A. Ich staune, dass Jacky noch nicht angerufen hat. Ihr seid doch befreundet.«

»Nun ja, ich habe mein Handy ausgeschaltet.

Meine Mom ruft auf deinem Festnetz an, wenn was ist.«

Anna zog die Augenbrauen so hoch, dass sie fast ihren Haaransatz berührten. »Also Luke könnte dich gar nicht erreichen, selbst wenn er wollte?«

»Sein Bruder und sein Dad können jeden finden. Sogar einen Heiratsschwindler, von dem es kein echtes Foto gibt«, berichtigte ich Anna. Und nein, ich machte es Luke nicht einfach. Wieso sollte ich? Ich hatte ihm meine Gefühle gestanden und er mich angelogen.

Anna griff nach dem Scheck, der zwischen uns auf dem Tisch lag. »Sag mal, was ist das für eine Firma, die den Scheck ausgestellt hat? *FedboardRe Ltd.* Von der habe ich noch nie gehört.«

»Der Scheck ist bestimmt gedeckt, Luke hat ihn mir persönlich gegeben.«

»Und er hat dir auch gesagt, dass sie den Heiratsschwindler gefasst haben? Dauert es nicht Jahre, bis Gelder an Betrugsopfer zurückfließen? Und musst du dafür nicht Beweise einreichen? Einen Anwalt kontaktieren oder einer Sammelklage beitreten oder wie das heißt?«

»Darüber habe ich mir gar keine Gedanken gemacht.«

»Weil du abgelenkt warst?« Anna zog eine Augenbraue hoch. »Vielleicht rufst du Luke morgen mal an und fragst nach? Ich habe das Gefühl, dass hier etwas nicht stimmt.«

Ich hatte keine Lust, Luke anzurufen. Er hatte mir versichert, dass der Scheck gedeckt war, und somit war alles gut. Der Rest ging mich nichts an. Basta.

Dass es nicht so einfach war, merkte ich sehr rasch daran, dass ich mich die halbe Nacht von links nach rechts und zurück wälzte. Dennoch rief ich am nächsten Morgen nicht bei Luke an, sondern bei Caleb. Da mein Handyakku leer war und ich seine Nummer nicht auswendig kannte, ließ ich mich über die Zentrale von *Johnson Security* verbinden.

»Ruby? Hi, das ist ja eine Überraschung.«

»Hi, Caleb. Störe ich?« Nervös lief ich im Gästezimmer auf und ab.

»Nein. Wie kann ich dir helfen?«

»Es geht um eine Betrugssache. Weißt du davon? Hast du dich damit beschäftigt?«, fragte ich, ohne ins Detail zu gehen.

»Nein, das war mein Dad. Möchtest du mit ihm darüber sprechen?«

Mit Hank Johnson? Vor ihm hatte ich gehörigen Respekt. Außerdem erwartete ich nicht, dass er mich in irgendetwas einweihte. Er war bei der NSA gewesen und somit knallhart. »Nein, nicht nötig, aber danke. Sag mal, einen Betrüger zu betrügen ist illegal, oder?« Natürlich war es das.

»Das ist richtig.«

»Und meist ist es auch nicht so einfach, das Geld zurückzubekommen, oder? Zum Beispiel, wenn jemand meine Identität klaut und mich auf diese Weise betrügt«, fragte ich ihn weiter aus.

»Nein. Also rein hypothetisch betrachtet, ist es unwahrscheinlich, dass du das einzige Opfer bist. Falls der Täter gefasst wird, werden seine Konten gesperrt und sämtliche Geldbeträge sichergestellt. Das kann auch Ware oder Wertpapiere beinhalten. Es folgt ein Gerichtsverfahren, bei dem dann alle Kläger ihre Ansprüche geltend machen können. Entsprechend der konfiszierten Summe werden die Kläger prozentual entschädigt.«

»Und wie lange dauert so etwas?«

»Drei bis fünf Jahre. Meist siehst du nur einen Bruchteil des Geldes wieder. Falls der Betrüger das Geld ins Ausland transferiert hat, siehst du gar nichts. Dann ist alles verloren.«

»Verstehe.« Somit konnten die hundertfünfzigtausend Dollar nicht von Julio stammen. Ich hätte es eher merken müssen, aber ich war wirklich zu abgelenkt gewesen.

»Hast du Probleme, Ruby?«, fragte Caleb nach.

»Nein. Es ist alles in Ordnung. Danke für die

Auskunft, ich will dich nicht länger aufhalten.«

»Keine Ursache, du kannst mich jederzeit anrufen.«

»Danke, bis dann.«

»Bis dann.«

Ich legte auf. Es gab nur eine Erklärung, woher das Geld stammte – von Luke selbst natürlich. Er hatte mir das Geld gegeben und so getan, als wäre es ein Teil des Geldes, das Julio von meiner Mutter ergaunert hatte, damit ich meinen Traum verwirklichte. Weil er wusste, ich hätte von ihm keinen Cent angenommen. Gleichzeitig behauptete er, nicht in mich verliebt zu sein. Wobei … Er hatte es nie ausgesprochen, er hatte einfach nicht bestätigt, dass er in mich verliebt war.

Sollte ich zu ihm fahren und ihn zur Rede stellen? Nur was, wenn er mich wieder wegschickte?

Lass ihm Zeit.

Aber wie viel denn?

KAPITEL 23

LUKE

»Was ist? Willst du den ganzen Tag hier rumstehen?« Ich konnte mich auch so schon nicht konzentrieren, da half es kein bisschen, dass Vander jeden Tag, seit ich zurück in San Antonio war, in mein Büro platzte und nichts anderes tat, außer mich nachdenklich zu mustern.

»Ich versuche nur zu verstehen, was hier los ist.« Er setzte sich auf den Besucherstuhl vor meinen Schreibtisch und faltete die Hände hinter dem Kopf.

»Ich versuche, diesen ganzen Stapel Bewerbungen durchzusehen, bevor ich morgen nach L.A. fliege. Dort sehe ich mir die Villen mit der Maklerin an, die du mir vermittelt hast, und am Sonntagabend begleite ich meine Mutter zu einem Geschäftsessen.«

»Oh, dass du unser Feierabendbier wieder absagen wirst, war mir schon klar. Ich frage mich nur, warum du *Jacob Productions* allein leiten willst. Ruby ist weg, aus welchen Gründen auch immer. Sie war eine deiner besten Mitarbeiterinnen. Wäre es nicht besser, du würdest dich darauf konzentrieren, sie zurückzuholen, als den fünfundzwanzigsten Bodyguard einzustellen?« Vander griff nach der Akte, die oben auf dem Stapel lag, schlug sie auf und ging die Bewerbung durch. »Donnerwetter, ganz schön beeindruckend.« Es klang nach dem Gegenteil, denn er klappte sie wieder zu und warf sie auf den Stapel zurück.

»Ich werde Ruby nicht zurückholen, weil sie eine andere Karriere verfolgt, ganz einfach. Sie ist nicht am Showbiz interessiert.«

Es waren schon zwei Wochen vergangen. War sie in Philadelphia? Hatte sie *Janis & Ruby Flowers* bereits eröffnet? Ich vermied es, nach ihr zu suchen, auch wenn es mir verdammt schwerfiel. Ich hätte vorschlagen können, dass wir Freunde blieben. Obwohl ich so viel mehr wollte.

»Erde an Luke! Wieso nicht? Ich dachte, ihr wärt ein Traumteam, du schreibst Liebesbriefe, sie liest Drehbücher. Warum schreibt ihr keines zusammen? Eine Romanze.« Er lachte herzlich auf, so ein Arsch.

»Kann ich jetzt wieder arbeiten?«

»Nein, Mann! Denn ich kapiere nicht, was passiert ist. Du redest ja nicht mit mir! Mit niemandem! Du hockst die ganze Zeit in deinem Büro und bläst Trübsal.« Vander erhob sich und beugte sich über meinen Tisch. »Hat Ruby ein Problem damit, dass du ihr Chef wirst? Ich kann sie beruhigen. Schließlich arbeite ich auch für Jacky und habe kein Problem damit, weil wir uns auf Augenhöhe begegnen. Also lass dir etwas einfallen.«

»Wieso sollte ich das tun? Wieso soll ich andauernd machen, was andere von mir verlangen? Denkst du nicht, dass ich selbst weiß, was das Beste ist?« Auch ich stand auf. Ich hatte echt die Nase voll davon, dass mir hier jeder sagte, was ich tun sollte.

»Nein, offensichtlich nicht. Denn sie ist weg. Also hör mir gut zu. Die Fakten sind: Du bist in sie verliebt und sie in dich.« Er hob die Hand, um meinen Einwand zu stoppen. »Jeder weiß es. Und somit verstehe ich nicht, was hier los ist. Rennt sie weg oder tust du es?«

Dazu sagte ich nichts.

Er lachte leise, offenbar hatte er mich durchschaut. »Oh, das ist ja großartig. Du bist der Feigling. Hätte nicht gedacht, dass ich dir mal genau dasselbe an den Kopf werfen kann wie du mir vor nicht allzu langer Zeit.«

Vanders Gesichtszüge wurden weich. »Ich verrate dir ein Geheimnis. Ich bin nicht beziehungsunfähig und du bist es auch nicht. Deine Schwester ist das Beste, was mir im Leben passiert ist. Für *Johnson Security* zu arbeiten, dein Freund zu sein, deine Familie meine eigene nennen zu können, kommt gleich danach. Genauso wie ihr alle hinter mir steht, stehen wir auch alle hinter dir. Jederzeit, verstehst du das?«

Ich hielt seinem Blick stand. Wir waren uns sehr ähnlich. Und genauso wie Vander seine Dämonen allein überwinden musste, musste auch ich es allein schaffen.

Ich setzte mich wieder und schlug die nächste Akte auf. Als die Tür hinter Vander zuschlug, atmete ich durch, rief die Suchmaschine auf meinem Laptop auf und gab *Janis & Ruby Flowers Philadelphia* ein. Ich fand keinen Eintrag. Vielleicht morgen.

Der Nächste, der in mein Büro platzte, war Caleb.

»Was ist?«

»Ruby hat mich heute früh angerufen und Fragen über Kreditkartenbetrug gestellt. Der Scheck war für sie gewesen? Ich schätze, sie wird sich denken können, dass das Geld von dir stammt, und ihn somit wohl nicht einlösen. Willst du mir sagen, worum es geht? Noch besser wäre, du sprichst mit ihr. Sie hat von einer Festnetznummer aus angerufen.«

Caleb legte mir einen Zettel auf den Tisch. Die

Vorwahl gehörte zu Dallas. Sie war bei ihrer Freundin und nicht in Philly? Wieso?

Als es Feierabend wurde, packte ich meine Sachen und klopfte auf dem Weg zu den Aufzügen an Vanders Bürotür. »Hast du Lust auf ein Bier?«

»Ich dachte, du fragst nie.« Er klappte das Buch zu, das er gelesen hatte, und packte es in seine Tasche.

»Du wusstest, dass ich komme?«

»Klar. Wir fahren zu dir«, beschloss er auch gleich. »Wir können uns eine Pizza bestellen und uns ein Match anschauen, von mir aus auch Baseball.«

Aber vorher würden wir reden.

Eine halbe Stunde später standen zwei Gläser kühles Bier auf dem Küchentresen vor uns. Vander saß auf einem der Hocker, nippte an seinem Glas und wartete, dass ich anfing.

Ich blieb an der Küchenanrichte gelehnt stehen und ließ den Blick durch mein Apartment schweifen. »Ich habe mir diese Wohnung gekauft, als Brad mich zum Personalchef befördert und Mom ihren dritten Oscar gewonnen hat. Shelby war da noch am Leben, Hazel hat uns alle in Atem gehalten, weil sie so rasch krabbeln konnte, dass man sie keine Sekunde aus den

Augen lassen durfte. Aber Dad war noch immer verschwunden gewesen. Jeden Morgen bin ich zu Caleb gegangen, um ihn zu fragen, ob er ihn gefunden hat. Und er sagte jedes Mal: ›Nein, noch nicht, aber vielleicht ja morgen.‹«

Vander schob mir das Bier zu, ich schielte jedoch zur Bourbonflasche auf der Bar am anderen Ende des Wohnzimmers.

»Ich war im vorletzten Jahr auf dem College, als Brad mich besucht hat, um mir zu erklären, dass Dad weg war und er für mich eine Stelle hat«, fuhr ich fort. »Er war nur eine Stunde bei mir. Ich kann mich nicht mal mehr erinnern, wie ich danach weitergemacht habe. Irgendwie muss es wohl funktioniert haben, sonst wäre ich heute nicht hier.«

»Du hast mich ziemlich beeindruckt, als wir uns das erste Mal getroffen haben. Kaum fünfundzwanzig, aber knallhart. Du wusstest genau, was du wolltest, und hast es dir geholt.«

»Eine anständige Managerin für Jacky. Das war alles, was ich von dir wollte.« Und ich hatte sie bekommen. Vander hatte mir dabei geholfen, was nicht in das Tätigkeitsfeld eines Bodyguards fiel. Außerdem hatte er damals für Tom Kane gearbeitet. Aber ich wusste, er würde mich nicht enttäuschen.

»Du warst dir so verdammt sicher, als ob du in

meinen Kopf sehen könntest. Keine Ahnung, wie du das machst«, gestand Vander.

»Zuhören, beobachten. In deinen Augen habe ich den Drang gesehen, abzuliefern. Immer. Ich dachte mir damals, dass du mal gedient haben musst.«

»Richtig gedacht.«

Ich griff nach dem Bierglas, auf dem sich Kondenswasser gebildet hatte, und wischte mit dem Daumen die feinen Tropfen weg. »Jeden Abend stehe ich am Fenster und betrachte die Stadt unter mir.« Ich nickte zu meinem Lieblingsplatz. »Meine Probleme werden dabei unbedeutend klein, sie verschwinden beinahe. Und so habe ich immer weitergemacht, bin einen Tag nach dem anderen angegangen. Ich dachte mir jedes Mal, dass vielleicht heute der Tag wäre, an dem Dad zurückkäme. Aber dann starb meine Schwägerin, und die Welt blieb stehen. Bis genug Zeit vergangen war und sie sich wieder zu drehen begann.« Ich trank das halbe Glas aus, nur um das furchtbare Gefühl von damals wieder aus meinem Körper und meinem Geist zu verscheuchen.

»Wir schafften es irgendwie, die Krise zu überwinden. Machten weiter, Tag für Tag. Und nach sieben Jahren war Dad wieder da. Einfach so.«

»Wie hast du dich dabei gefühlt? Du hast nie etwas gesagt, es scheinbar einfach hingenommen.«

»Ich war wütend, ohnmächtig, traurig. Über die

verpassten Jahre, über die verpassten Chancen. Gleichzeitig war ich so verdammt froh, dass ihm nichts passiert war. Aber da war noch ein anderes Gefühl, das ich nicht erklären konnte. Es war wie ein Reset, alles, was war, wurde ausgelöscht. Dad war wieder das Familienoberhaupt, Brad der Älteste und so weiter. Aber am Ende landete ich geistig auf dem College und bei der Erkenntnis, dass ich nie bei *Johnson Security* hatte arbeiten wollen und es auch gar nicht mehr musste. Das Problem war nur: Ich wusste auch sonst nicht, wer ich war oder was ich tun wollte.«

»Gehst du darum nach L.A.? Ist das ein Selbstfindungstrip?«

»Eine Midlife-Crisis?« Mit Ruby hatte ich diese Diskussion bereits geführt, weil ich einen roten Ferrari fuhr, den wir eigentlich bloß für eine Filmpremiere gemietet hatten.

»Es ist ganz einfach«, erklärte mir Vander. »Du bist Teil der Familie. Du kannst machen, was du möchtest. Jeder von uns. Und jeder darf auch mal eine Krise haben. Das ist doch vollkommen in Ordnung, wir sind nur Menschen. Danke, dass du mit mir sprichst.«

»Besser spät als nie?«, witzelte ich.

»Ich habe mir Sorgen gemacht. Wir alle. Du bist der Optimist in der Familie. Vielleicht ist es dir nie selbst aufgefallen, aber wir brauchen dich. Erst recht, wenn das Leben gerade nicht so rosig ist.«

»Ruby hat behauptet, ich wäre der Clown in der Familie.«

»Ich mag Clowns, vor allem, wenn sie mich zum Lachen bringen. Aber was ist mit Ruby?«

»Sie spart schon viele Jahre für einen Traum. Ich habe einen Weg gefunden, ihr damit zu helfen.«

»Du hast sie gehen lassen, obwohl du etwas für sie empfindest. Das heißt, deine Gefühle für sie sind viel stärker als gedacht. Wieso kannst du nicht Teil ihres Traums werden? Worum geht es?«

»Was? Nein. Sie betreibt eine Gärtnerei mit ihrer Mom. In Philly.«

»Eine Gärtnerei? Aber es ist doch kein Problem, ein paar Pflanzennamen auswendig zu lernen.«

»Ich habe keinen grünen Daumen. Hast du dich mal in meiner Wohnung umgesehen? Ich besitze keine einzige Pflanze, weil ich sie in wenigen Stunden töte.«

»Dann gib dir mehr Mühe. Ich habe schließlich für Jacky Gitarre spielen gelernt. Ohne Einsatz bekommst du deine Herzensdame nicht, nur mal so als kleiner Tipp.« Er trank sein Bier aus, bevor er sagte: »Alternativ kannst du einen Liebesbrief schreiben. Oder auch mehrere, je nachdem, wie sehr du es bei Ruby verbockt hast. Hey, wäre das nicht ein toller Film? Schreib doch ein Drehbuch darüber.«

Vander ging in Deckung, aber ich hatte nichts griffbereit, das ich nach ihm hätte werfen können.

»So, nachdem das jetzt geklärt ist, können wir ja die Pizza bestellen.«

»Und das Spiel der Astros gegen die Rangers anschauen, eine Aufzeichnung. Ich hoffe, Jacky erwartet dich nicht allzu früh zu Hause.«

»Wieso? Wie lange hat das Spiel denn gedauert?«

»Knapp vier Stunden.«

Vander stöhnte theatralisch, ehe er mit einem sehr zufriedenen Lächeln den Couchtisch decken ging. Ich bestellte währenddessen eine Familienpizza mit scharfer Salami und extra Jalapeños.

Und morgen würde ich also wirklich wieder einen Liebesbrief schreiben. Die Wahrheit war doch: Ich würde für Ruby auch nach Philly ziehen. Und es wurde Zeit, ihr das endlich zu sagen.

KAPITEL 24

RUBY

Es war Wochenende, mein Handy war wieder geladen, aber ich hatte keine Nachricht von Luke bekommen. Der Scheck lag noch immer im Gästezimmer. Doch ich hatte es satt, dass er sich so gar nicht meldete. Es waren bereits drei Wochen vergangen. Und somit würde ich Luke am Montag anrufen. Ich wollte eine richtige Aussprache. Bis dahin lenkte ich mich mit meinem Projekt für Oli ab: eine Halfpipe zu bauen. Oder besser eine Rampe, denn wahrscheinlich fehlte Anna doch der Platz im Garten.

Natürlich hätte ich eine kaufen können, doch die knapp viertausend Dollar, die ich dafür bezahlen müsste, wollte ich lieber in meine Zukunft investieren.

Und die lag wohl mit Anna. Der Gedanke, mich selbstständig zu machen, raubte mir noch immer den Atem. Aber auf eine gute Art und Weise, ich war überwältigt von meinem Mut. Und ihrem. Zusammen würden wir es hoffentlich schaffen.

»Wir fahren nachher auf jeden Fall in den Skatepark, Oli. Aber während deine Mom und dein Dad Häuser in San Antonio suchen, können wir uns Videos auf YouTube ansehen, was meinst du?«

»Wir haben schon viele Videos geschaut«, antwortete Oli. Wir saßen auf dem Sofa, während Cooper und Anna in der Küche über ihre Laptops gebeugt die Immobilienseiten abklapperten. Sie suchten zwei Häuser, die sich in Preis und Größe ähnlich waren und nahe beieinander lagen. Als Option, falls Anna und Oli doch mit umziehen wollten.

»Vergesst nicht, dass der Garten nicht größer sein wird als hier. Egal, wo wir hinziehen«, rief Anna aus der Küche.

»Ja, das weiß ich! Schau mal, Oli, hier, diese Rampe sieht gut aus. Sie ist fünf Meter lang und knapp einen Meter hoch.« Ich drückte auf Abspielen. Das Video dauerte nur zwölf Minuten, doch bereits nach dreißig Sekunden holte ich einen Schreibblock hervor, um mir Notizen zu machen.

»Ich möchte die Säge bedienen«, verlangte Oli.

»Du kannst mir helfen, das Holz auszusuchen und

die Markierungen anzubringen. Wir brauchen je zwei gleich lange Holzstücke für die Rampenseiten und dazwischen jede Menge Hilfsverstrebungen.«

»Okay. Können wir jetzt in den Skatepark fahren?« Oli rutschte bereits ungeduldig auf dem Sofa herum.

»Ich würde mir das Video gerne zu Ende ansehen.«

»Okay.«

Als es klingelte, sprang er jedoch sofort auf.

»Oli, warte«, rief ich ihm hinterher. Anna kam bereits aus der Küche gerannt, doch Oli schloss da schon die Tür. Er hielt einen Brief in der Hand.

»Der ist für dich, Tante Ruby.« Oli gab ihn mir. »Können wir jetzt los?«

Für Ruby Denver, stand auf dem Umschlag. Komisch, es fehlte nicht nur die Adresse, sondern auch der Absender. »War das der Postbote?«, fragte ich nach.

»Nein, der kommt erst um die Mittagszeit.« Nachdenklich betrachtete Anna den Umschlag.

»Oli, wie sah die Person aus, die dir den Brief gegeben hat?«, fragte Anna nach.

Außer meiner Mom wusste niemand, dass ich hier war. Oder? Mein Herzschlag beschleunigte sich bereits.

»Es war ein Mann. Groß, braune Haare. Jeans und graues Shirt.«

»Luke?«, fragte Anna tonlos.

Das würde ich herausfinden, wenn ich den Brief öffnete.

»Weißt du was, Oli, ich kann das Video auch ein anderes Mal zu Ende sehen. Ich geh nur kurz auf die Toilette und dann können wir fahren. In zehn Minuten?«

»Au ja. Kann ich raus, Mom? Ich bleibe vor dem Haus.«

»Also gut.«

Ich eilte in mein Zimmer und riss den Umschlag gleich auf. Auf dem gefalteten Papier suchte ich als Erstes den Absender. Da!

In Liebe, Luke.

Das reichte, den Rest wollte ich von ihm persönlich hören. Ich eilte aus dem Haus und sah mich suchend nach ihm um.

»Ich komme gleich, Oli«, rief ich ihm zu.

»Ist gut!« Unbeirrt fuhr er mit dem Skateboard die Einfahrt runter.

Ich ließ meinen Blick weiterschweifen. Mr. Williams von schräg gegenüber mähte den Rasen. Ein paar Kinder spielten auf dem Gehweg Himmel und Hölle, aber zwei Häuser weiter stand am Straßenrand … ein roter Truck.

Ich ging geradewegs darauf zu. Noch bevor ich ihn erreicht hatte, stieg ein dunkelhaariger Mann mit einem grauen Shirt und einer Jeans aus dem Wagen. Luke.

»Hi.« Er blieb zwei Meter von mir entfernt stehen und hielt die Hände in den Hosentaschen vergraben.

»Hey. Danke für den Brief.«

»Hast du ihn gelesen?«, fragte er mich, als ich nicht weitersprach.

»Nein. Nur das Grußwort, sonst wäre ich nicht hier. Also, was steht drin?«

Er lächelte, ehe er sich über den Nacken rieb und einen Moment verlegen wirkte.

»Es steht drin, dass es mir leidtut, dass ich dir nicht schon eher gesagt habe, dass ich mich ebenfalls in dich verliebt habe.« Er kam einen Schritt näher. Ich wich nicht zurück. »Und dass ich nicht will, dass du gehst. Gleichzeitig möchte ich dir nicht im Weg stehen. Also habe ich mir überlegt, dass ich recht schnell lerne.« Er kam näher. »Gut, Pflanzen sind nicht so mein Ding. Aber braucht ihr noch jemanden zum Kistenschleppen? Rosen beschriften? Oder ich kümmere mich um das Werbematerial und stelle fähigeres Personal als mich für eure Gärtnerei ein.« Er blieb dicht vor mir stehen. Ich wich noch immer nicht zurück.

»Du würdest mit mir nach Philadelphia ziehen?«

»Ich würde mit dir auf den Mond ziehen.«

»Was steht noch drin?« Meine Stimme zitterte ein

wenig, aber das waren meine Nerven. Denn ich wollte, dass er alles, was er gesagt hatte, ernst meinte.

»Es steht drin, dass du recht hattest. Ich hatte Angst, dich zu verlieren, bevor ich überhaupt einen Satz mit dir gewechselt hatte. Das klingt total grotesk. Nur war mir von Anfang an klar, dass du die eine Frau bist, die meinem Herzen gefährlich werden könnte.« Zaghaft berührte er meine Finger.

»Das Leben birgt immer Risiken. Du arbeitest in der Sicherheitsbranche, du weißt es besser als viele andere, dass es keinen vollständigen Schutz gibt. Aber so würden wir doch auch nicht leben wollen, oder?«

»Nein.« Er schüttelte den Kopf.

»Was steht noch drin?«

»Dass du die schönsten grünen Augen hast und die verführerischsten roten Lippen. Dass ich dich den ganzen Tag küssen möchte und auch die ganze Nacht.« Er beugte sich zu mir. Uns trennten nur noch wenige Zentimeter. »Und dass ich mich mit keinem anderen Menschen so verbunden fühle wie mit dir. Dass ich nicht ohne dich sein möchte und hoffe, dass du uns noch eine Chance gibst.«

»Wieso hast du mir das Geld gegeben? Mich weggeschickt, obwohl du wusstest, dass ich bleiben wollte?«

»Weil ich Angst hatte, dass ich es am Ende doch vermasseln würde und du mich dafür hassen würdest, dass ich mich zwischen dich und deinen Traum gestellt habe.« Bedauern lag in seinem Blick.

»Es war nicht mein Traum. Es ist nicht einmal mehr der Traum meiner Mom. Das wollte ich dir auch sagen.«

»Das wusste ich nicht.«

»Ist aber so. Küsst du mich jetzt endlich?«

»Nichts lieber als das.« Luke küsste mich keusch, wir standen schließlich auf der Straße. Doch ich spürte ihn in jeder Faser meines Körpers. So war es schon immer gewesen, nur dieses Mal war ich mir sicher, dass ich auch seine Liebe spürte. Genauso, wie er hoffentlich auch meine spürte.

»Tante Ruby?! Können wir jetzt endlich fahren?«

Ertappt brachte ich etwas Abstand zwischen Luke und mich.

»Ja! Gleich, Oli!«, rief ich ihm zu. »Sag mal, kannst du Skateboardfahren?«, fragte ich Luke.

»Lädst du mich zu einem Nicht-Date ein?«, stellte er mir mit einem Funkeln in den Augen eine Gegenfrage. »Die mag ich ausgesprochen gerne.«

»Ich ebenfalls.«

EPILOG

Einen Monat später in Las Vegas

RUBY

Wir waren in Las Vegas und ich konnte nicht genug davon bekommen, aus dem Fenster unserer Hotelsuite auf die Lichter der Stadt zu blicken. Morgen würden Jacky Johnson und Tom Kane im *Caesars* auftreten und ich mich im Backstagebereich aufhalten. Wahnsinn! Noch verrückter war, dass Tom Annas erster Kunde war. Sie hatte gehörig Respekt vor dieser Aufgabe, aber ich wusste, sie würde die beste PR-Managerin werden, die er je hatte.

Mein erster Kunde als Finanzberaterin war ebenfalls der Wahnsinn. Ich betreute *Love Your Style* und es lief großartig. Mit Sadie und ihren Partnern zusammenzuarbeiten, war eine Herausforderung, die ich gerne annahm. Die Firma wuchs wirklich zu rasch, aber ihre Kreativität war nicht zu bremsen. Sie dabei zu beobachten, wie sie immer neue Ideen mit ihrer App verwirklichten, inspirierte mich. Und so war es wohl auch nicht verwunderlich, dass ich mich nicht ganz hatte von meiner kreativen Ader trennen können.

Schmunzelnd fiel mein Blick auf den Couchtisch, worauf ein Manuskript lag. Ich feilte noch immer an der Idee vom Eishockeyspieler und seiner Agentin. Wie wäre es denn mit einer Hochzeit in Las Vegas?

Automatisch schweifte mein Blick zur Schlafzimmertür, hinter der sich Luke für den Abend bereit machte.

LUKE

DAD

Wir haben ihn. Wir sehen uns morgen.

Danke.

Verdammt, mein Dad hatte Julio also wirklich geschnappt? So rasch? Mein Dad konnte nicht ahnen, wie gut sein Timing war. Ich sah drei Punkte auf dem Display. Sie verschwanden, tauchten wieder auf und verschwanden.

Meinen Segen hast du. ;-)

Was? Er konnte nicht wissen, was ich vorhatte. Und dann schickte er mir auch noch ein Zwinkersmiley? Wer war dieser Mann? Belustigt steckte ich mein Handy weg und trat aus dem Schlaf- ins Wohnzimmer. »Gefällt dir die Aussicht?«

»Aber immer. Du siehst sehr schick aus. Zum Anbeißen.«

Ich hatte die Stadt gemeint und nicht mich selbst. Ich trug ein schwarzes Hemd und eine schwarze Hose, nichts Auffälliges, obwohl wir gleich zu einer 70er-Jahre-Party gehen würden. Ruby sah wie immer sehr sexy aus. Ihre Beine wirkten in ihrem kurzen Kleid ellenlang. Es war hochgeschlossen und mit langen Ärmeln, sehr typisch für die Siebzigerjahre, dazu trug sie die Haare offen.

»Und du siehst aus, als ob du mich küssen willst.« Ruby schüttelte den Kopf, als ob sie mich so stoppen könnte.

»Natürlich werde ich dich küssen. Ich kann meine

Freundin küssen, wann immer ich will. Das ist der Vorteil einer festen Beziehung.«

»Dann werden wir die Party wieder verpassen, so ist es jedes Mal.«

Es war ja nicht allein meine Schuld, dass wir einfach nicht genug voneinander bekamen. Aber gut, dann würde ich mich heute zurückhalten. Vorerst.

Auf dem Weg zu Ruby, die weiterhin vor dem Fenster stand, fiel mein Blick auf das Manuskript auf dem Couchtisch. »Sag mir nicht, dass du noch etwas umgeschrieben hast.«

»Wir sind in Las Vegas, was denkst du denn?«

»Dass du unsere Hauptdarsteller verkuppeln willst, natürlich.« Ich stellte mich neben Ruby.

»Es würde den Druck auf die beiden erhöhen, wenn sie heiraten würden … und es vielleicht keiner weiß. Oder noch besser, jeder weiß es und darum können sie sich nicht scheiden lassen, weil es ihren Ruf zerstören würde. Immerhin ist sie seine Agentin und er könnte doch schon länger für sie schwärmen …«

Ich stoppte Rubys Redefluss mit einem Kuss. Sie ließ mir ja keine andere Wahl. Sie kam mir entgegen und ehe ich mich versah, brannte ich wieder lichterloh.

Sie unterbrach den Kuss zuerst und lächelte mich an. Ich liebte es, sie so glücklich zu sehen.

»Später, heute werden wir die Party auf keinen Fall verpassen«, erinnerte sie mich.

Und es würde ein Später geben und ein Morgen und ein Übermorgen. Ich war verdammt froh, dass wir noch eine Chance bekommen hatten. Anna hatte gemeint, ich müsse noch etwas leiden, weil ich Ruby nicht gleich reinen Wein über meine Gefühle eingeschenkt hatte. Was bedeutet hatte, dass ich einen Monat lang alles hatte tun müssen, was Ruby verlangte. Aber ehrlich, es hatte mir Spaß gemacht, ihren Freunden beim Umzug nach San Antonio zu helfen. Die Rampe für Oli zu bauen, war durch ein Barbecue mit meiner Familie gekrönt worden. Und Janis in Clark zu besuchen, war bestimmt keine Strafe gewesen. Ganz im Gegenteil, wir hatten uns Kinderfotos angesehen und dabei Grunge-Musik gehört. Dass ich seitdem beinahe ständig daran dachte, wie süß eine eigene kleine Tochter wäre, die genauso aussah wie Ruby, würde ich noch eine Weile für mich behalten. Und französische Filme waren gar nicht so schlecht, wenn ich dabei mit meiner Freundin knutschen durfte. Wir hatten auch viel geredet, über unsere Träume und Ängste. Und wir hatten beschlossen, mutig zu sein. Das Leben war so bunt wie Rubys Kleid, nicht schwarz-weiß, wie es uns mitunter vorgekommen war.

»Eine Hochzeit in Las Vegas also?«, fragte ich nach. Als mir Ruby das erste Mal erzählt hatte, dass sie sich gerne die Sterne von der Ladefläche meines Trucks aus ansehen wollte, hatte ich mir bereits überlegt, ob ich die Gelegenheit gleich beim Schopf packen und ihr einen Heiratsantrag machen sollte.

»Deine Mutter würde uns töten«, erwiderte Ruby schmunzelnd und machte mir damit klar, dass sie uns meinte und nicht die beiden Protagonisten im Drehbuch, an dem sie noch immer feilte. Da meine Mom eine Pause eingelegt hatte, ich jedoch die Leitung von *Jacob Productions* nicht übernommen hatte, wurden auch keine Filme gedreht.

Ich arbeitete noch immer als Personalchef für *Johnson Security*. Brad organisierte die Firma weiter um und ich hielt ihm den Rücken frei, wenn er in Chicago bei seiner Tochter sein wollte. Gleichzeitig versuchte ich, meine Emotionen nicht mehr in mich hineinzufressen. War gar nicht so einfach. Was ich jedoch schon immer gut gekonnt hatte, war, zuzuhören. In Las Vegas zu heiraten, kam für Ruby persönlich nicht infrage.

»Meine Mom würde dir vor allem nie verzeihen, dass du ohne sie ein Hochzeitskleid aussuchst.«

»Wie gut, dass ich jetzt bei *Love Your Style* direkt an der Quelle sitze und wir uns unzählige davon ansehen können. Aber solange deine Mom im ›Baby-Urlaub‹ ist, sollten wir sie nicht stören.«

»Nein, natürlich nicht.«

»Anna war sich sicher, dass du ganz schön nervös werden würdest, wenn ich anfangen würde, von Hochzeiten zu reden.« Ruby grinste.

»Ach was, ich doch nicht«, behauptete ich, während meine Hände feucht wurden. »Aber ich könnte sie anrufen und fragen, wie es ihr mit Tom Kane so geht.«

»Untersteh dich, sie hat alles im Griff.« Ruby gab mir spielerisch einen Klaps.

Ich machte nur Spaß. »Lass uns gehen, sonst kommen wir noch zu spät.«

»Du meinst, sie lassen uns nicht mehr zur Party, wenn wir nicht zur Türöffnung davorstehen?«, zog sie mich auf.

»Genau.«

Amüsiert griff Ruby nach ihrer Handtasche, ich stoppte sie mit den Worten: »Dein Kleid ist ja offen. Warte, ich helfe dir.«

»Was?« Sie griff bereits nach dem Reißverschluss im Nacken, aber ich war schneller, schob nicht nur ihre Hand, sondern auch das lange Haar zur Seite und legte ihr eine Kette um.

»Was ist das? Ein Geschenk?« Ihr Atem stockte, als sie den Anhänger ertastete.

Sie stand noch immer mit dem Rücken zu mir, nur wenige Zentimeter trennten uns. Ich hielt sie an den Schultern, während ich ihr ins Ohr flüsterte: »Habe ich dir heute schon gesagt, wie hübsch du aussiehst?«

»Danke.«

»Und wie sehr ich mich darauf freue, dass wir im nächsten Monat nur das machen werden, was ich möchte?«

Sie lachte leise. »Ich denke, damit kann ich leben. Oder etwa nicht?«

»Ich bin mir nicht sicher. Besser, ich weihe dich ein, was ich plane. Was meinst du?« Ich küsste sie auf den Nacken und freute mich über den Schauder, den ich damit auslöste.

»Ja, das ist bestimmt besser.« Sie leckte sich über ihre Lippen, als ob sie trocken wären.

»Nun, ich plane eine Reise nach Paris. Ich habe mir zwar überlegt, dass es im Frühjahr viel romantischer wäre, leider bin ich ein ungeduldiger Mensch.«

»Nach Paris?«

»Ja. Ich habe mir ein paar Orte herausgesucht, die ich unbedingt besuchen möchte. Natürlich den Eiffelturm und das Künstlerviertel Montmartre. Den Louvre. Vielleicht will ich auch eine Bootsfahrt auf der Seine unternehmen. Und natürlich gehört ein Besuch in den Cafés dazu und durch die Gassen zu spazieren.« Während ich meine Pläne erklärte, verteilte ich kleine Küsse seitlich auf Rubys Hals, auf ihrem Ohrläppchen, ihrem Kinn. Ruby lehnte sich an mich. Dabei konnte ich sehen, wie sie den Anhänger fest umschlossen hielt.

»Wobei es im Frühling tatsächlich viel romantischer wäre. Außerdem …«

»Außerdem …?«

Ich öffnete den Verschluss an der Kette wieder, sodass sie sich löste, und drehte Ruby zu mir.

»… hätten wir dann noch Zeit, uns um die Hochzeit zu kümmern.« Ich glitt auf ein Knie. »Du musst nur noch Ja sagen.«

»Oder dir sonst den Ring zurückgeben?« Sie blickte mit gekrauster Stirn zur Zimmerdecke. Doch dann schüttelte sie lächelnd den Kopf, streckte ihre Hand aus und überreichte mir den Anhänger. Es war ein mit Diamanten besetzter Verlobungsring. Ich befreite ihn von der Kette, bevor ich ihn nahm, Rubys Hand ergriff und ihn vor ihren Ringfinger hielt.

»Ruby Grace Denver. Ich hätte nie gedacht, dass ein Abendessen mit dir zu einer Reise zu mir selbst werden könnte. Ich hätte auch nie erwartet, dass ein Haufen Nicht-Dates mir mehr Spaß bereiten könnten als alle echten davor. Aber vor allem habe ich nicht erwartet, dass meine Gefühle für dich mit jedem Tag weiter wachsen. Ich freue mich auf alles, was noch kommt, mit dir an meiner Seite. Und deswegen möchte ich dich fragen, ob du das ebenfalls möchtest. Willst du mich heiraten?«

Sobald sie Ja sagte, würde ich Ruby den Ring überstreifen. Sie hatte ihn längst ertastet gehabt und sich ihre Antwort zurechtlegen können, auch wenn ich hoffte, dass sie nicht erst darüber nachdenken musste. Aber Ruby ließ mich zappeln. Es dauerte bestimmt fünf Sekunden, ehe sie »Ja!« rief und mich stürmisch küsste.

Nur was waren schon fünf Sekunden, wenn ich den Rest meines Lebens mit ihr verbringen konnte? Und so küsste ich sie zurück. Keiner von uns unterbrach den Kuss, als es hitzig wurde. Die 70er-Jahre-Party würden wir bestimmt irgendwann nachholen, vielleicht ja in den Flitterwochen in Paris.

Plötzlich hämmerte es an der Tür.

RUBY

Was für ein Timing.

»Erwartest du noch jemanden?«, fragte ich unschuldig und löste mich aus seiner Umarmung. Bestimmt war ich ganz zerzaust. Auf dem Weg zur

Tür zupfte ich mir die Haare zurecht und versuchte tief durchzuatmen. Gegen meine zittrigen Knie konnte ich nicht viel tun.

»Nein.« Luke folgte mir.

»Keine weitere Überraschung?«, fragte ich ihn zwinkernd, als ich die Tür öffnete.

»Sie sind angezogen, das ist schon mal ein gutes Zeichen«, sagte Gavin, der mit Felicity im Arm die Suite betrat.

»Wow, du siehst ja sexy aus«, schwärmte Sadie, die als Nächste ins Zimmer kam und mein Kleid bewunderte. Caleb folgte dicht dahinter. Jacky und Vander waren die Letzten. Sie trugen alle Siebzigerjahre-Kleider, die so bunt waren, dass sich Luke einen Moment die Augen zuhielt. Bestimmt kam er sich vor wie im Zirkus.

Wie lange würde es wohl dauern, bis …?

»Was ist das? Was ist das?!« Jacky schnappte sich meine Hand und hielt sie in die Höhe. Der Verlobungsring glitzerte an meinem Finger, und weder Luke noch ich konnten das Grinsen abstellen.

»Na endlich, Kleiner, das hat ja ewig gedauert«, zog Gavin ihn auf, öffnete nochmals die Tür und rollte einen Servierwagen in die Suite. Darauf standen zwei Champagnerflaschen in Kühlern und ein Dutzend Gläser.

»Ihr wusstet, was ich heute vorhatte?«, fragte Luke.

»Wir hatten einen Plan A und einen Plan B«, erklärte Caleb, während er Gavin half, die erste Flasche zu entkorken und den Champagner in Gläser zu füllen.

»Plan B war, einen kleinen Umweg zu machen, bevor die Party steigt, und einen Ring zu kaufen, um euch einen Schubs zu verpassen«, führte Vander aus und reichte mir das erste Glas.

»Aber Plan A gefällt uns viel besser.« Jacky reichte Luke das zweite Glas. »Stellt euch nebeneinander.«

Darum musste sie uns nicht zweimal bitten. Luke legte einen Arm um mich, küsste mich und wartete gespannt, was jetzt passieren würde.

Als Jacky die ersten Zeilen von ihrem Hit *My Man* anstimmte, schnappte ich nach Luft. Jacky sang für uns das Liebeslied, das sie für Vander geschrieben hatte. Es rührte mich genauso wie Luke und seine Geschwister. Es war mucksmäuschenstill, bis der letzte Ton verklang.

Tosender Applaus brandete in der Suite auf. »Und jetzt ist Partytime! Lasst uns gehen«, sagte Gavin. Er trank sein Glas aus und griff nach der Hand seiner Verlobten.

»Jemand Neues verkuppeln?«, fragte Felicity.

»Au ja!«, stimmte Sadie begeistert zu.

Kopfschüttelnd sah Luke ihnen nach, während ich mit ihm zurückblieb.

»Hast du das geplant?«, fragte er mich, als wir wieder allein waren.

»Deine Familie zur Party einzuladen? Ja.« Der Rest war auch für mich eine Überraschung gewesen.

»Danke.«

»Sehr gerne.« Wir küssten uns. Und wenn Caleb und Gavin uns nicht aus der Suite gezerrt hätten, hätten wir auch nicht damit aufgehört …

ENDE

Vielen Dank, dass Du **GEHEIME KÜSSE MIT DEM SECURITY-SPECIALIST** gelesen hast! Ich hoffe, Dir hat die Geschichte von Luke und Ruby gefallen.

Es geht mit Tom Kane und Rubys bester Freundin Anna in **SWEET KISSES: EIN ROCKSTAR ZUM KÜSSEN** weiter.

Interessierst Du Dich für die Geschichte des Eishockeyspielers und seiner Agentin? Du findest sie hier: **PHILADELPHIA PUCKS: JOSH UND VICKY.**

. . .

Es wäre toll, wenn Du auf Amazon eine kurze Rezension hinterlassen würdest, das hilft anderen Lesern, neue Bücher zu entdecken und mir gibt es Feedback. Danke! ♥

Um die Neuerscheinung nicht zu verpassen, folge mir bitte auf Amazon.

NACHWORT

Die Johnson sind abgeschlossen, oder sagen wir fast, denn es geht einerseits mit Tom Kane und Rubys bester Freundin Anna weiter und andererseits gibt es noch Vicky. Sie ist die beste Freundin von Felicity und Sadie, die wir bereits in Band 2 und 3 der Johnson-Brüder kennengelernt haben.

Und bei Vicky, ihres Zeichens Sportagentin und Eishockeyliebhaberin, liegt es doch nahe, sie mit einem Spieler der Philadelphia Pucks zu verkuppeln. Ihr Herzblatt ist Josh Randolph, neuer Goalie und bester Freund von Hudson Burke, einem der Stürmer bei den Pucks. Gar nicht schlimm, wenn Du Dich nicht an ihn erinnerst oder nicht mal die Reihe kennst. Denn wie immer können alle meine Bücher unabhängig voneinander gelesen werden.

Falls Du, bis es mit Josh und Vicky oder Tom und Anna weiter geht, Lust auf exklusive Kurzgeschichten hast, dann melde Dich doch für meinen Newsletter an und erhalte Dein exklusives Geschenk. Zur Anmeldung klick hier. https://www.katrinebuck.net/newsletter-2/

Ich freue mich auch sehr, wenn Du mir schreibst, wie Dir das Buch gefallen hat (katrinebuck@gmail.com) und wenn Du magst auch eine Rezension auf Amazon, Lovelybooks, Goodreads, Deinem Blog … hinterlässt und bitte empfiehl das Buch weiter. Besonders im Selfpublishing sind wir Autoren darauf angewiesen. Ich danke Dir von Herzen!

Alles Liebe

WEITERE BÜCHER VON KATRIN EMILIA BUCK

Ich liebe ihn, ich liebe ihn nicht

Eine romantische Dreiecks-Liebesgeschichte um Millie, Marc und Nick. Modern, leicht, mit einigen Geheimnissen und viel Gefühl.

Love me London - Reihe:

Spannung, Intrigen und große Gefühle. Love me London dreht sich um die Geschwister Sabina und Robert Wolf, die aus einem Labyrinth von Lügen ihren Weg finden müssen.

Lügen aus Liebe

Mehr als nur ein Sonnyboy

Spielst du nur mit mir, Liebling?

Die Fratellis:

Drei Geschwister einer römischen Gastronomiefamilie sind

auf der Suche nach ihrem persönlichen Glück. Mit Humor und Herzschmerz zum Happy End!

Made by Love - Emanuele (An Opposites Attract Romance)

Love Beyond - Darren (A Boss Romance)

Love Match - Franco (An Enemies to Lovers Romance)

Sammelband

Die Campbells:

Fünf Geschwister, vier Mütter und ein sich schnell verliebender Vater sind die Campbells. Schlagfertig, humorvoll und romantisch!

Love Matters - Jarred (A Billionaire Boss Romance)

Love Nest - Alice (A Billionaire Romance)

Love Melody - Liam (A Billionaire Romance)

Breath of Love - Sean (A Billionaire Romance)

Scent of Love - Henry (A Second Chance Billionaire Romance)

Easy to Love

Für wen wird sich Sara entscheiden? Für ihre alte Liebe Simon oder ihre neue Liebe Tom?

Brooklyn Love:

Zwei Freunde, die unterschiedlicher nicht sein könnten auf der Suche nach ihrem persönlichen Glück. Humorvoll, spannend und natürlich mit ganz viel Liebe!

Ready for a new Love (A Billionaire Boss Romance)

Ready for a new Soulmate (A Billionaire Boss Romance)

Ready for a new Romance (A Billionaire Romance)

Ready for a second Chance (A Second Chance Romance)

Ready for a new Adventure (An Enemies to Lovers Romance)

The Bachelors

Ob Miami oder Atlanta, die Bachelors sind die heißesten Single-Millionäre der Stadt.

Miami Charmer (A Billionaire Boss Romance)

Atlanta Flirt (A Friends to Lovers Romance)

Wilson & Mackenzie (A Sports Romance)

Justin & Amber (A Billionaire Romance)

Garrett & April (A Fake Romance)

Philly Ice Hockey

Magst du heiße Kerle, die Eishockey spielen? Dann bist du hier genau richtig:

Philadelphia Pucks: Mike & Gillian (A Second Chance Sports Romance)

Philadelphia Pucks: Mason & Kelly (A Single Dad Sports Romance)

Philadelphia Pucks: Hudson & Liz (A Friends to Lovers Sports Romance)

Cowboy Romance

Ein Spin-off zu Philadelphia Pucks: Mason & Kelly

Der Cowboy und das Stadtmädchen (A Second Chance Cowboy Romance)

San Antonio Billionaires

Sind die West Geschwister Colton, Jayden, Isabella, Noah und Ethan. Zusammen führen sie *Texas West Oil*. Trotz ihres intriganten Vaters ist ein Happy End garantiert!

Verliebt in den CEO (A Single Dad Billionaire Boss Romance)

Hochzeitsdeal mit dem Boss (A Fake Marriage Boss Romance)

Vom Anwalt geküsst (A Brother's Best Friend Romance)

Ein Milliardär und seine Highschoolliebe (A Second Chance Billionaire Romance)

Eine Fake-Freundin für den Milliardär (A Fake Boyfriend Billionaire Romance)

Kings of San Antonio

Sind die West Geschwister Colton, Jayden, Isabella, Noah und Ethan. Zusammen führen sie *Texas West Oil*. Trotz ihres intriganten Vaters ist ein Happy End garantiert!

Verbotene Küsse vom CEO (A Billionaire Boss Romance)

Unerwartet verliebt in den Boss (A Billionaire Boss Romance)

Ein Boss, heiße Küsse und Football? (A Friends to Lovers Sports Romance)

Fake-verliebt in den Anwalt (A Fake Boyfriend Billionaire Romance)

Zweite Chance mit meinem Boss (A Second Chance Billionaire Boss Romance)

Die Johnson-Geschwister führen einen Sicherheitsdienst und sind die Nummer 1 in Amerika für Cyber-Security. Was kaum jemand weiß ist, dass ihre Mutter eine bekannte Hollywoodschauspielerin ist und ihr Vater bei der NSA war.

Eine folgenschwere Nacht mit dem Security-CEO (An Unexpected Pregnancy CEO Romance)

Eine Nanny für den Single-Dad (A Single Dad Boss Romance)

Eine zweite Chance mit meinem Nerd (A Second Chance Romance)

Verboten verliebt in den Bodyguard (A Brother's Best Friend Romance)

Im ersten Teil der Boss Love in Chicago Reihe geht es um den CEO der Harris-Hotel-Gruppe und seinen süßen Zwillingen Lilly und Lucas.

Trick or Treat: Ein Herz für den Single-Dad und CEO (A Single Dad Billionaire Boss Romance)

Im letzten Teil der Winter Dream Resort Reihe geht es um den sexy CFO Calvin Meyers, der eine Begleitung zur Weihnachtsfeier seiner Familie sucht.

Schlittenfahrt ins Fake-Glück (A Fake-Boyfriend Christmas Romance)

Im Juni-Buch des Gemeinschaftsprojekts „Kleinstadtliebe in Pinewood Bay“ geht es um Kyle Woolfe, dem besten Freund von Vander Talbot (Verboten verliebt in den Bodyguard) und Luke Johnson (Geheime Küsse mit dem Security-Specialist).

Kyles ältere Schwester stirbt und er ist auf einmal verantwortlich für seine kleine Nichte Leyla. Dazu muss er von San Antonio, Texas nach Pinewood Bay, Maine ziehen und einen Job als Park Ranger annehmen.

Kiss me in June: Unverhofft Single-Dad

1. Auflage September 2024

www.katrinebuck.net

katrinebuck@gmail.com

Lektorat: Sandra Latoscynski, Textqueen

Korrektorat: SW Korrekturen e.U., www.swkorrekturen.eu

Corinna Rindlisbacher, www.ebokks.de

Covergestaltung: Hippomonte Publishing e.K.

Coverbilder: Mann © by dashek, www.depositphotos.de, Stockfoto-ID: 11134250

Anzug von Mann © by Vadymvdrobot, www.depositphotos.de, Stockfoto-ID: 517350568

Hintergrund © by sokolova_, www.depositphotos.de, Stockfoto-ID: 289118924